クリスティー文庫
62

教会で死んだ男

アガサ・クリスティー

宇野輝雄訳

SANCTUARY AND OTHER STORIES

by

Agatha Christie

Translated by

Teruo Uno

Published 2025 in Japan by

HAYAKAWA PUBLISHING, INC.

This book is published in Japan by

arrangement with

AGATHA CHRISTIE LIMITED

through TIMO ASSOCIATES, INC.

目次

教会で死んだ男

戦勝記念舞踏会事件
The Affair at the Victory Ball

ベルギー警察を退職したエルキュール・ポアロが、あのとき、スタイルズ荘で発生した怪事件に関係する羽目になったのは、まったくの偶然からである。この事件をみごとに解決したおかげで、ポアロは、一躍、有名になり、以後は私立探偵業に専念することにきめたのだ。一方、わたしのほうは、ソンムの戦いで負傷し、陸軍を除隊していた身だったが、やがて、ロンドン市内のアパートでポアロと起居をともにするようになった。むろん、ポアロが手がけた事件の大半は、このわたしがじかに見聞しているわけだから、ひとつ、こうした事件のなかで傑作なやつをいくつかえらんで、公表したらどうか、と他人《ひと》からいわれていた。そうなると、やはり、当時の世間を大いにさわがせた例の奇妙な事件をまっさきに披露するのが筋というものだろう。これは戦勝記念舞踏会の席でおきた事件のことである。

ただ、この事件のばあい、もっと不可解な他の事件とくらべると、ポアロ独自の解決法がフルに実証されていないといわれそうだが、それでも、内容がセンセーショナルだったこと、知名人がからんでいたこと、新聞で大々的に報じられたことなど、大衆の関心をひくエピソードとしてはきわだっている。そんなわけで、この事件の解決とポアロとの関係を公けにするのはしごく妥当な行為だと、かねがね、そう思っていたのだ。

よく晴れた春の朝、わたしとポアロは、ポアロの部屋のなかで椅子にすわっていた。毎度のことながら、身だしなみに潔癖なポアロは、タマゴ型の頭をわずかにかしげて、ご自慢の口ひげに新品のポマードを丹念になすりつけている。いささか無邪気な虚栄心はポアロの特性ともいうべきもので、げんに、これは整理整頓をおもんじる精神ともマッチしているのだ。わたしは手にもって読んでいた《デイリー・ニューズモンガー》をいつのまにか床におとしてしまった。そうして、思案にふけっている最中、ポアロの声で、ふと、われにかえった。

「いったい、なにをそんなに深刻に考えているんだい?」

「じつをいうと、れいの戦勝記念舞踏会の夜におきた不可解な事件のことで頭をしぼっていたんだ。新聞では、さかんに書きたてているからね」

こういって、わたしは指で新聞をかるくたたいてみせた。

「記事を読めば読むほど、事件はますます謎につつまれてくる！　そもそも、クロンショー卿を殺した犯人は、だれなのか？　事件当夜、ミス・ココ・コートニーが死んだのは、たんなる偶然の一致なのか？　不慮の死なのか？　それとも、本人が故意に致死量のコカインを飲んだせいなのか？」ここで、いったん言葉を切ってから、芝居がかった口調でいいそえた。「と、以上のことなんだよ、自問しているのは」

ところが、ポアロときたら、こちらの話にすぐ応じようとしない。わたしはちょっと腹だたしくなった。

「ふーん、この新品のポマードはいいな。口ひげには絶好だ」鏡をにらんだまま、こうつぶやくだけだったが、さすがに、わたしの視線をとらえると、あわてて、ポアロはいった。「なるほど。で、そうした疑問には、どのように回答をだすつもりかね？」

きかれて、返事をしかねているうちに、部屋のドアがあいて、管理人のおばさんがジャップ警部の来訪をつげた。

ロンドン警視庁づとめのジャップとは旧知の仲だから、われわれはよろこんで室内に招じいれた。

「やあ、ジャップさん！」ポアロは大声をあげる。「きょうは、また、いかなるご用件で?」

「あのですね。ポアロさん」椅子に腰をおろし、わたしに会釈しながら、ジャップ警部は切りだした。「じつは、目下、あなたの専門だと思われるような事件の捜査をすすめているところなんですがね、はたして、あなたには興味がおありかどうか、それをうかがいに参上したわけです」

このジャップについては、系統だった推理力がまったく欠けている点が遺憾だが、警察官としての手腕は高く評価できる、と、ポアロはみていた。だが、わたしが思うに、いちばんの才能は、相手に協力するとみせかけて、じっさいには相手に協力をもとめてしまう微妙なテクニックである。

「れいの戦勝記念舞踏会の件ですよ」ジャップ警部は説得にかかる。「どうです、手がけてみたいでしょう」

ポアロはわたしに微笑んでみせて、

「まあ、ヘイスティングズなら、やる気になるだろう。ちょうどいま、その話をもちだしていたんだから。そうだな?」

「ともかく、あなたもやってみたほうがいいですよ」ジャップは恩に着せるような調子で、「なにぶん、この種の事件の内幕を知っておくと、あとで、ちょっと他人《ひと》に自慢できますからね。では、さっそく、本題にはいりましょう。事件の概略はご存知でしょう、ポアロさん？」

「新聞の記事だけ、でね。新聞記者の臆測ってやつは一般の読者に誤解をもたらすばあいがあるんで、ひとつ、事件の顚末をくわしく話してください」

ジャップは、のんびりと足を組んで、話しはじめた。

「これは世間のだれでも知っていることですがね、先週の火曜日、盛大な戦勝記念舞踏会がひらかれたんです。ま、昨今では、つまらないダンス・パーティーまで舞踏会なんて称しているけれど、これはもう正真正銘の大舞踏会です。会場はコロッソス・ホールで、ロンドンじゅうの名士が出席し、このなかには、年若いクロンショー卿の一行もはいっていた」

「で、そのクロンショー卿の身元は？」ポアロが質問をはさんだ。

「このひとは、子爵で、クロンショー家の五代目の当主。年齢《とし》は二十五歳。金もちで、独身。趣味は演劇。うわさによると、オールバニー劇場所属のミス・コートニーと婚約ちゅうだったそうだが、この女性は、友人のあいだでは〝ココ〟と呼ばれ、だれにいわせても、ものすごい美人です」

「なるほど。それで？」

「クロンショー卿の一行は、ぜんぶで六人でした。本人と、伯父《おじ》のユースタス・ベルテイン子爵。うつくしい未亡人で、アメリカ人であるミセス・マラビー。若い俳優のクリス・デイビッドソン、デイビッドソンの妻。それと、最後は、いま話にでたミス・ココ・コートニー。ご承知のとおり、仮装舞踏会なので、クロンショー卿の一団が演じたのは……なんていうのか……むかしのイタリア喜劇です」

「〝コメディア・デル・アルテ〟だろう」つぶやくように、ポアロはいった。

「ともかく、その衣裳は、ユースタス・ベルテイン氏のコレクションのなかにある陶磁製の人形を見本にして仕立てたものです。クロンショー卿はアルルカンに扮し、ベルテイン氏はパンチネロに、ミセス・マラビーはプルチネラに、デイビッドソン夫妻はピエロとピエレットに、そうして、ミス・コートニーは、もちろん、アルルカンの恋人であるコロンビーナに扮した。ところで、このパーティーの夜は、まだ宵のうちから、なんとなく不穏な感じがただよっていた。クロンショー卿は、むっつりして、いつもとは態度がちがう。食事の時間になって、一同が個室にあつまったさい、クロンショー卿とミス・コートニーはもう口もきいていないことに、みんなは気がついた。ミス・コートニーは、どうやら、泣いていたらしく、いまにもヒステリーをおこしそうだった。そんなことから、せっかくの食事も気まずいものになってしまった。さらに、一同が食堂をでるさい、ミス・コートニーは、クリス・デイビッドソンのほうをむいて、〝こんな舞踏会はつまらない〟から、自宅《うち》まで送ってほしいと、きこえよがしにたのんだ。若い俳優のデイビッドソンは、クロンショー卿の顔をちらちらみながら迷っていたが、やがて、ミス・コートニーとクロンショー卿の両人をもとの食堂へつれていった。

しかし、いくら、ふたりを和解させようとしても、埒《らち》があかないので、結局、デイビッドソンは、タクシーをひろい、涙を流しながら泣いているミス・コートニーを彼女のアパートまで送っていってやった。おまけに、ミス・コートニーは、それほど逆上しているのに、なぜか、デイビッドソンに事情を打ちあけようとはせず、ただ、『あのクロンショーのやつには、かならず、思い知らせてやるから！』と、なんども、しきりに毒づくだけだった。まあ、彼女の死がたんなる事故ではない可能性もあると思われる理由は、この点だけで、根拠としては薄弱すぎる。いずれにせよ、デイビッドソンは、どうにか、ミス・コートニーの気分をおちつかせたものの、コロッソス・ホールにもどるには時間がおそすぎるので、そのまま、まっすぐ、チェルシーにある自宅へ帰った。そうすると、まもなく、妻が帰宅し、あなたが中座したあとで会場ではこんな大事件があったのよ、と報告した。

それによると、クロンショー卿は、舞踏会がたけなわになるにつれて、ますます気分が憂うつになっていったようです。仲間のそばからもはなれてしまい、その後、だれも本人の姿をみていない。で、夜中の一時半ごろ、出席者全員が仮面をとって踊るコティヨンがはじまる直前、このひとの仮装を知っている同僚のディグビー大尉が、ボックス席に立ったままで下の光景をじっとながめているクロンショー卿の姿を目にとめた。そうして、『おーい、クロンショー！　おりてきて、仲間にはいれよ。酔っぱらって腰でもぬけたみたいに、なんで、そんなところで陰気な顔をしてるんだ？　さあ、これからは派手にやるんだ』と、声をかけた。

するとクロンショー卿は、『ようし！　ちょっと、そこで待っていてくれ。こんなすごい人ごみじゃ、きみの姿をみつけるのが骨だからな』といいながら、ボックス席をはなれた。ディグビー大尉は、ディビッドソンの奥さんといっしょに、いわれたとおり、その場で待っていた。ところが、いくら待っても、相手はやってこない。そのうちに、とうとう、ディグビー大尉は、我慢できなくなって、『あいつ、おれたちを朝まで待たせておくつもりか！』と、大声をあげた。

ちょうどそのとき、ミセス・マラビーがそばにきたので、ふたりは事情を話してきかせた。

すると、この美貌の未亡人は陽気な口調で、『うーん、そういえば、あのひと、今夜は、まるで腹をたてているクマみたいね。さっそく、さがしだしましょうよ』といった。

こうして、捜索がはじまったわけですが、結局、どこにもみつからない。そのうち、ミセス・マラビーの頭に、ひょっとすると、みんなで二時間ほどまえに食事をしたあの部屋にいるんじゃないかしら、という考えがうかんだ。で、ためしに、この食堂へいってみた。だが、そこで目にした光景は？　アルルカンに扮したクロンショー卿は、なるほど、そこにいた。けれど、心臓をテーブル・ナイフでぐさりと刺されて、床にのびていたんです！」

ここまで話して、ジャップはいったん言葉を切った。ポアロは、うなずいて、その道の専門家らしい興味をしめした。

「ほほう。たしかに、妙な事件だ！　で、犯人にかんする手がかりはないんですか？　もっとも、あれば、苦労しないわけだろうが」

「まあ、以上のようなしだいで、あとはポアロさんもご存知でしょう」ジャップ警部はさらに話をつづける。「災難は連続しておきたんです。翌日は、どの新聞も事件を大々的に報道し、人気女優のミス・コートニーがベッドのなかで死んでいるのを発見され、死因はコカインの飲みすぎだという趣旨の記事をのせた。ところで、これは、不慮の事故なのか、それとも、自殺なのか？　証人として呼ばれたミス・コートニーの家のメイドは、ミス・コートニーが麻薬の常用者だったことをみとめ、やはり、不慮の死だという結論がくだされた。さりとて、自殺の可能性をあっさり排除してしまうわけにはいきません。彼女が死んでしまったことはじつにまずかった。いまとなっては、前夜の仲たがいの原因を解明する糸口がないからです。ついでながら、クロンショー卿の死体の服のポケットから、一個、琺瑯《ほうろう》の小箱がみつかりました。箱の表面にはダイヤモンドでコという文字が象嵌《ぞうがん》してあり、なかにはコカインが半分ほどはいっていた。この小箱は、ミス・コートニーのメイドの話で、ミス・コートニーのものだとわかったんですが、ご当人は、ほとんど肌身はなさず、この小箱をもち歩いていた。最近は、急速に、この麻薬の中毒者になりかけていたためです」

「クロンショー卿も、コカインを常用していたんでしょうかね？」

「いやあ、とんでもない。麻薬類については異常なくらい罪悪視しているひとでした」

思案ありげに、ポアロはうなずいて、

「しかし、その小箱をもっていたからには、ミス・コートニーが中毒者だったことは知っていたんでしょう。この点に、どうも、いわくがありそうですな、ジャップさん？」

「ふーん」ジャップ警部はあいまいな返事をする。

わたしは思わず微笑をうかべた。

「まあ、これが事件の概要なんですが、ご感想は、ポアロさん？」

「まだ公表されていない手がかりで、みつかったものはないんだろうか？」

「いや、こんなものがありました」

こういうと、ジャップ警部は、ポケットから小さな物体をとりだして、ポアロにわたした。それはエメラルド・グリーンの絹糸でつくった小さな玉ふさで、強引にもぎとりでもしたように、切れた糸が数本たれさがっている。

「クロンショー卿の死体の手のひらのなかにあったんです。ぎゅっとにぎりしめた恰好でね」と、警部は説明する。

無言のまま、玉ふさをジャップにかえしてから、ポアロはべつの質問をもちだした。

「クロンショー卿には、だれか、恨みをいだいている人物でもいたようですか？」

「いた、という者はいませんね。年齢《とし》の若いわりに、世間の評判はよかったみたいですし」

「このひとの死によって利益をこうむる人物は？」

「伯父のユースタス・ベルテイン子爵が遺産と称号をうけつぐことになります。なお、この子爵については、若干、不審な点がある。まず、パーティーの出席者のうちの何人かの話によると、れいの食堂のなかで猛烈な口論をしている声がきこえ、その相手はユースタス・ベルテインだったという。となると、逆上のあまり、卓上のテーブル・ナイフをひっつかみ、これで殺しをやってのけた、って線も考えられるでしょう」

「その件について、ベルテイン氏の説明は？」

「給仕のうちのひとりが酒に酔っぱらっていたんで、こっぴどく叱りつけてやったんだ、といっています。それと、時刻も、一時半というより一時ちかくだった、と。だいたい、ディグビー大尉の証言は、時間の面で、かなり正確といえ、この大尉がクロンショー卿に声をかけてから卿の死体がみつかるまでに、時間は十分ぐらいしか経過していないんです」

「それはともかく、パンチネロに扮したベルテイン氏は、ひだ飾りがついて、猫背にみえるような背中のまるくふくれた衣裳をつけておったんだろうね」

「いや、衣裳について詳細なことはわかりません」ジャップ警部は怪訝そうにポアロの顔をみた。

「すくなくとも、衣裳はべつに関係ないんじゃないですか？」

「そうでしょうか？」

にやりと笑ったポアロの表情には相手を揶揄《やゆ》するような感じがうかがわれる。口調はあいかわらず温厚だが、両の目は緑色に光りはじめている。けれど、わたしにとって、これは異常な現象ではない。

「ここの食堂には、カーテンがついていたでしょう？」

「ええ。でも……」

「また、そのうしろには、人間がひとり隠れていられるくらいのスペースがあった」

「ええ……げんに、食堂の奥には壁の一部をくぼませた小部屋がありました。でも、なんで、そんなことを知っているんですか、ポアロさん？　ここには、いったこともないわけでしょう？」

「もちろん、ありませんよ。このカーテンはね、小生の頭脳が生みだしたものです。カーテンがないと、このドラマはおかしなことになってくる。なにごとも、矛盾があってはまずいですからな。それはそうと、現場に医者は呼ばなかったんですか？」

「むろん、ただちに呼びました。だけど、手のほどこしようがなかった。やっぱり、即死だったようです」

　ポアロはいらだたしげにうなずいて、

「ああ、それはわかりますよ。ところで、この医者、検死審問のさいに証言はしたんでしょうな？」

「ええ」

「で、なにか、異常な現象がみられたとはいいませんでした？　たとえば、死体の外見に異常な点があった、というようなことは？」

ジャップ警部はポアロをまじまじとみつめた。

「そういう質問をなさる理由はわからないけれど、これだけはいっていましたよ。死体の四肢に、なんとも不可解な硬直がある、と」

「なるほど！　やっぱり、そうか！　これはちょっと考えものじゃないですか、ジャップさん？」

わたしのみたところ、ジャップ警部にとってはいっこうに考えものではないようだ。

「もし毒薬のことをいっているんでしたら、おかしいですよ。だいたい、最初に毒殺しておいてから、わざわざナイフで突き刺すやつなんていないでしょう」

「たしかに、変ですな」おだやかな口調で、ポアロは同意する。

「さて、なにか、確認したいものはありますか？　死体が発見された食堂をしらべてみたいというんでしたら……」

ポアロは手をふって、

「いいや、けっこう。あんたの話をきいて、気になったことはひとつだけ……麻薬の服用にかんするクロンショー卿の持論だけです」

「じゃあ、検分したいものはないわけですね？」

「ひとつ、あります」

「なんですか？」

「舞踏会のときの衣裳の見本になったという、陶磁製の人形です」

ジャップ警部は大きく目をみはる。

「へえ、あなたは変わり者だ！」

「こいつをみせてもらえるように段どりをつけてくれますか？」

「なんでしたら、いますぐにでも、バークリー・スクエアにいってみましょう。ベルテイン氏も……いや、これからは、卿といわなきゃいけないんだ……拒否はしないはずです」


われわれは、即刻、タクシーにのって出発した。六代目のクロンショー卿となったベルテイン氏は不在だった。だが、ジャップ警部の懇請に応じて、われわれ三人は貴重なコレクションが保管されている〝陶磁器室〟へ案内してもらえた。ジャップ警部は心ぼそげな目つきで周囲をみまわした。

「お目あての品、みつかるかどうかわかりませんよ、ポアロさん」

だが、当のポアロは、すでにマントルピースのまえに椅子を一脚ひきよせ、身のかるい駒鳥のように、ぽんと椅子にとびのっているところだった。みると、鏡の上方の小さな棚のうえに、六個、陶磁製の人形がならべてある。これを仔細にしらべながら、ポアロは簡単に意見をのべた。

「そうか！　やっぱり、イタリア喜劇だ。ちょうど三組だ！　アルルカンとコロンビーナ。優雅な白とグリーンの衣裳をつけたピエロとピエレット。青みがかった紫と黄色の衣裳をつけたパンチネロとプルチネラ。パンチネロの衣裳は、なかなか凝《こ》ったもので、ひだ襟《えり》にフリル、背中のこぶ。丈のたかい帽子もかぶっている。そう、案のじょう、じつに凝ったものだ」

手にした人形を注意ぶかくもとの位置にもどして、ポアロは椅子から床にとびおりた。

ジャップ警部はまだ納得のいかない顔をしている。だが、ポアロはなにも説明する気がなさそうなので、この件については話題にしないことにきめた。われわれが退去しかけているところへ、この家の主《あるじ》がやってきた。ジャップ警部は、やむをえず、わたしとポアロを紹介した。

ユースタス・ベルテイン子爵は、五十歳くらいの年配で、物腰はおだやかだが、端麗な顔だちは自堕落な印象をあたえる。ものうげな動作はやけに気障《きざ》で、あきらかに、不良中年といった感じだ。わたしは内心で反感をおぼえた。そのベルテイン子爵は上品な口調でわれわれに挨拶したのち、ポアロの敏腕についてはかねがね世間の評判を耳にしており、できるかぎりの協力をおしまない、といった。

「警察では事件の解明に全力をつくしているようです」

「でも、甥の死にまつわる謎はとけないような気がします。なんとも腑におちないことだらけで」

ポアロはするどい目で子爵の顔を凝視していた。

「甥ごさんには、生前、これと思われる敵はおられなかったんでしょうね？」

「おりません。それだけはたしかです」子爵はちょっと間をおいてから、「ほかにも、なにか、おききになりたいことがありましたら……」

「ひとつだけ、あります」ポアロの口調は真剣だ。「舞踏会のときの、みなさんの衣裳ですが……それは、こちらの人形のそれを見本にされたんでしょうね？」

「ええ、そっくりそのまま」

「どうも、ありがとうございました。いちおう確認しておきたかったことは、以上です。では、失礼いたします」

われわれはいそぎ足で邸外の通りにでた。

「さて、おつぎは？」と、ジャップはたずねた。「わたしは本庁へ報告にいかなきゃならないんだけど」

「けっこう！　ひきとめるようなことはしませんよ。わたしは、もうひとつ、ちょっと調査してみて、それがすんだら……」

「すんだら？」

「今回の事件は落着、です」

「ええっ？　まさか！　それじゃあ、クロンショー卿殺しの犯人はわかる、ってんですか？」

「さよう」

「すると、犯人は何者です？　あのユースタス・ベルテインですか？」

「いやあ、あんたも、わたしの些細な欠点はご存知のはずだ。いつもどおり、推理の筋は、最後の最後まで、おのれの手中におさめておきたいというわけですよ。ただし、心配はご無用。しかるべき時期がきたら、全貌は明らかにします。わたしのばあい、実績実績なんか、ほしくない。実績は、あんたにゆずります。このドラマのフィナーレは、はおのれの流儀で演じさせていただく、という条件つきでね」

「そりゃあ、いいですよ」と、ジャップ警部。「その〝フィナーレ〟が到来すれば、の話ですけどね！　ともかく、あなたはじつに口のかたい方だ」

　皮肉をいわれて、ポアロはにやりと笑った。

「では、失礼。これから、警察へいきます」

　ジャップ警部が大股で歩み去ると、ポアロはとおりがかりのタクシーをとめた。

「タクシーにのって、いったいどこへ？」意気ごんで、わたしはたずねた。

「チェルシーへいって、デイビッドソン夫妻に会ってみるんだ」

　ポアロはタクシーの運転手に所番地をつげた。

「あのユースタス・ベルテイン子爵のこと、どう思う？」わたしはポアロにきいてみた。

「それは、こちらのききたいことだよ、ヘイスティングズ」

「信用できない、って直感がしたね」

「よく小説に登場する〝腹ぐろい伯父〟という感じか？」

「きみがうけた印象は？」

「まあ、われわれにたいしては愛想がよかった、と思うけど」ポアロはあいまいな返事をする。

「それなりの理由《わけ》があったからさ！」

　ポアロは、わたしの顔をみて、憂うつそうに首をふり、小声でぽつりといった。「知的じゃないな」といったようにきこえた。

デイビッドソン夫妻は高級アパートの四階に住んでいた。夫のクリス・デイビッドソンは不在だが、妻のほうは在宅だった。わたしとポアロは、天井のひくい横長の部屋にとおされた。壁には、派手な東洋ふうの掛け布がかかっている。室内の空気はどんよりとよどみ、強烈な線香のにおいがただよっている。ミセス・デイビッドソンはすぐに姿をあらわした。色白の小柄な女性で、淡いブルーの瞳のなかに抜けめのなさそうな表情がきらめいていなければ、きゃしゃな肢体は痛ましい感じをあたえるところだろう。

ポアロがわれわれと事件との関係を説明すると、ミセス・デイビッドソンは辛そうに首をふりはじめた。

「クロンショーときたら、かわいそうに……それと、あのココも！　あたしも主人も、ココとは大の仲よしだったんです。ですから、ココが死んだなんて、たいへんなショックでした。で、あたしに、どういうご用事ですの？　悲劇のあったあの晩のことを、また、お話ししなきゃいけないんですか？」

「いいえ、いたずらに心情を傷つけるようなことはいたしません。げんに、必要なことは、すべて、ジャップ警部からきいておるのですから。ただ、舞踏会のときにお召しになっていた衣裳をちょっと拝見したい、と思いましてね」

ミセス・デイビッドソンはいささか虚をつかれたような態度をみせた。だが、ポアロは如才なく言葉をつづける。

「この点は理解していただきたいのですが、わたしのばあい、つねに、母国の方式にもとづいて捜査をすすめる主義にしております。つまり、ベルギーの警察では、かならず、事件の〝再現〟をおこなう、ということです。わたしにも、いわゆる〝実演〟ができるかもしれんわけで、そうだとすると、くだんの衣裳が重要なものになるでしょう」

ミセス・デイビッドソンは、まだ、すこし疑念をいだいているようだった。

「たしかに、〝事件の再現〟という話はきいたことがありますわ。けれど、あなたがそんな細かいところまで神経をおつかいになるとは知りませんでした。まあ、それはいいとして、衣裳をもってきます」

部屋からでていったミセス・デイビッドソンは、まもなく、白とグリーンの優雅なドレスをもってきた。ポアロは、これをうけとって、しらべたのち、頭をさげながら相手にかえした。

「ありがとうございました。こうやって、拝見したところ、どうやら、グリーンの玉ふさが一個、とれてしまったようですね。ここの肩のところです」

「そう。舞踏会の最中に、もげてしまったの。けど、すぐに、ひろって、クロンショーさんにあずけておいたんです」

「それは、夕食のあとで？」

「ええ」

「では、事件がおきるちょっとまえ、ってことでしょうかね？」

ミセス・デイビッドソンの瞳にかすかな不安の色がうかんだ。が、すぐに返答がかえってきた。「いいえ……ずっとまえです。というより、夕食の直後ですわ」

「なるほど。わかりました。おうかがいしたいことは、以上です。もう、お気もちをみだすことはいたしません。では、失礼いたします《ボンジュール・マダム》」

アパートをでる途中、わたしは感想をのべた。

「まあ、これでもって、れいのグリーンの玉ふさの謎はとけたわけだ」

「そいつは、どうかな」

「どうかな、とは？」

「わたしがあの衣裳をしらべているところは、みただろう、ヘイスティングズ？」

「みたけど？」

「しかしだ、とれてしまった問題の玉ふさは、本人はああいっているが、もげたものではない。そうではなくて、切りとったんだよ。ハサミで切りとったんだ。それが証拠に、毛糸の長さにむらがない」

「いや、はや！」思わず、わたしは大声をあげた。「事件はますます複雑怪奇になってきたね」

「さにあらず」ポアロは平静な声で、「ますます単純になってきたのさ」

「ああ、ポアロ！　いつか、きみを殺してやるからな！　なんにつけても、きわめて単純だといってのける口ぐせには、まったく、頭にきているんだ！」

「ただし、わたしの説明をきいてみると、かならずしも、きわめて単純とはいえんのじゃないか？」

「そう。そこが、また、癪にさわるんだ。あとで説明をきくと、おれにも解決できたんじゃないか、って気がするんでね」

「そうとも。きみにだって解決できるんだよ、ヘイスティングズ。ちゃんと解決できるんだ。頭にうかんだ推論をきちんと整理してみる労を惜しまなきゃね！　整理ということをせずして……」

「ああ、わかった、わかった」

いそいで、わたしは先手を打った。ポアロが十八番の持論について熱弁をふるいはじめたら、どうなるか、いやというほど思い知らされているからだ。

「それより、これから、どうするんだい、ポアロ？　ほんとに、事件の再現とやらを実行するつもりかい？」

「いや、そこまではやらん。ただ、ドラマはすでに終わったわけだが、エピローグとして……道化芝居をやってみよう」

つぎの週の火曜日、ポアロは奇妙なショーをおこなうことにきめた。そのための準備をみているうち、わたしは胸がときめいてきた。部屋の奥に白いスクリーンが立てられ、その両がわには、どっしりしたカーテンがさげられた。それから、ひとりの男が照明装置をはこびこんだ。最後は、プロの劇団員のグループがやってきて、楽屋がわりにつかうポアロの寝室にはいっていった。

八時ちょっとまえ、ジャップ警部がやってきた。あまり陽気な顔はしていない。さては、この警部、ポアロのもくろみには賛成できないのだ。

「いかにもポアロさんの着想らしく、ちょっと芝居がかっている。しかし、べつに有害なものではないし、本人もいっているように、われわれ警察当局の手間がかなりはぶける結果になる可能性もある。こんどの事件については、ポアロさん、最初から張りきっていた。もちろん、わたしも、おなじ手がかりをつかんではいるんだけど……」

このセリフはこじつけだ、と、わたしは直感した。

「……でも、このドラマのフィナーレはおのれの流儀で演じさせてあげると約束したことですしね。ああ！　お客さんがたの到来だ」

最初にやってきたのは、ユースタス・ベルテイン子爵と、同伴のミセス・マラビーだった。この女性に会うのは今回がはじめてだ。黒みがかった髪の美人だが、ひどく落ちつきがない感じがする。つづいて登場したのがデイビッドソン夫妻。夫のクリス・デイビッドソンとも、やはり、初対面だ。ちょっと嫌味なくらい長身の美男子で、肌の色は浅黒く、如才なく笑顔をみせるところなどはいかにも俳優らしい。

ポアロは、スクリーンに面した位置に、みんなの椅子を用意してあった。スクリーンは煌々たるライトに照らされている。やがて、ポアロがほかの灯りをぜんぶ消すと、スクリーンをのぞいて、室内はまっ暗になった。暗がりのなかで、ポアロの声がひびいた。

「それでは、みなさん、お待たせいたしました。ただいまから、六人の人物がスクリーンのまえを順々にとおりすぎていきます。いずれも、おなじみの人物です。すなわち、ピエロとピエレット、道化者のパンチネロと優雅なプルチネラ、かろやかに踊るうつくしいコロンビーナと、人間の目にはみえない妖精のアルルカン！」

以上のような前口上で、ショーははじまった。ポアロが紹介した人物は、つぎつぎに、スクリーンのまえへ踊りでて、ひとしきり動きをとめ、それから、闇のなかへ退場していった。室内の灯りがいっせいにつくと、みんなの口から安堵の吐息がもれた。全員、なんのことやら見当もつかぬまま、はらはらしていたのだ。わたしには、せっかくのショーがやけにあっけなく終わってしまったように思えた。かりに事件の犯人がこの場にいて、仮装の人物を一見しただけで音《ね》をあげるだろうと、ポアロがそう期待をしているのであれば、残念ながら、その狙いはみごとに失敗した。だいたい、成功するはずはなかったのだ。ところが、当のポアロは、いささかも動ずる色をみせず、にこやかな笑みをうかべながら、まえへすすみでた。

「さて、みなさん。こんどは、おそれいりますが、おひとりずつ順番に、いま眼前に登場したものがなんであるか、きかせてください。まず、ベルテイン氏から、どうぞ」

指名された子爵は怪訝そうな表情で、

「よくわからないね、どういうことか」

「いましがた目にしたものはなにか、それだけ、おっしゃってくだされればよいのです」

「うーん……ええと……目にしたものといえば、スクリーンのまえをとおりすぎた六人の人物で、いずれも、むかしのイタリア喜劇の登場人物の扮装をしていた……というか……あの晩の、われわれの扮装だね」

「いや、あの晩のことはどうでもかまいません」と、ポアロ。「うかがいたかったのは、最初のほうの感想なのです。奥さま、あなたもベルテイン子爵とおなじでしょうか？」

ポアロは、ミセス・マラビーのほうをむいて、こう問いかけた。

「ええ……はい……そうです」

「では、やはり、ごらんになったのはイタリア喜劇に登場する六人の人物だというわけですね？」

「ええ、そうよ」

「デイビッドソンさんは？　あなたも、おなじですか？」

「ああ」

「奥さまは？」

「おなじです」

「では、ヘイスティングズは？　ジャップ警部は？　返事は、イエス？　みなさん、そろって同意見なんですな？」

こういって、ポアロはわれわれ一同を端からみまわした。顔はいくぶん青ざめ、瞳はネコのように緑色にかがやいている。

「しかしですな……みなさんは、全員、見当ちがいをされておられる！　自分の目にまどわされてしまったわけです。戦勝記念舞踏会の晩と同様に、ですね。よくいわれるように、〝おのれの目で事物をみる〟ということ、かならずしも、事実をみきわめることではありません。人間たるもの、心の目で事物をみることが肝要であり、それには、いわゆる小さな灰色の脳細胞を利用せねばならない！　そうすれば、おわかりになるでしょう。今晩も、問題の舞踏会の晩も、じっさいに目にした人物は、六人ではなく、五人だ、ということがです。ほれ、ごらんなさい！」

またもや、室内の灯りがいっせいに消えた。そうして、ひとりの人物がスクリーンのまえに踊りでた。ピエロだ。

「これは、だれでしょう？」と、ポアロはたずねる。「ピエロですか？」

「そう！」みんなが異口同音に叫んだ。

「では、もう一度、みてください！」

すばやい動作で、目のまえの男は身につけているふんわりしたピエロの衣裳をぬぎすてた。すると、なんたることか、ライトの光をあびて、その場に立っているのは、アルルカンではないか！　と同時に、絶叫と椅子のひっくりかえる音がした。

「ちくしょう！」デイビッドソンが怒声をはりあげた。「この野郎！　なんで、わかったんだ？」

　つぎの瞬間、かちっと手錠のかかる音がして、ジャップ警部の冷厳な声がきこえた。

「クリストファー・デイビッドソン。おまえを逮捕する。クロンショー卿殺害の容疑でだ。ここで文句をいっても、ただ、不利な証拠になるだけだぞ」


　それから十五分後、皿数は多くないが、凝《こ》った夕食がだされた。ポアロは、満面に笑みをうかべて相手をもてなしながら、みんなの真剣な質問にこたえていた。

「結論的にいえば、いたって単純な仕組みだったのです。まず、れいのグリーンの玉ふさが発見された状況からみて、即座に、これは犯人の衣裳からもぎとられたんだ、と読めた。つぎに、テーブル・ナイフで急所をぐさりと突き刺すにはかなりの力を要するという点からして、ピエレットのことはいちおう念頭から排除し、犯人はピエロではなかろうか、と見当をつけた。ただし、ピエロのばあい、凶行が演じられた約二時間まえに舞踏会の会場を去っている。となると、後刻、また会場にもどってきて、クロンショー卿を殺害したか、あるいは……そう……会場を去るまえに殺害したか、そのいずれかだと推定せざるをえない。けれど、そんな芸当は可能だったか？　事件当夜、夕食後に、クロンショー卿の姿をみたのは、だれか？　みたのは、ミセス・デイビッドソンだけです。この方の証言は、衣裳に玉ふさがついていない理由をこじつけるための巧妙な作り話だろうと、わたしは考えた。つまり、この玉ふさは、夫の衣裳からとれてしまった玉ふさの代わりにと、わざわざ、自分の衣裳から切りとったものなのです。だが、それならば、夜中の一時半にボックス席にいる姿を目撃されたアルルカンは替え玉だった、ということになる。最初は、ちょっと、ベルテイン氏が犯人ではあるまいかと考えてみた。しかし、あんなに凝った衣裳を身につけていたのでは、パンチネロとアルルカンの二役《ふた》を演じることはとうてい不可能だ、という結論がでた。一方、デイビッドソンならば、被害者と背丈がほぼおなじだし、本業がそもそも俳優なんだから、これくらいの演技はいとも簡単です。

とはいえ、ひとつだけ、どうにも腑におちない点があった。いくらなんでも、医者ともあろう者に、二時間まえに死亡した人間と十分まえに死亡した人間の区別がつかないわけがない！　いや、いや、医者にはちゃんと区別はついたのです！　ただし、現実には、死体のところに案内されて、『この男は、死後どれくらい経過しているでしょう？』と、きかれたのではなく、逆に、被害者は十分まえには生きているところを目撃されている、という話をきかされた。しかるがゆえに、検死審問のさい、死体の四肢に理由のわからない異常な硬直がみられたと、そう陳述するほかはなかったのです。

わたしの推理も、この段階までくると、あとはもう順風満帆です。デイビッドソンは、夕食の直後にクロンショー卿を殺害した。つまり、みなさんもご記憶のとおり、クロンショー卿を食堂へつれもどす現場をみられたさいに、です。しかるのち、ミス・コートニーとともに舞踏会の会場を去り……室内にはいって、彼女の怒りをしずめようとつとめた、なんてのはウソで……ミス・コートニーとはアパートの玄関まえで別れ、大いそぎで会場のコロッソス・ホールへとって返した。ただし、こんどの役は、ピエロではなく、アルルカンです。外がわの衣裳をすっぽりぬいでしまえばいいんだから、造作のない変身ですよ、これは」

被害者の伯父は、不審で仕方がないといった表情で、まえに身をのりだした。

「しかし、かりにそうだとすると、デイビッドソンは、最初から甥を殺すつもりで、舞踏会に出席したことになりますな。いったい、そもそもの動機はなんだったんでしょう？　そう、動機ですよ、見当がつきかねるのは」

「さよう。ここにおいて、第二の悲劇……すなわち、ミス・コートニーの死が問題になるわけです。げんに、ひとつ、みんながみおとしている単純な事実があります。ミス・コートニーの死因はコカインの中毒だった。けれど、この麻薬はクロンショー卿の死体からみつかった琺瑯《ほうろう》の小箱にはいっていた。しからば、ミス・コートニーは、おのれの死をまねいた薬を、どこで入手したのか？　彼女にこんな薬を調達してやれる人物は、ただひとり、デイビッドソンだけです。そう解釈すれば、すべて筋がとおる。ミス・コートニーが、生前、デイビッドソン夫妻と交際していた理由も、舞踏会の途中でデイビッドソンに自宅《うち》まで送ってほしいとたのんだ理由も、納得できる。いまは亡きクロンショー卿は、麻薬の服用には大反対で、ミス・コートニーがコカインの中毒者だということを知ってから、この種の薬を彼女に斡旋しているのはデイビッドソンではないか、と目星をつけた。疑われたデイビッドソンは、そんなことはないと否定しようとしたが、クロンショー卿のほうは、舞踏会の席でミス・コートニーの口から真相をききだしてやろうと決意をかためていた。クロンショー卿にしてみれば、あさましい若い女性の行動はゆるせても、麻薬の売買なんぞで生計をたてているような男は断じて容赦できない。かくして、デイビッドソンは、これまでの悪業が露見して身の破滅をまねく事態に直面した。それゆえ、なんとしてでもクロンショー卿の口を永久に封じてしまわねばと肚をきめて、舞踏会へでかけたわけですよ」

「それじゃあ、ココの死は偶然の事故だったんですか？」

「デイビッドソンが巧妙に仕組んだ事故、だと思いますね。なにぶん、ミス・コートニーはクロンショー卿にたいして猛烈に怒っていた。第一には、クロンショー卿からきびしく叱責されたため、第二には、もっていたコカインをとりあげられてしまったがためにです。その後、デイビッドソンは、またもや、彼女にコカインをあたえ、おそらく、〝石頭〟のクロンショーへの挑戦だということで、薬の量をふやすようにすすめたんでしょうな」

「もうひとつ、ききたいんだけど」と、わたしが発言した。「れいの奥の小部屋とカーテンのこと、どうしてわかったんだい？」

「いやあ、きみ。そんなのはきわめて簡単だよ。そこの食堂では給仕がでたりはいったりしていたわけだから、どう考えたって、死体は発見場所の床にずっところがっていたはずはない。そこの食堂には、どこか、死体をかくしておける場所があったんだ。そういう仮説から、わたしは、ここにはカーテンがあって、このカーテンのうしろには小部屋があるんだろうと推理した。犯人のデイビッドソンは、まず、ここへ死体をひきずりこんでおき、後刻、会場内のボックス席にいる自分の姿に注意をひきつけたのち、最終的に会場から立ち去るまえに、ふたたび、死体を床のうえにひきずりだしておいたんだ。こういう行動はじつに気がきいていた。なかなかの切れ者だよ、やつは」

だが、そういっているポアロの緑色の瞳からは、まぎれもなく、つぎのような無言のセリフが読みとれた。

「さりとて、エルキュール・ポアロほどの切れ者じゃないがね！」

潜水艦の設計図
The Submarine Plans

官庁の公文書送達係が一通の書簡をとどけにきた。ポアロは、さっそく、文書の内容を読みはじめた。読んでいる最中、にわかに興味をそそられたような熱っぽい表情が瞳にあらわれた。それから、言葉すくなになんとかいって、送達係を去らせると、わたしのほうをむいた。

「わるいけど、大至急、バッグに荷物をつめてくれないか、ヘイスティングズ。いまからシャープルズ荘までいくんだ」

アロウエイ卿がもっている有名な別荘の名前がでたので、内心、わたしはびっくりした。新設された国防省の長をつとめるアロウエイ卿は、閣僚のなかでは要人のひとりである。大手エンジニアリング会社の社長で、サー・ラルフ・カーティスと呼ばれていたころは、下院で大いに実績をあげ、いまでは、将来の政界の筆頭に立つ人物だといわれている。つまり、デイビッド・マカダム現首相の健康状態にかんする巷のうわさが事実だとすれば、次期内閣首班の最有力候補だと目されているのだ。

外では、大型のロールスロイスが待っていた。車が闇のなかへしずかに走りだすと、わたしはポアロに質問をあびせた。

「こんな夜おそく、いったい、なんの用なんだろうね?」

時刻はもう十一時だった。

ポアロは首を横にふって、

「きっと、なにか、緊急の事態が生じたんだろう」

「そういえば、数年まえ、アロウエイ卿については忌わしいスキャンダルがひろまったことがある。エンジニアリング会社の社長だったときで、たしか、株の不正操作をしたとかいう話だった。まあ、とどのつまり、その嫌疑は晴れたわけだけど、ひょっとすると、また、そんなたぐいの事件でもおきたんじゃないだろうか?」

「それだったら、わざわざ、こんな時間に呼びだすこともないと思うがね」

こういわれてみれば、なるほどと同意せざるをえず、あとはずっと沈黙をまもりつづけた。ロンドンの市外にでると、強力なエンジンをそなえた高級車はいちだんとスピードをあげて疾走し、十二時ちょっとまえ、めざすシャープルズ荘に到着した。

カトリックの司教のような執事が、すぐさま、われわれを小さな書斎へ案内した。そこで待っていたアロウエイ卿は、椅子から威勢よく立ちあがって、挨拶した。贅肉のない長身の男で、体内から活力と生気を発散させているような感じだ。

「やあ、ポアロさん、ようこそ。政府当局があなたの尽力を要請するのは、これで二度目ですな。戦時ちゅう、あなたが解決してくださった事件のことは、いまでも鮮明に記憶にのこっています。なにしろ、あんな奇想天外な手口で首相が誘拐されるという事件ですからね。あの急場をうまく収拾できたのは、ひとえに、あなたの非凡なる推理力と……あわせて、慎重な判断力のおかげですよ」

ポアロの目がわずかに光った。

「それでは、大臣、こんども、なにか……慎重な判断力を要する事件なのですか？」

「そう。そうなんです。わたしも、ハリー卿も……ああ、ご紹介しよう……こちらは海軍作戦本部長のハリー・ウエアデイル卿。こちらは、ポアロさんと……陸軍大尉の……」

「ヘイスティングズです」と、わたしは名のった。

「あなたのお話はよく耳にしておりますよ、ポアロさん」握手をかわしながら、ハリー卿はいう。「今回のは、また、じつに不可解な事件でしてね。これを解決していただければ、まことに助かるのです」

初対面で、この作戦本部長には好感をおぼえた。古武士の風格をそなえた実直な人物である。

ポアロはふたりの相手に問いかけるような目をむけた。これに気づいて、アロウエイ卿は話の穂をついだ。

「いうまでもなく、これからお話しすることは極秘にしておかねばならんので、どうか、その点、おふくみおきのほどを。じつをいうと、われわれ関係者にとってきわめて重要な書類が……最新のZ型潜水艦の設計図が……ぬすまれてしまったのです」

「いつ、ですか？」

「今夜……そう、いまから三時間たらずまえです。ポアロさんなら、ことの重大さがわかっていただけると思いますが、この件が表ざたになることはぜったいに避けねばならんのです。それでは、すでに判明している事実だけをざっと説明しましょう。わたしがこの週末に招いたのは、いま、ここにおられる提督のハリー・ウエアデイル卿。そのほか、奥さんのジュリエット・ウエアデイル夫人、ご子息のレナード・ウエアデイルくん。

それと、ロンドンの社交界で令名のたかいコンラッド夫人。以上の、四名です。ご婦人がたは、早目に……十時ごろでしたかな……床につかれた。ご子息のレナードくんも、です。ハリー卿は、いま申した新型潜水艦の建造について小生と話しあう予定だったので、ここの書斎にのこっていた。だから、わたしは、秘書のフィッツロイくんに、部屋のすみにある金庫から問題の図面をとりだし、すぐ目をとおせるようにデスクのうえにのせておいてほしい、と、たのんだ。ほかの関連書類もいっしょにです。そうしてから、提督とふたりで、葉巻きを吹かし、暖かい六月の夜気を肌に心地よく感じながら、テラスをぶらついていた。そのうち、タバコも吸いおわったので、もとの書斎にもどることにした。そうして、テラスのはしでまわれ右をした瞬間、なにやら、人影らしきものが、そこのフランス窓からすっとぬけだして、テラスをつっきり、闇のなかに消えていったような気がしたのです。ただし、そのときは、べつだん意にも介さなかった。ここの部屋にはフィッツロイくんがいることだし、不祥事がおころうとは想像もしなかった。もちろん、この点、わたしは迂闊だったのです。ま、それはさておき、わたしと提督がフランス窓から書斎にはいると同時に、フィッツロイくんもロビーのほうから書斎にはいってきた。

『必要になりそうなものは、ぜんぶ、だしてあるね、フィッツロイ?』と、わたしはきいてみた。

『はい、アロウエイさま。書類は、すべて、デスクのうえにだしておきました』と、こういってから、フィッツロイくんは、われわれに就寝まえの挨拶をして、部屋をでていこうとした。

『ああ、ちょっと待ってくれ。まだ、ほかにも必要なものがあるかもしれんのでね』

と、呼びとめてから、わたしはデスクのうえの書類に目をとおしてみた。

『なんだ、いちばん肝心なものを忘れているじゃないか、フィッツロイ。れいの潜水艦の設計図だよ!』

『設計図でしたら、いちばんうえにのせておきましたけど、大臣』

『いやあ、ないぞ』書類をどんどんめくりながら、わたしはこたえた。

『ほんのいましがた、まちがいなく、そこへおいたんですがね』

『しかし、ないな、ここには』

フィッツロイは、あっけにとられたような顔をして、そばへやってきました。本人にとっては、まったく信じられないことだったんでしょうな。それから、わたしたちは、あらためて、デスクのうえの書類をめくってみた。けれど、結局のところ、問題の設計図はなくなってしまったのだと、あきらめざるをえなかった。フィッツロイが部屋の外にでていた三分ほどのあいだに、です」

「なぜ部屋からでたんでしょうね？」ポアロが早口でたずねた。

「わたしも、その理由をきいてみたんですよ」ハリー・ウエアデイル卿が大声でいった。

「どうやら、こういうことらしいんだね」と、アロウエイ卿。「フィッツロイが書類をデスクのうえにならべおえたとき、ふいに、女の悲鳴がきこえた。おどろいて、廊下にとびだしてみると、階段のところに、コンラッド夫人がつれてきたフランス人のメイドが立っている。顔はまっ青で、おろおろしながら、たったいま、幽霊をみたんです……全身、白ずくめの背のたかい人影が音もなく歩いていったんです、と彼女はいう。この話をきいて、フィッツロイは、思わず笑ってしまったが、いちおう丁重な言葉で、たわけたことをいうもんじゃない、と注意してやった。それから、われわれとほとんど同時に、この書斎へもどってきた、というわけなんです」

「どうも、すべては明白、といった感じですね」ポアロは思案をめぐらしながら、「唯一の疑問は、そのメイドは共犯者だったのか、ということです。メイドは、戸外に身をひそめている犯人との打ちあわせどおり、悲鳴をあげたのか、それとも、犯人はただチャンスが到来するのを待っていただけなのか？　大臣がごらんになったのは、男で、女ではなかったんでしょうね？」

「それは、どっちともいいきれないんですよ、ポアロさん。なにしろ、ただの……人影だったもので」

このとき、提督が鼻を鳴らすような妙な声をだしたので、いきおい、そちらへ注意がむいた。

「提督にも、なにか、感想がおありのようですね」やや顔をほころばせて、ポアロはおだやかにいった。「ハリー卿も、この人影はごらんになったんですか？」

「いいや。アロウエイだって、みてはおらんのです。このときは、ただ、木の枝がゆれうごくかなんかしただけで、その直後、盗難事件があったことがわかると、アロウエイは、テラスを横ぎる人影をみたと早合点してしまった。要するに、おのれの想像力に幻惑された、ってわけですよ」

「想像力がゆたかだなんて、他人《ひと》には思われておらんのだがね」こういって、アロウエイ卿はかすかな苦笑をうかべた。

「なにをいうか。人間、だれしも、想像力はそなえているんだ。だから、現実には目撃していないものまで目にみえたような気になってしまうわけだよ。わたしなんか、長年にわたる航海の経験からして、いわゆる陸上生活者の目よりも自分の目のほうをぜったいに信じている。いずれにせよ、わたしだって、テラスのほうには目をむけていたんだし、かりに人影のごときものがみえたとすれば、ちゃんと目にうつったはずだ」

この件について、提督はかなり意気ごんでいる。ポアロは、椅子から立ちあがって、フランス窓のところへ足ばやに歩みよった。

「よろしいですか？　できうれば、現場を確認しておく必要がありますんでね」

こういって、ポアロはテラスへでていった。われわれもそのあとにつづいた。ポアロは、ポケットから懐中電灯をとりだして、テラスのまわりの芝生を照らしている。

「人影はテラスのどのへんを横ぎったんでしょうか、大臣？」と、ポアロはたずねた。

「そこのフランス窓の真正面あたりでしたな」

それから数分間、懐中電灯で照らしつづけながら、ポアロはテラスの端から端まで歩いてみた。そうしてから、懐中電灯を消し、ぴんと上体をおこした。

「やはり、ハリー卿のおっしゃるとおりで、大臣は勘ちがいをされたようですね」しずかな声で、ポアロは意見をのべる。「きょうは、宵のうち、かなり雨が降りました。したがって、このへんを歩いた人間がいるとすれば、当然、足跡がのこっているはずです。ところが、それらしきものは、ない。ぜんぜん、です」

ポアロはそばに立っている両人を交互にみつめた。アロウエイ卿は腑におちない表情をうかべている。ハリー卿のほうは、みるからに得意満面で、ずばりといいきった。

「ほれ、案のじょうだ。どんなばあいでも、この目はたしかなんだから」

こんなセリフを吐くところはいかにも生一本で老練な船乗りの権化といった感じで、わたしは思わず笑みをもらしてしまった。

「こうなると、当家におられる方がたが問題になりますな」ポアロはやんわりといった。「では、室内《なか》へもどりましょう。大臣にうかがいますが、秘書のフィッツロイ氏が階段の下にいたメイドと言葉をかわしているあいだ、だれかがその隙に玄関ホールから書斎にはいりこむことは可能だったでしょうかね？」

アロウエイ卿はかぶりをふって、

「まったく不可能です。そうするには、フィッツロイのわきをとおりぬけなきゃならんのですから」

「それでは、当のフィッツロイ氏についてですが……このひとは大丈夫なんでしょうね？」

アロウエイ卿は顔を紅潮させた。

「もちろんですよ、ポアロさん。あの男のことなら、自信をもって保証します。いかなる形にせよ、あの男がこんどの事件に関与しているなんてことは、断じてありえません」

「なんとも、はや、異常な点だらけですな」皮肉っぽい口調で、ポアロはいった。「ひょっとしたら、設計図には自然に小さな翼《つばさ》がはえて、とんでいってしまったのかもしれませんね……こんなふうに」

ポアロは剽軽《ひょうきん》なケルビムみたいに頬をふくらませて、ふーっと息を吐きだすジェスチャーをしてみせる。

「だいたい、事件そのものが異常なんだ」いらだたしげに、アロウエイ卿はいう。「さりとて、ポアロさん、フィッツロイが怪しいなんてことは夢にも思わんでください。だって、そうでしょう？　かりにフィッツロイがこの設計図を入手したいという気をおこしたとするなら、わざわざ盗みだすよりは、図面にトレーシング・ペーパーをあてて複写してしまうほうが簡単じゃありませんか」

「なるほど。たしかに、おっしゃるとおりです。さすが、大臣は理路整然とした頭脳をおもちですね。イギリスには大臣のような方がおられるんで、しあわせだと思います」

だしぬけに、こんな賛辞を呈せられて、アロウエイ卿はいささか面くらったふうだった。だが、ポアロは、すぐ、話を本題にもどした。

「夕方、みなさんがおられた部屋には……」

「応接間のことですか？　ええ、それで？」

「ここにも、テラスに面してフランス窓がありますね。たしか、そちらのほうへ歩いていったとおっしゃっていましたから。となると、フィッツロイ氏がここにいない隙に、だれかが応接間のフランス窓からぬけだして、この部屋にしのびこみ、また、応接間にもどっていった、ということは考えられないでしょうか?」

「そんな人物がいたら、われわれの目にとまったはずだ」提督が発言した。

「おふたりが逆の方向へ歩いている最中だったら、むりでしょう」

「フィッツロイが室外にでたのはわずか数分だし、われわれがテラスのはしまで歩いていくのに要する時間も、せいぜい、それくらいですよ」

「まあ……これは、あくまでも、ひとつの可能性でして……というより、目下のところは、唯一の可能性なのです」

「しかし、われわれが外にでたとき、応接間には、だれもいなかったと思うけど」と、提督はいう。

「おふたりが外にでてから、はいりこんだのかもしれません」

「すると、こういうことですか?」ゆっくりした口調で、アロウエイ卿は念をおす。

「つまり、メイドの悲鳴をきいて、フィッツロイが書斎からとびだしたときには、何者かがすでに応接間にかくれていて、そこのフランス窓から、すばやく、ここに侵入し、フィッツロイがもどってくる寸前に応接間からも姿を消してしまった、というわけですか？」

「これもまた、論理的なご意見で、問題の核心をついております」こういって、ポアロは頭をさげた。

「ひょっとすると、犯人は使用人のうちのだれか、だろうか？」

「さもなければ、お客さまのうちのだれか、かもしれません。悲鳴をあげたのはコンラッド夫人のメイドだそうですが、そのコンラッド夫人とは、どういう方なんでしょう？」

ひとしきり、アロウエイ卿は思案をめぐらしてから、

「まえにも話したように、ロンドンの社交界では有名な女性です。豪華なパーティーをひらいたり、どこにでも顔をだすという点では、たしかに、そのとおりです。ただし、じっさいの素性や過去の生活については、ほとんど知られていない。また、外交官や外務省の役人たちとはとくに親しく交際している。政府の秘密情報部にとって気になるのは……その理由です」

「なるほど。それなのに、この週末にここへ招かれたのは……」

「ええ……なんというか……至近距離で本人を観察したいと思ったからです」

「ほほう！　では、その相手がみごとに主客転倒させた、ということも考えられますね」

アロウエイ卿は狼狽の表情をみせた。

「そういえば、大臣、コンラッド夫人の耳にはいる場所で、だれか、あなたが提督と相談する予定だったことを口にした人物はおりませんか？」

「いますよ。ハリー卿が、『さて、それじゃ、問題の潜水艦の件だ！』とかなんとか、そんなようなことを大声でいいましたね。そのとき、ほかの者はもう部屋にいなかったんですが、夫人はちょうど本をとりにもどってきたところでした」

「わかりました」真剣な顔つきで、ポアロはうなずく。「もう、だいぶ時間はおそいんですけど、これはいわば緊急の事態です。したがって、できることなら、いますぐ、こちらの滞在客のみなさんからお話をきいてみたいのですが」

「もちろん、それはできます。ただ、ちょっと面倒なのは、こんどの一件がなるべく外部にもれないようにしたいと思うことです。また、ジュリエット・ウエアデイル夫人と息子のレナードくんはいいとしても、もし無実だとなると、コンラッド夫人のばあいは、いささか事情がちがってきますんでね。それゆえ、みんなには、ある重要書類が紛失したとだけ話して、その書類の内容とか、紛失したさいの状況などについての説明はしないほうがいいんじゃないでしょうか」

「わたしも、そのように提案しようと思っていたのです」ポアロは晴れやかに笑いながら、「げんに、女性が三人もおられますしね。提督には申しわけないのですが、いかなる良妻といえども……」

「いや、気にはせんよ」と、ハリー卿。「まったく、世の女性は、よく、しゃべる！　うちの家内のばあいは逆で、しゃべるほうはもうすこし積極的に、ブリッジのゲームのほうはもうすこし控えてもらいたいね。だが、当節の女性は、みんな、似たようなもんで、ダンスかギャンブルでもしておらんと、精神的に満足できんらしい。ええと、では、家内とレナードのやつを起こしてこよう。いいだろう、アロウエイ？」

「ああ、たのむ。わたしは、あのフランス人のメイドを呼びよせよう。ポアロさんも、このメイドには会ってみたいだろうし、コンラッド夫人は彼女が起こしてくれる。さっそく、呼びますけど、そのあいだに、フィッツロイをここへよこしますから」

秘書のフィッツロイ氏は、やせて、青白い無表情な顔をした青年で、鼻眼鏡をかけている。その証言はアロウエイ卿がこれまでに話したこととぴったり合致していた。

「あなたの想像では、どうですか、フィッツロイさん？」

フィッツロイ氏は肩をすくめて、

「おそらく、事情を知った人間が戸外でチャンスをねらっていたんです。室内《なか》のようすは窓ごしにみえるし、わたしが部屋からでるなり、こっそり侵入したんでしょう。アロウエイ卿も、逃げる犯人の姿をみて、すぐに追いかければよかったのに、それができなかったのは残念ですね」

ポアロは、相手の誤解をといてやろうとはせず、さらに質問をつづける。

「幽霊をみた、というメイドの話は信じられますか？」

「いやあ、とても信じられませんよ、ポアロさん」

「わたしがいいたいのは……本人はじっさいにそう思ったんだろうか、ということです」

「まあ、その点については、なんともいえませんね。あのときは、たしかに胆をつぶしていたようですから。両手で頭をかかえて」

「ははーん！」なにか一大発見でもしたかのごとく、ポアロは大声をあげる。「そうなんですか？　さぞかし、美人なんでしょうな」

「とくに美人だとも思いませんけど」感情を押し殺したような口調で、フィッツロイ氏はこたえる。

「そのさい、彼女の主人であるコンラッド夫人の姿はみかけなかったでしょうね？」

「いや、みかけましたよ。たまたま、階段のうえの廊下にいて、『レオニー！』とメイドを呼んでいたんです。でも、わたしの姿をみるなり、すぐに、ひっこんでしまいました」

「二階か」と、つぶやいて、ポアロは眉をひそめた。

「わたしにとって、こんどの事件は気になることです……というより、もしアロウエイ卿がたまたま逃げていく犯人の姿を目撃されなかったら、気になって仕方がないところでしょう。とにかく、このさい、わたしの部屋と……ついでに、わたしの身体検査でもやっていただければ、たすかるんですがね」

「ほんとに、それを希望しますか？」

「もちろんです」


これにたいして、ポアロがどのように応答したものやら、それはわからない。というのも、ちょうどこのとき、アロウエイ卿がふたたび登場して、ご婦人がたがふたりとレナード・ウエアデイルが応接間で待っていると、つげたからだ。

ふたりの女性はよく似合うネグリジェを身にまとっていた。コンラッド夫人は、金髪で、まだ三十五歳の美人だが、いくぶん肥満ぎみである。ジュリエット・ウエアデイル夫人のほうは、もう、四十にはなっていそうだ。長身で、肌の色は浅黒く、だいぶ痩せているが、やはり、容貌はうつくしい。手や足はきゃしゃで、その挙動には落ちつきのない憔悴したようすがうかがわれる。息子のレナードは柔弱な感じのする青年で、率直かつ頑健な父親とはまったく対照的だ。

ポアロは、わたしとの打ちあわせどおり、事件にかんする前口上をのべたのち、みなさんのうちで、どなたか、調査の参考になるようなことを見聞しなかったかどうか、その点を知りたいので、と説明した。

まず、ポアロは、コンラッド夫人のほうをむいて、まことに恐縮だが、事件当時の行動をつまびらかにしてほしいとたのんだ。

「ええと……わたくしは、二階へいってから、ベルを鳴らして、メイドを呼んだんです。ところが、なかなか姿をみせないので、部屋の外にでて、名前を呼びました。すると、だれかと階段のあたりで話をしている声がきこえました。このメイドは、髪にブラシをかけてもらってから、ひきさがらせたんですけど……なにか、ひどく気もちが動揺しているようでしたわ。わたくしは、このあと、しばらく本を読んで、床についたんです」

「では、ジュリエット・ウエアデイル夫人。奥さまは、いかがでしょう？」

「わたくしは、二階へ直行して、すぐに、やすんでしまいました。やはり疲れていたものですから」

「本は、どうなさったの？」微笑をうかべながら、コンラッド夫人がたずねた。

「本？」ウエアデイル夫人の顔がぽっと赤くなった。

「ええ、そうよ。わたくしがメイドのレオニーをひきさがらせたとき、あなた、ちょうど階段をあがってくるところで、応接間へ本をとりにいってきたんだって、そうおっしゃっていたじゃない？」

「ああ、そうそう。たしかに、階下《した》へいったわ。つい……忘れてしまったの」

ウエアデイル夫人はそわそわと両手を組みあわせた。

「奥さまには、コンラッド夫人のメイドの悲鳴がきこえました？」

「いいえ」

「それは妙ですね。そのときは応接間におられたんでしょうからね」

「とにかく、なにもきいていません」ウエアデイル夫人は語気をつよめた。

ポアロは若いレナードのほうをむいた。

「あなたは？」

「知らない。二階へあがって、すぐ寝ちゃったんでね」

ポアロはあごをなでて、

「いやあ、これでは、参考になることなど皆無のようですな。みなさん、こんなことのために、せっかくの安眠を妨害してしまって、まことに申しわけありません。どうか……どうか、ご容赦ください」

身ぶりをまじえつつ詫びて、ポアロは一同を部屋から送りだした。もどってきたときには、生意気な感じのする若い美人といっしょだった。れいのフランス人のメイドである。アロウエイ卿とウエアデイル提督は、ご婦人がたとともに立ち去ってしまっていた。

「さて、お嬢さん《マドモアゼル》」ポアロはきびきびした口調でいった。「ひとつ、ほんとうのことを話してください。正直に、ね。階段のところで悲鳴をあげたというのは、どういうわけですか?」

「あのう、背のたかい人影がみえたんです……全身、白ずくめで……」

ポアロは人さし指を威勢よくふってみせた。

「正直に話して、といったでしょう? それでは、こちらで当ててみます。あんたは、キスされたんでしょう? レナード・ウエアデイルくんに、ね」

「そうです《エ・ビアン》。けど、キスぐらい、なんてこともありませんわ」

「まあ、ばあいによっては、すこぶる自然の行為かもしれませんね。わたし自身、また、ここにいるヘイスティングズだって……いや、余談はさておき、そのときの模様を話してください」

「レナードさんは、いきなり、うしろからやってきて、あたしをつかまえたんです。それで、びっくりして、思わず、きゃーっと叫んでしまったんです。最初からわかっていれば、悲鳴なんかあげないのに、レナードさんときたら、まるでネコみたいにつかみかかるんですもの。そこへ、あの秘書の方《かた》がとびだしてきたので、レナードさんは、あわてて、階段をあがっていってしまわれた。でも、あたしには、なにもいえませんわ。相手は、あんなえらいお方《かた》の息子さんですものね。だから、仕方なく、幽霊をみたなんて作り話をしたんです」

「なるほど。それで読めましたよ」おだやかな表情で、ポアロはうなずいてみせた。

「そのあとで、奥さまの部屋へあがっていったわけですね。ところで、その奥さまの部屋のある場所は？」

「廊下のつきあたりです。あちらの」

「というと、書斎の真上、か。いや、もう、けっこうですよ。お嬢さん《マドモアゼル》。まあ、これからは悲鳴なんかあげないようにね」

親切にメイドの手をとって戸口まで送りだしたポアロは、顔に笑みをうかべながら、わたしのそばへもどってきた。

「ちょっと変わった事件じゃないか、ヘイスティングズ。わたしには、多少、目星がついてきた。きみのほうは、どうかね？」

「そもそも、レナード・ウエアデイルは階段のところでなにをしていたんだろうか？あの男は、どうも虫が好かん。根っからの道楽者だぜ、あいつは」

「うん、同感だ」

「秘書のフィッツロイは正直者らしい」

「その点は、アロウエイ卿も力説している」

「だけど、あの男のいうことは、なんとなく……」

「ちょっと話がうまくできすぎている、というんだろう？わたしも、そんな印象をうけた。これにたいして、あのコンラッド夫人はぜったいに怪しいな」

「部屋は書斎の真上だそうだし」

じっと考えながら、わたしはポアロの顔を凝視した。

ポアロは、かすかな笑みをうかべて、首を横にふってみせる。

「いやあ、むりだよ、きみ。いくら想像をたくましくしても、あの清純な乙女《おとめ》のごときレディーに、煙突からもぐりこむとか、バルコニーから侵入するなんて芸当ができるとは思えん」

と、このとき、部屋のドアがあいて、ひとりの女性がすっとはいってきた。意外なことに、ジュリエット・ウエアデイル夫人だった。

「ポアロさん」夫人はいくぶん息をはずませている。「ちょっと、あなたにだけ、お話ししたいことがあるんですけど」

「奥さま、ヘイスティングズ大尉はわたしの分身のごときものですので、この男はここに存在しないと考えて、お話しなさればよいでしょう。さあ、どうぞ、おかけください」

夫人は椅子に腰をおろした。視線はポアロの顔にひたとすえたままだ。

「話といっても……なかなか申しあげにくいんです。こんどの事件の調査は、あなたが担当されているわけでしょう。それで、まず、うかがいますけど、もし……その書類がもどったら、事件はぶじに落着したことになるんでしょうか？　つまり、今後、あれこれ詮索されずにすむんでしょうか？」

思わず、ポアロは相手の顔をみつめた。

「すると、くだんの書類は、まず、わたしの手にはいる、ということですね？　しかるのち、これを入手したいきさつについてはいっさい詮索しないという条件つきで、わたしからアロウエイ卿におかえしする」

夫人はうなずいて、

「ええ、そういうことです。けれど、このことは、ぜったい、世間に知れないようにしていただかないと」

「アロウエイ卿とて、あえて世間に知らせたいとは思わんでしょう」ポアロは断言した。

「では、承諾していただけますわね？」意気ごんで、夫人はつい大声をあげた。

「いや、ちょっと待ってください。承諾できるかどうかは、いつ書類をわたしてもらえるのか、それによりけりです」

「即刻、といってもかまいません」

ポアロは室内の置時計のほうをちらりとみて、

「正確には、どれくらいでしょう？」

「そうね……十分くらい」かぼそい声だ。

「ならば、けっこうです」

ウエアディル夫人はいそいで部屋からでていった。わたしは口をとがらせて、ひゅーっと口笛を吹いた。

「事情を簡単に説明してくれないかな、ヘイスティングズ」

「ブリッジだよ」わたしは言下にいってのけた。

「ほほう。それじゃ、あの提督の迂闊な発言をおぼえていたんだな。まことに、たいした記憶力だ！　感服したよ、ヘイスティングズ」

ふたりとも、ここで会話をやめた。アロウエイ卿がぶらりと部屋にはいってきて、怪訝《けげん》そうにポアロの顔をみつめたからだ。

「その後、なにか見当はつきましたか、ポアロさん？　あなたの質問にたいする答えは期待はずれのものだったんじゃないですかね」

「そんなことはありませんよ、大臣。謎の解明にはじゅうぶん役だちました。したがって、これ以上ここに滞在する必要もなくなりましたので、さっそく、ロンドンへ帰らせていただきます」

アロウエイ卿は啞然としたようだった。

「だって……だって、なにが判明したんです？　図面をぬすんでいった犯人はわかったんですか？」

「はい、わかりました、大臣。いかがですか、その図面を匿名で大臣におかえししたばあい、これでもって調査は打ち切られるでしょう？」

アロウエイ卿はポアロの顔をみつめて、

「現金とひきかえに、ということなんだろうか？」

「いいえ、おかえしするのは無条件で、です」

「もちろん、図面の回収がいちばん肝心なことなんですがね」

アロウエイ卿のいい方は歯切れがわるい。まだ、どうにも納得しがたい、といった表情をうかべている。

「でしたら、その方針をつらぬくことを心からおすすめいたします。図面が紛失した事実を知っているのは、大臣と、提督と、秘書のフィッツロイ氏、の三人だけなんですから、これが回収できたことも、この三人だけにわかればよいわけでしょう。いずれにせよ、今後は、あらゆる形で大臣を援助する所存でおりますので、安心なさってけっこうです。まあ、今回の事件の謎の部分については、わたしにおまかせください。わたしは、大臣から図面をとりもどしてほしいと依頼されて……その仕事をやりとげた。大臣のばあい、これ以上のことは知らないのです」ポアロは、立ちあがって、片方の手をさしだした。「それでは、大臣、お会いできて光栄のいたりです。わたしは、大臣を……それと、イギリスのために献身されている大臣の誠意を信頼しております。大臣ならば、かならずや、力づよい手で母国の運命を好ましい方向へみちびいていかれることでしょう」

「いやあ、ポアロさん、その面ではベストをつくすことを誓います。これは、もしかすると、欠点なのかもしれないし、あるいは、長所なのかもしれない……が、ともかく、わたしは自己を信じておるのです」

「偉人とは、すべからく、そういうものでしょう。かく申すポアロにしても、また、しかりですよ！」

しばらくすると、玄関に車がやってきた。アロウエイ卿は、石段のうえに立って、心底から名残りおしげに別れの挨拶をした。

車が走りだすと、ポアロは感想をのべた。

「あのひとはなかなかの傑物だよ、ヘイスティングズ。頭脳明晰で、機略にとみ、行動力がある。イギリスにとって、いまのような困難な再建の時期には、リーダーとして欠かせない実力者だ」

「その意見には賛成だけどね、ポアロ、あのジュリエット・ウエアデイル夫人のほうはどうなんだい？　問題の図面は、本人がアロウエイ卿にかえすことになるわけか？　きみがなにもいわずに帰ってしまったことを知ったら、いったい、どう思うだろうね？」

「ならば、ヘイスティングズ、ひとつだけ、きみに簡単な質問をしよう。夫人は、わたしのところへ話をもちこんできたさい、なぜ、その場で図面をわたそうとしなかったのか？」

「手もとになかったからだろう」

「ご名答。では、これを自分の部屋からもってくるのに、どれくらいの時間を要するか？　邸内の隠し場から、といってもいい。いや、返答はいらん。かわりに、わたしがこたえてやる。おそらく、二分半くらいだ。にもかかわらず、夫人は、十分ほど、という線をだした。それは、なぜか？　きっと、図面は、だれか別人から入手しなければならなかったんだ。そして、相手が図面のことを断念するまで説得しなければならなかった。さて、しからば、その相手とは、いったい、だれなのか？　コンラッド夫人でないことは明らかだから、自分の家族の一員、つまり、夫か息子のいずれかだ。となると、可能性が大きいのは、どちらのほうか？　息子のレナード・ウエアデイルはベッドへ直行したと語っているが、これは事実ではない。かりに、母親のウエアデイル夫人が息子の部屋へいってみて、そこに息子がいないことを知ったら、どうだろう？　かりに、階下《した》へおりてきた夫人は名状しがたい不安で胸がいっぱいになってしまった、としたら、どうだろう？　なにしろ、息子は碌《ろく》でなしだ！　夫人も、息子の姿を目撃したわけではないが、あとで、自分は部屋から一歩も外にはでなかったという息子の言葉をきき、さては、犯人は息子なんだ、と早合点してしまった。だから、ああして、わたしのところへやってきたわけだ。

ところが、われわれには、夫人の知らないことがわかっていた。だいたい、あの息子が書斎にしのびこむなんてまねをする道理がない。なぜなら、本人は、階段のところで、あの魅力的なフランス人のメイドを口説《くど》いていたからだ。要するに、夫人はこのことを知らないんだが、息子のレナード・ウエアデイルにはちゃんとアリバイがあるんだよ！」

「それじゃあ、図面をぬすんだ犯人は、だれなんだい？　もう、関係者の全員が容疑者のリストから削除できたと思うんだけど。ジュリエット・ウエアデイル夫人、その息子、コンラッド夫人、フランス人のメイド……」

「うん、そうだとも。ここで、一番、きみがもっている小さな灰色の脳細胞をはたらかせてみるんだな。回答は、すぐ目のまえにぶらさがっているじゃないか」

わたしは、ぽかんとした表情で、首を横にふった。

「いや、わかるはずだ！　途中で音《ね》をあげちゃいかん！　よろしい。では、おしえてやろう。まず、秘書のフィッツロイが書斎からでていく。デスクのうえに図面をおいたままで、だ。それから数分後、アロウエイ卿が書斎にはいってきて、デスクのそばにいってみると、図面はみあたらない。このばあい、考えられる可能性はふたつある。まず第一は、フィッツロイは、図面をデスクのうえにだしたままにしていったのではなく、自分のポケットにしまいこんでしまったのではないか、ということ。だが、この仮説は成立しない。なぜなら、アロウエイ卿がいみじくも指摘したように、フィッツロイだったら、いつでも都合のいいときに、トレーシング・ペーパーをもちいて図面を複写することができるからだ。第二の可能性は、アロウエイ卿が書斎にはいっていったさい、図面はまだデスクのうえにのっていた、ということだ。だとすると、当の図面は、ほかならぬ、アロウエイ卿のポケットのなかにおさまった、という仕儀にあいなる」

「じゃあ、ぬすんだ犯人はアロウエイ卿、か!」わたしは愕然とした。「それにしても、なぜだい？　いったい、その理由は？」

「きみの話だと、アロウエイ卿には、なにか、過去にスキャンダルがあったそうじゃないか。そうして、その嫌疑は晴れた、とね。しかし、そんな風評はやはり事実だった、としたら、どうか。イギリスの公的生活においては、スキャンダルはぜったいに禁物とされている。もしも、この過去のスキャンダルがほじくりだされて、当人に不利な証拠がでてきたら……だいじな政治生命にはたちまち終止符が打たれてしまう。となると、これをネタに、アロウエイ卿は恐喝されていて、相手の要求する代償がこの潜水艦の設計図だった、という推理が成立するわけだよ」

「すると、アロウエイ卿は陰険な売国奴なのか！」

「いや、いや、そうじゃない。利口で、知謀にとんだ人物だよ。もし仮りに、この図面をみずから複写し……もともと、頭の切れるエンジニアだからね……いろんな個所にちょっと手をくわえて、これが実用には供さないものにしてしまったら、どうだろう？　そうして、このニセの図面を敵国のスパイであるコンラッド夫人にわたす。ただし、これがはたして本物だろうかという疑惑をおこさせないためには、図面が盗難にあったようにみせかける必要がある。それゆえ、邸内の人間にはだれも嫌疑がかからないようにすべく、知恵をふりしぼって、フランス窓から逃げだしていく男をみたようなふりをする。ところが、あいにく、ハリー・ウエアディル提督の頑固な主張が障害となった。そこで、こんどは、秘書に嫌疑がかからぬようにと気をもみはじめた」

「それは、すべて、きみの推理だろう、ポアロ？」

「ではなくて、人間の心理だよ。そもそも、本物の図面を敵にわたしてしまうような人物だったら、だれに嫌疑がかかるおそれがあるかなんてことで神経をつかったりするわけがない。また、アロウエイ卿は、盗難事件の詳細がコンラッド夫人の耳にはいることを、なぜ、そんなに心配していたのか？　それは、すでに夕方ニセの図面をわたしてしまってあって、じっさいの盗難事件はその後にしか起こりえない、ということを夫人に知られてはまずかったからだ」

「はたして、そうかなあ」

「そうにきまっとるよ。わたしは、傑人と傑人との会話のような調子で、アロウエイ卿と話しあったんだし、先方はこちらの意図を完全に読みとった。まあ、いずれ、きみにも真相がわかるだろうよ」

これについて、ひとつだけ確実なことがある。アロウエイ卿が首相に就任した当日、小切手が一枚と署名入りの写真が一枚、われわれのもとへとどいたことだ。この写真には、「思慮ぶかい友人、エルキュール・ポアロ君へ——アロウエイより」と書いてあった。

どうやら、れいのZ型潜水艦は海軍の関係者たちを狂喜させているようである。これらの関係者にいわせると、この艦は現代の海戦に革命をもたらすものらしい。そういえば、さる大国が同型の潜水艦の建造を試みたが、その結果は無残な失敗におわった、という話も耳にした。だが、あのときのポアロはあくまでも当て推量をいったのだと、いまでも、わたしはそう思っている。おなじことは、近い将来、また、やってのけるだろう。

クラブのキング
The King of Clubs

「事実は小説より奇なり、か！」

手にもっていた《デイリー・ニューズモンガー》をわきへおいて、わたしはいった。

このセリフは、あまりにも陳腐なせいか、ポアロの神経を刺激したようである。タマゴ型の頭を横にかしげ、丹念に折り目をつけたズボンから指さきでていねいに埃をはらうしぐさをしながら、ポアロは大声をあげた。

「まことに意味深長な言葉だ！　わが友、ヘイスティングズは思索家なんだな！」

こんな不当な皮肉をいわれても、べつに憤慨した態度もみせず、わたしはかたわらの新聞をたたいてみせた。

「この朝刊は読んだんだろうね？」

「ああ、読んだとも。読んだのち、もとどおり、きちんとたたんでおいた。きみのように、床へほうりだしておくようなまねはせんよ。きみには整理整頓のセンスが欠けているんだから、嘆かわしいね」

ポアロのこういうところには弱ってしまう。この〝整理整頓〟なるもの、ポアロにとっては金科玉条で、事件解決のカギはこれだ、とまで極言するしまつなのだ。

「それじゃ、興行主、ヘンリー・リードバーン殺害事件の記事はみただろう？　いま、陳腐なセリフを吐いたのも、そのせいなんだ。事実は小説より奇なるばかりじゃない。小説よりもドラマチックだ。まあ、ここに登場する堅実なイギリスの中流階級、オグランダー家のばあいを考えてみよう。父親と母親、息子と娘。イギリス国内にごまんとある中流家庭の典型だ。男たちは、毎日、都会へ通勤し、女たちは家事をうけもつ。日々の生活はすこぶる平穏で、単調そのもの。昨夜も、家族一同、ストリートハムにあるデイジーミード荘という瀟洒な郊外住宅の応接間でブリッジに興じていた。そこへ、突如、部屋のフランス窓がぱっとあき、ひとりの女がころがりこんできた。身につけたグレイのサテンのワンピースにはまっ赤な血痕がついている。女は、一言、〝人殺しよ！〟と叫ぶなり、失神して、その場に倒れてしまう。みんなには、かつて本人の写真をみたことがあるから、すぐにわかった。この女性は、最近、ロンドン市民を魅了した有名なダンサー、ヴァレリー・セントクレアである、と！」

「それは、きみの弁才のなせるわざか、それとも、《デイリー・ニューズモンガー》の記事の請け売りかい？」

「新聞社では、ニュース原稿の入手が印刷の締切り時間にぎりぎりだったから、そのまま記事にするよりほかはなかったらしい。それでも、この記事の裏にはドラマチックなものがひそんでいそうだと、読んだ瞬間、ぴんときたね」

ポアロは思案ありげにうなずいて、

「人生はドラマなり、だ。ただし、このドラマ、意外な場所にひそんでいるばあいがある。その点を忘れちゃいかん。ともかく、わたしも、この事件には興味をもった。今後、なんらかの関係が生じそうなんでね」

「ほんとかい？」

「ああ。今朝ほど、モーラニアのポール公の代理だと称する男が電話をかけてよこし、ご当人が、これから、わたしに会いにくるというんだ」

「で、そのことと事件の関係は？」

「さては、くだらないスキャンダル専門紙なんぞは読まんことにしているようだな。愚にもつかないゴシップや、〝プレイガールの耳学問……〟とか〝若い女性の知りたいこと……〃といったたぐいの記事がのっているやつだよ。ほれ、ここだ」

ぼってりした、みじかいポアロの指がさししめす個所に、わたしは視線をむけた。

「……この外国のプリンスと有名なダンサーの交際は、はたして、どの線まで？　同嬢には新しいダイヤの指輪がお気に召すものやら……」

「ところで、さきほどの劇的なナレーションのつづきを拝聴しようじゃないか」と、ポアロはいう。「マドモアゼル・セントクレアがデイジーミード荘の応接間の床のうえで卒倒した、ってところだったんだぜ」

肩をすくめて、わたしは話しはじめた。

「本人が、意識をとりもどして、なにやら言葉を発したので、ただちに、オグランダー家のふたりの男性がおもてへとびだした。ひとりは、すごいショックをうけているミス・セントクレアを診《み》てもらうべく、医者を呼びにいった。もうひとりのほうは、もよりの警察へかけつけ、ここで事情を説明したのち、警官といっしょにモン・デジール荘へと急行した。ここはリードバーン氏の住んでいる豪華な別荘で、デイジーミード荘からはさほどはなれていない。別荘についてみると、そこには主人公がいた。余談ながら、この男、世間の評判はかんばしくないんだがね、気のどくにも、後頭部がむざんに裂けて、書斎の床にのびているではないか」

　ここで、ポアロは申しわけなさそうに口をはさんだ。

「どうも、せっかくの話の途中で水をさすことになってしまったようだ。すまん。ほんとに……ああ、殿下のおでましだ」

　高貴な客人は、フィオドール伯爵なる肩書つきで来着がつげられた。みたところ、異様な感じのする青年だ。背が高く、やけに意気ごんだ表情、きゃしゃなあご、モーラニア人特有の口の形。それと、ぎらぎら光っている狂信者のような黒っぽい目。

「ポアロさん、ですね？」

　きかれて、ポアロはかるく頭をさげた。

「さっそくですけど、ポアロさん、ぼくは、現在、たいへんな窮地に立たされているんです。ちょっと、うまく説明できないくらいの……」

　ポアロは手を横にふって、

「ご心配なさっていることはわかります。マドモアゼル・セントクレアとは親しい間柄なのでしょう？」

「彼女は、妻にしたいと思っているんです」ポール公はあっさりといってのけた。

　ポアロは、椅子のなかで上体をそらせて、目をみはった。

　若いポール公はさらに話をつづける。

「うちの親族で、身分のひくい女性と結婚するのは、ぼくがはじめてではありません。兄のアレクサンダーも、皇帝の意向にはしたがわなかったんです。現代は、むかしとちがって、文明もすすみ、古い階級制度にからむ偏見にしばられる必要はない。それにまた、セントクレア嬢のばあい、現実には、ぼくと階級がほぼ同等なんです。彼女の経歴については、なにか、話をきいているでしょう？」

「まあ、経歴については、いろいろロマンチックな風評があるようですが、有名なダンサーともなれば、異例のことではありますまい。そう、アイルランドの雑役婦の娘だという説もあれば、実母はロシアの大公妃だとの説もありますな」

「最初の話は、むろん、荒唐無稽なバカ話だけれど、あとのほうのは事実です。ヴァレリーとしては、このことを伏せておきたいところなんだろうが、ぼくにはおよその見当がついている。おまけに、本人の言動からは、やはり、生まれのよさがうかがわれる。ぼくは遺伝説を信じているんですよ、ポアロさん」

「それは、わたしとても同様です」ポアロは考えこみながら、「遺伝に関連したことでは、いくつか、奇妙な現象をみてきましたんでね……いや、そんな話より、肝心のご用件をうかがいましょう。わたしに、どうせよとおっしゃるんですか？　いったい、なにが不安なんです？　忌憚《きたん》なく、おききしてもよろしいでしょう？　ヴァレリー・セントクレア嬢は今回の事件に、なにか、関係がおありなのでは？　被害者のリードバーン氏とは面識があったわけですものね？」

「ええ。リードバーンは、彼女が好きなんだと告白していたんですから」

「で、セントクレア嬢のほうは？」

「なんとも相手に返事のしようがなかったはずです」

ポアロはポール公の顔を凝視して、

「なにか、リードバーン氏を敬遠する理由でもあったんでしょうか？」

ポール公は躊躇の色をみせる。

「じつは、ちょっとしたことがありましてね。れいのザーラのことは知っていますか？　女の予言者ですけど」

「いいえ」

「この予言者は、たいへんなものですよ。あなたも、いつか、運勢をみてもらうといい。ぼくとヴァレリーは、先週、会いにいって、トランプで占《うらな》ってもらったんです。ザーラの予言によると、ヴァレリーは災難にみまわれかけている……彼女の未来には暗い影がみられる、という。そうして、いちばん最後の札……かぶせ札とかいうやつをめくってみると、〝クラブのキング〟だった。そうして、ザーラはヴァレリーにこういった。

『気をつけなさい。だれか、あなたを強引におさえこんでいる男がいるようだわね。あなたは、その男をこわがり、その男のおかげで、たいへん困った状態にある。だれのことだか、見当がつくでしょ？』これをきくと、ヴァレリーは、くちびるまで青くなり、大きくうなずいて、『ええ、はい。わかります』と、こたえた。それから間もなく、ザーラのもとを去ったんだけれど、別れぎわ、ザーラはヴァレリーにむかって、『いいこと、〝クラブのキング〟に気をつけるのよ。あなたの身には危難がふりかかるおそれがあるんですから！』と、いった。これはどういうことなのか、ヴァレリーにきいてみると、彼女、なんとも返事をせず、ただ、なにも心配しないでいいのよ、というだけだった。だけど、昨夜《ゆうべ》のような事件がおきたことで、ぼくには納得できた。ザーラがいっていた〝クラブのキング〟とはリードバーンのことで、ヴァレリーが恐れていたのはこの男なんだ、と」

ふいに、ポール公はここでいったん口をつぐんだ。

「これで、おわかりでしょう。今朝がた、新聞をみたとき、不安で胸がどきどきした、ってことが。万が一、ヴァレリーがとっさに逆上でもして……いや、よそう！」

ポアロは、椅子から立ちあがって、若いポール公の肩をかるくたたいてやった。

「まあ、まあ、そう気にせんで。わたしにまかせてくだされば、大丈夫ですから」

「では、ストリートハムまでいってくれますか？　どうやら、彼女、まだ、あそこのデイジーミード荘にいるらしいんですよ……ショックに打ちひしがれたまま」

「さっそく、でかけましょう」

「すでに、必要な手配はすませてあります……大使館をつうじてね。だから、どこへでも自由に出入りできるはずです」

「ならば、これから発《た》ちます。ええと……ヘイスティングズ、きみも同行するだろう？　では、失礼します《オ・ルヴォワール》、殿下」


モン・デジール荘は、みるからに快適な感じのする豪邸だった。玄関までつづいているみじかい邸内路。建物の裏手にある広大な美しい庭園。

ポール公の名前をだすと、玄関にでてきた執事は、すぐさま、われわれを凶行の現場へ案内してくれた。書斎は建物の正面から裏までのスペースをしめる大きなワンルームで、表と裏の両方にそれぞれフランス窓がひとつずつあり、表のは邸内路に、裏のは庭園に面している。リードバーンの死体は、後者の窓のそばの斜壁のところに倒れていた、という。警察が現場検証をおこなって、死体をはこびだしてから、まだ、さほど時間はたっていないらしい。

「これは、まずいな」わたしは小声でポアロにいった。「警察の連中のおかげで、事件解明の手がかりがなくなってしまったかもしれないぜ」

ポアロはにやりと笑って、

「ふーん。手がかりなるものは内部からでてくるんだと、いつも口を酸っぱくしていっているじゃないか。小さな灰色の脳細胞のなか……どんな謎でも、これを解明する手がかりは、ここにあるんだよ」

ポアロはかたわらにひかえている執事のほうをむいて、

「死体を移動しただけで、この部屋はもとのままなんでしょうな？」

「はい。昨夜、警察の方がやってきたときのままです」

「では、この部屋のカーテンだけど、みたところ、裏手のフランス窓にはぴったりカーテンがしまるようになっているし、こちらのカーテンも同様だ。ここのは、昨夜、しめてあったんですか？」

「はい。毎晩、わたしがしめることにしておりますので」

「すると、リードバーン氏が自分であけた、ってことに？」

「そうだと思いますが」

「昨夜、リードバーン氏のところへ来客があることは知っていました？」

「べつに、来客の件はきいておりませんけど、夕食後は邪魔をしないでくれ、とのことでした。じつはですね、ここの書斎から建物の横手のテラスにでられるドアがあるんです。なんならば、どなたでも、ここから書斎へとおすことができたでしょう」

「リードバーン氏は、よく、そういうことをされておったんですか？」

　執事はひかえめに咳ばらいをして、

「らしいです」

　ポアロはそのドアのところまで大股で歩いていった。カギはかかっていない。ドアをあけて、テラスにでてみると、右がわは邸内路に接し、左からは建物の裏手にある赤レンガの塀のほうへいけるようになっている。

「あそこは果樹園なんです。そのさきには、この果樹園にはいる木戸があるんですが、いつも、六時には閉めてしまいます」

　ポアロは、うなずいて、書斎にもどった。執事もあとからついてくる。

「昨夜の事件で、なにか、物音はしませんでした？」

「ええと、書斎で人声がしておりました。九時ちょっとまえに。もっとも、これはべつにめずらしいことではございません。ご婦人の声ともなれば、なおさらです。もちろん、書斎の反対がわにある使用人室にもどってからは、きこえなくなりました。そのあと、十一時ごろ、警察の方がやってこられたのです」

「きこえた人声とは、なん人の声でした？」

「さあ、それはわかりません。ご婦人の声だったことだけはたしかですけど」

「なるほどね」

「なんでしたら、ライアン医師《せんせい》が、まだ、ここにおられますので、お会いになってみたらいかがでしょう」

この提案には、即座にとびついた。それから数分後、陽気な中年の医師に会うと、ポアロにとって必要な情報はぜんぶ入手できた。ライアン医師の話によると、被害者のリードバーンはフランス窓のちかくに倒れており、頭のそばには大理石でできた作りつけの腰掛けがあった。傷は二個所で、ひとつは眉間に、もうひとつは後頭部にあり、これが致命傷になっていた。

「姿勢は、あおむけですか？」

「ええ。ここに跡がありますよ」

こういって、ライアン医師は床のうえの小さな黒っぽいしみを指さした。

「後頭部の傷は、床に転倒したために生じたもの、とは考えられませんか？」

「考えられません。凶器がなんであるにせよ、頭蓋骨がわれるほどの傷ですからね」

首をかしげながら、ポアロは正面をみつめた。表と裏のフランス窓は、いずれも、斜壁の部分に大理石を彫った腰掛けがついていて、肘かけは獅子の頭の形をしている。これをみて、ポアロの瞳がぱっとかがやいた。

「もしかすると、リードバーンは、ここにつきでている獅子の頭のうえにあおむけに倒れ、そのまま、床にずりおちたのかもしれない。そうだと仮定したばあい、医師《せんせい》がいわれるような傷はできませんか？」

「まあ、できるでしょう。しかし、本人が倒れていた角度からみると、その推理は成立しません。また、そうだとしたら、この大理石の腰掛けに、当然、血痕が付着しているはずです」

「あとで洗いおとさなければ、でしょう？」

ライアン医師はふっと肩をすくめて、

「そんなことはまず考えられませんよ。だいたい、不慮の事故を他殺にみせかけても得をする者はいないんですから」

「たしかに、それはおっしゃるとおりです。ところで、二個所にある傷のうちのいずれでも、女性の手によるものだ、という可能性はありますかな？」

「いやあ、論外ですね、それも。想像の対象になっているのはセントクレア嬢でしょう？」

「いや、よほどの確信がないかぎり、特定の人物を想像の対象にするようなまねはしません」

おだやかな口調で応じて、ポアロはあいているフランス窓のほうへ目をむけた。すると、医師はさらに話をつづける。

「そう、セントクレア嬢はあそこから逃げだしたんです。木の間ごしに、むこうのデイジーミード荘がちらりとみえるでしょう。むろん、もっと近くには、正面の道路ぞいに家がたくさんあるんですがね、たまたま、デイジーミード荘のばあい、距離はすこしはなれているけど、こちらがわからみえるただ一軒の家だった、というわけです」

「なるほど。いや、ご親切に、ありがとうございました、医師《せんせい》」と、ポアロ。「それでは、ヘイスティングズ、ひとつ、セントクレア嬢の足どりをたどってみるとしよう」

ポアロは、さきに立って、庭を横ぎり、鉄柵の門をくぐりぬけ、さほど広くない草地をこえて、デイジーミード荘の庭の木戸から邸内にはいっていった。半エーカーほどの敷地の一部に建っている地味な感じの住宅で、階段をすこしあがったところにフランス窓がある。ポアロはそちらのほうへあごをしゃくってみせる。

「ヴァレリー・セントクレアは、あそこからはいったんだ。われわれは、べつに助けをもとめにいくわけじゃないから、ちゃんと玄関のほうにまわるとしよう」

メイドは、われわれを迎えいれて、応接間へ案内したのち、オグランダー夫人をさがしにいった。みたところ、室内は昨夜のままになっているようだ。暖炉の火格子にはまだ灰がのこっているし、部屋の中央にすえたブリッジ・テーブルのうえは、ダミーの手札をさらしたままの状態になっている。室内には安っぽい装飾品があふれんばかりにならび、また、まわりの壁は額縁にいれた家族の肖像写真でごてごてと飾ってある。

ポアロは、わたしほどには不快にならず、この写真をみつめてから、いくぶん斜めになっているやつを二枚ばかり、まっすぐにした。

「まったく、家族のきずなというのは強固なものなんだな。心情のほうがだいじで、美観なんぞは二のつぎになってしまうんだから」

わたしもポアロと同意見だったが、視線は一枚の写真に釘づけになっていた。そこにうつっているのは、頬ひげを生やした男性、前髪をたかくした婦人、ずんぐりした体格の少年、それに、似合いもしない蝶形のリボンを髪にいっぱいつけた少女がふたり。たぶん、これはオグランダー家の家族の昔の写真なんだろう。そう心につぶやいて、わたしはじっと目をこらした。

このとき、部屋のドアがあいて、若い女がはいってきた。黒い髪はきちんと形がととのい、身には茶色のスポーツ・ジャケットとツイードのスカートをつけている。

女は、いぶかしげに、われわれの顔をみつめる。ポアロが、一歩まえにでて、声をかけた。

「ミス・オグランダー、ですね？　お邪魔して申しわけありません。ましてや、おとりこみがあったばかりのところを。こんどの事件では、さぞかし、おどろかれたことでしょう」

「ええ、大騒動です」

用心ぶかい口調で、ミス・オグランダーはこたえた。この女性にはドラマの原理など通用しない。想像力の欠如がいかなる悲劇よりもまさっている。と、わたしはそう思いはじめた。そんな感情が誤解ではないことを裏づけるように、ミス・オグランダーはつぎのような言葉を口にした。

「部屋のなかがこんな状態で、ごめんなさい。なにぶんにも、使用人たちがバカみたいに泡をくってしまっているもんですから」

「昨夜、みなさんがあつまっておられたのは、ここの部屋なんですね？」

「ええ。夕食のあとでブリッジをやっていたところ……」

「失礼ですが、ブリッジをはじめてから、時間はどれくらいたっていました？」

「そうですね……」ミス・オグランダーは記憶の糸をたぐるように首をかしげて、「……ちょっと、わかりません。たしか、十時ごろだったと思います。それまでに三番勝負《ラバー》が五回ほどすんでいましたから」

「で、お嬢さんがすわっておられた場所は？」

「あそこのフランス窓に面したところです。ちょうど、母と組んで、『切り札なし《ノー・トランプ》の一組』と宣言したとき、いきなり、ガラス扉がぱっとあいて、ミス・セントクレアが室内《なか》にころがりこんできたんです」

「姿をみて、すぐ、ミス・セントクレアだとわかったんですね？」

「なんとなく、顔にみおぼえがありましたから」

「で、ご本人は、まだ、お宅におられるんでしょう？」

「ええ。おりますけど、だれにも会いませんわ。まだショックでまいっているので」

「わたしには、会うでしょう。ひとつ、こうつたえてください。モーラニアのポール公から緊急の依頼をうけて、わたしが会いにきている、と」

　ポール公の名前をきけば、いかに沈着冷静なミス・オグランダーでも心が動揺したはずだった。だが、当人は、無言のまま部屋をでて、すぐにもどってきた。ミス・セントクレアは自室でお会いする、という。

わたしとポアロは、ミス・オグランダーのあとについて、二階へあがり、広びろとした明るい寝室に足をふみいれた。窓ぎわのソファーでは、ひとりの女性が横になっていたが、われわれが部屋にはいると、こちらへ顔をむけた。その瞬間、このふたりの女性はじつに対照的だ、と、わたしは思った。目鼻だちや肌の色が似ているせいか、その印象はいちだんと強烈だった。だが、それにしても、なんという相違だろう！　このヴァレリー・セントクレアのばあい、表情にも、身ごなしにも、劇的効果があらわれている。なにか、全身から現実ばなれした異様なムードを発散しているような感じだ。みると、腰から下には赤いフラノのガウンがかけてある。ありふれた地味なものにはちがいないのだが、本人の魅力的な個性がこれにエキゾチックな風情をあたえ、まるで真紅にかがやく東洋の衣裳のようにみえた。

ヴァレリー・セントクレアは、つぶらな黒い瞳でポアロをみつめた。

「ポールにたのまれたんですって？」

問いかける声の調子も、外見にふさわしく、妖艶で、ものうげだ。

「はい、マドモアゼル。こちらへうかがったのは、ポール公……と、あなたのお役にたつだろうという所存からです」

「で、お知りになりたいことは？」

「昨夜あったことを、ぜんぶ。そう、細大もらさずに、です！」

ヴァレリー・セントクレアは大儀そうに笑みをうかべて、

「ウソをつくとでも思っていらっしゃるの？　あたしだって、バカじゃないわ。かくしごとをしても無駄だってことくらいは、わかっています。あの男は、あたしの秘密をにぎっていたんです。死んだ、リードバーンという男のことよ。あの男は、あたしの秘密をたねに、あたしを脅迫したの。あたしは、ポールのために、リードバーンとなんとかうまく話をつけたいと思っていた。ポールに棄てられるようなことにはなりたくなかったんですもの。だけど、あの男は死んでしまったんだから、もう、安心だわ。といっても、あたしが殺したわけじゃないわよ」

にこやかに微笑みながら、ポアロは首を横にふってみせた。

「その点は強調されなくてもけっこうですよ、マドモアゼル。さて、では、昨夜のできごとを話してください」

「あたし、リードバーンにはお金をあげることにきめたんです。で、そのことを相手に話すと、金額について交渉しようという気になったらしく、では、夜の九時にと、会う時間を指定した。あたしのほうが、この時刻に、モン・デジール荘へでむくんです。場所はわかっていました。あそこには、まえに、いったことがあるからです。事前の打ちあわせで、書斎には建物の横の入口からはいることになっていた。こうすれば、使用人たちに姿をみられずにすむからです」

「お話の途中ですけど、夜分おそく、女ひとりでいくなんて、こわくはありませんでした？」

わたしの気のせいか、一瞬、返答に窮したようだった。

「それは、こわかったわ。だけど、いっしょにいってもらえるひとは、だれもいないんですもの。おまけに、このときのあたしはもう必死だったんです。ともかく、リードバーンはあたしを書斎にいれた。ああ、あんな男！　死んでくれて、よかったわ！　あいつときたら、ひとをなぶりものにしたのよ。ちょうど、ネコがネズミをかまうように。そう、なんだかんだと文句をつけて、ひとをいじめるの。あたしは、リードバーンのまえにひざまずいて、一生けんめいに哀願し、宝石類もぜんぶあげるから、とまでいったのに、やっぱり、だめだった！　そのうち、リードバーンは条件をもちだしたんです。どういう条件か、だいたい想像はつくでしょう。もちろん、あたしは、きっぱりと拒絶して、相手を思いっきり罵倒し、大声でわめきちらした。なのに、リードバーンは平然とかまえて、にたにた笑っていた。そうして、あたしがついに口をつぐんだとき、どこかで……窓のカーテンのうしろあたりで、妙な物音がした。リードバーンも、この音をきいて、窓のところへ歩みより、カーテンを左右にぱっとあけた。すると、そこには、ひとりの男がかくれていた。すごい風体の男で、浮浪者みたいでした。そうして、この浮浪者は、いきなり、リードバーンをなぐりつけた。それから、もう一度、なぐりつけ、リードバーンはその場に倒れてしまった。すると、こんどは、浮浪者は血だらけの手であたしをつかまえたので、あたしは身をよじって、相手をふりはらい、外へとびでて、無我夢中で逃げだした。その途中、この家の灯りが目にうつったので、こちらへ走ってくると、ブラインドがあいていて、ブリッジをやっているひとたちの姿がみえた。そこの部屋には頭から突進するようにとびこんで、息を切らしながら『人殺しよ！』と叫んだきり、そのまま、気絶して……」

「いや、ありがとうございました、マドモアゼル。さぞかし、たいへんなショックだったでしょう。ところで、その浮浪者ふうの男のことですがね、人相や特徴は説明できますか？　どんな服装をしていたか、おぼえておられますか？」

「いいえ、おぼえていません。なにしろ、あっという間のできごとだったんですもの。けれど、どこかで会ったら、きっと、このひとだと見分けがつきます。顔つきの印象が脳裡に灼きついているからです」

「それと、もう一点、うかがわせてください。モン・デジール荘の書斎の、もう片方のフランス窓……つまり、邸内路に面しているほうの窓のカーテンですが、これはしまっていました?」

ここで、はじめて、若いダンサーの顔に当惑の表情がうかんだ。なんとか思いだそうとつとめているふうだった。

「さて、いかがなもんでしょうな?」

「ええと……だいたい、まちがいない……そう、まちがいありません! カーテンは、あいていました」

「裏のほうのはしまっていたわけだから、それはおかしい。いや、まあ、けっこうです。さほど重要なことではないでしょうからね。で、ここには、今後も、ながく滞在することになりそうですか?」

「お医者さんの話だと、明日《あす》には、元気になって、ロンドンに帰れるとのことです」

こういって、ヴァレリー・セントクレアは周囲をみまわした。先刻、われわれをこの部屋へ案内してきたミス・オグランダーはいつの間にか姿を消していた。

「ここの家のひとたち、みなさん、とっても親切なんです。だけど、あたしとは住んでいる世界がちがうせいか、肌があわないみたい。それに、あたしのほうも……まあ、ブルジョア階級は好きになれないし」

言葉の裏には、かすかに、敵意のひびきがこもっていた。

ポアロはうなずいて、

「なるほど。わかりました。どうも、お疲れのところ、あれこれ質問なんぞをして、すっかり消耗なさったんじゃないでしょうか」

「いいえ、そんなことはありません。ただ、なるべくはやく事件の真相をポールに知らせたいと思っているだけです」

「それでは、どうぞ、お元気で」

部屋から歩み去ろうとして、ポアロは、ふと立ちどまり、一足のエナメル革の靴に視線をそそいだ。

「これは、あなたのですか、マドモアゼル？」

「ええ。ほんのいましがた、きれいにみがいて、この部屋までとどけてもらったんです」

わたしと肩をならべて階段をおりる途中、ポアロはさっそく感想をのべた。

「そうか！　すると、ここの使用人たち、どうやら、靴もみがけないほど浮き足だっているわけではなさそうだ。暖炉の火格子の掃除は忘れているがね。いやあ、ヘイスティングズ、最初のうちは、若干、不審な点があるように思えたが、残念ながら……まことに残念ながら……こんどの事件はこれをもって幕切れ、と、みなさなきゃならん。筋があまりにも単純すぎる気がするんでね」

「となると、犯人は？」

「エルキュール・ポアロたる者、くだらん浮浪者をさがしまわるようなまねはせんよ」

と、ポアロは大見得を切る。

玄関までくると、そこにはミス・オグランダーが立っていた。

「あのう、母がお会いしたいといっておりますので、少々、応接間でお待ちください」

案内された応接間のなかは、まだ、もとのままだった。ポアロは、漫然とテーブルのうえのカードをあつめると、細心の注意をはらって清潔にしてある小さな手でもって、これを混ぜて切りはじめた。

「どうだい、わたしの考えていることが読めるかい？」

好奇心をそそられて、わたしは率直にこたえた。

「いいや」

「わたしが思うに、ミス・オグランダーのばあい、『切り札なしの組《ノー・トランプ》』と宣言したのはまずかったな。それより、『スペードの三組』で勝負すればよかったんだ」

「ポアロ！　もう、いいかげんにしてくれよ！」

「だって、毎日、血なまぐさい犯罪の話ばかりしていたんじゃ神経がもたんだろう」

と、ふいに、ポアロは全身をこわばらせた。

「おい、ヘイスティングズ！　みてみろ！　ここには、〝クラブのキング〟がはいってないぞ！」

「ザーラだ！」思わず、わたしは大声をあげてしまった。

「ええっ？」

なんのことやら、ポアロにはとっさに意味が解《げ》せないようだった。機械的な手つきで、ポアロはカードをそろえて、ケースにいれた。顔の表情はやけに深刻だ。

しばらくたって、ポアロは口をひらいた。

「なあ、ヘイスティングズ、このエルキュール・ポアロ、あやうく大失策をしでかすところだったよ……とてつもない大失策だ」

おどろいて、わたしはポアロの顔を凝視した。だが、どういうことなのか、とんと見当がつかない。

「こうなったら、新規まきなおしだよ、ヘイスティングズ。しかり、新規まきなおしでいこう。こんどこそ、エラーはしないぞ」

話の途中で、上品な中年の女性が部屋にはいってきた。片方の手には、婦人雑誌らしきものを数冊もっている。ポアロは、挨拶がわりに、頭をさげた。

「あのう、おたくさま……ミス・セントクレアの知人の方とか、うかがいましたけれど」

「じつは、ミス・セントクレアの友人に依頼された用件がありまして」

「あら、そうでしたの。わたくしは、また……」

ふいに、ポアロはくだんのフランス窓のほうへ手をふって、

「昨夜、あそこのブラインドはおろしてなかったのですか？」

「はい。そのために、ミス・セントクレアには室内《なか》の灯りがはっきりみえたんだと思います」

「昨夜は、月がでておりました。なのに、フランス窓のほうに面しているここの席からはミス・セントクレアの姿がみえなかったのでしょうか？」

「おそらく、ゲームに熱中していたせいだと思います。なにぶん、こんな事件、わたくしどもはいままでに一度も遭遇したことがございませんしね」

「まあ、そうでしょうな。しかし、もう安心なさってけっこうです。ミス・セントクレアは、明日、ここから去るそうですから」

「あーら！」夫人の表情がぱっと明るくなった。

「では、これで失礼いたします」

われわれが玄関からでるとき、ひとりのメイドが階段を掃除していた。ポアロはこのメイドに問いかけた。

「あの二階にいるお嬢さんの靴をみがいたのは、あんたですか？」

かぶりをふって、メイドはこたえた。

「いいえ、あの方の靴は、だれもみがいてないはずですけど」

ふたりで道を歩きだすと、わたしはポアロにきいてみた。

「だとすると、いったい、だれがみがいたんだろうね？」

「みがいた者なんか、おらんよ。べつに、みがく必要はなかったんだから」

「そりゃあ、月夜に、舗装した街路や小道を歩いたというんなら、靴も泥でよごれないだろう。しかし、かなりの距離、庭の草地を歩いてきたんだから、けっこう、泥でよごれたはずじゃないか」

ポアロは奇妙な笑みをうかべる。

「さよう。そのばあいには、たしかに、よごれただろうな」

「なのに……」

「まあ、あと三十分ほど辛抱したまえ。これから、もう一度、モン・デジール荘へいってみるんだ」

ふたたび登場したわれわれの姿をみて、執事はおどろいたようすだった。それでも、わたしとポアロがまた書斎へはいっていくことについては文句をいわなかった。

「おーい、そっちの窓じゃないぞ、ポアロ」

ポアロは邸内路に面しているフランス窓のほうへ歩いていくので、わたしは大声で注意した。

「いいんだよ。ほれ、ここをみてみろ」

こういって、ポアロは大理石でできた獅子の頭を指さしてみせる。よくみると、そこには、変色したかすかなしみがついている。ポアロは、指を移動して、こんどは、なめらかな床のうえの、おなじようなしみを指さした。

「ほんとうはね、ここで、何者かがリードバーンの眉間をなぐりつけたんだ。この一撃でもって、リードバーンはここの大理石の突起物のうえにあおむけにぶっ倒れ、床にのびてしまった。そのあと、床のうえをひきずって、反対がわの窓のそばまではこばれ、そこで倒れた恰好になっていた。ただし、れいの医師の証言どおり、最初のときとは倒れた角度がぴったりおなじではなかった」

「だけど、その理由は？　そんなことはぜんぜん関係ないように思えるけどね」

「ないどころか、大ありだよ。おまけに、犯人をつきとめる手がかりにもなる。もっとも、相手にはリードバーンを殺すつもりはなかったんだから、殺人犯と呼ぶのはかならずしも妥当じゃないだろう。ま、いずれにせよ、かなり腕力のある男だったにちがいない」

「むこうの窓ぎわまで死体をひきずっていった、ということでかい？」

「いや、それだけじゃない。ともあれ、風がわりな事件だった。ただ、小生、あやうく醜態を演じるところだったけどね」

「すると、事件はこれで解決した……つまり……きみにはすべてが読めた、ってことかい？」

「ああ、そうだよ」

突如、わたしはあることを思いだした。

「いや、ひとつ、読めてない《ヽ》ことがあるぜ！」

「というと？」

「なくなった〝クラブのキング〟のありかが不明じゃないか」

「ええ？　ああ、そいつは笑い話だ。とんだ笑い話だよ」

「どうして？」

「それはね、ここのポケットにおさまっているからさ」

ポアロは、仰々しい身ぶりで、着ている服のポケットから問題のカードをとりだしてみせた。

わたしはなんとなく意気消沈してしまった。

「ふーん。いったい、どこにあったんだい？　ここかい？」

「べつに大さわぎするほどのことではなかったんだ。要するに、こいつはね、ほかのカードといっしょにとりださずに、ケースのなかにはいっていたわけだよ」

「なるほど！　そこからヒントがつかめたってわけか」

「さよう。その点でも、英国の国王《キング》には敬意を表したい」

「それと、マダム・ザーラにも、だ！」

「ああ。そのご婦人にもね」

「さて、それで、今後の行動は？」

「ロンドンに帰るんだ。ただし、そのまえに、デイジーミード荘にいるご婦人に会っておかなきゃ」

さきほどのメイドが玄関のドアをあけてくれた。

「みなさん、ただいま、お食事ちゅうです。ミス・セントクレアでしたら、おやすみになっておられますが」

「いや、奥さまにちょっと会えればけっこうなので、そのむね、とりついでください」

わたしとポアロは、ふたたび、応接間に案内された。食堂のそばをとおるさい、そこにあつまっている家族の姿がちらりとみえた。筋骨たくましい男が、ふたり、同席している。口ひげをはやした男と、あごひげをはやした男だ。

ほどなく、オグランダー夫人が部屋にはいってきた。頭をさげるポアロをいぶかしげにみつめる。

「奥さん、わたしどもの故国《くに》では、母親というものをきわめて大切にしております。家族のなかでは、母親が最高の存在なのです」

開口一番、こんなことをいわれて、オグランダー夫人は度胆をぬかれたふうだった。

「かくのごとく、わたしが参上したのも、そのため……母親の不安をやわらげてあげようと思うためです。かのリードバーン氏を殺害した犯人がみつかることはありません。なにとぞ、心配なさらんでください。不肖、エルキュール・ポアロがそう申しあげているのですから。どうお、わたしの考えはあたっておりますでしょう？　それとも、安心させてあげなきゃならんのは、母親ではなく、人妻のほうですかな？」

ひとしきり、沈黙が流れる。オグランダー夫人は目でポアロの心中をさぐっているような感じだ。やがて、夫人はかぼそい声でいった。

「どうして、おわかりになったのか存じませんけど……たしかに、あたっております」

ポアロはおもおもしく首をたてにふる。

「以上で、用件はすみました。もはや、心配なさることはありません。イギリスの警官にはエルキュール・ポアロほどの眼識はないのですから」

こういったあと、ポアロは壁にかけてあるオグランダー家の家族の写真を指さきでかるくたたいた。

「むかしは、もうひとり、お嬢さんがおられた。この方は亡くなられたんですね？」

またもや沈黙が流れ、オグランダー夫人はさぐるような目でポアロの顔をみつめた。

「はい、そうです」

「なるほど！」きびきびした口調で、ポアロはいった。「さて、それでは、われわれ両人、ロンドンへ帰らねばなりません。れいの〝クラブのキング〟はケースのなかへもどしておいてもかまわんでしょう？　まあ、この点だけは思わぬミスでしたね？　だいたい、ぜんぶで五十一枚しかないカードで一時間もブリッジをやっていたなんて話……そう、このゲームのやり方を知っている者なら、ぜったいに本気にしませんよ！　では、失礼《ボンジュール》！」


駅へむかって歩きだしながら、ポアロはわたしにたずねた。

「どうだい？　これで、すべて読めただろう？」

「いや、ぜんぜん。リードバーンを殺したのは、だれなんだい？」

「オグランダー家の息子の、ジョン・オグランダーだよ。最初は、父親か息子か、ちょっと確信はなかったが、みたところ、息子のほうが、年も若いし、腕力もありそうだから、こちらだと目星をつけた。なんにせよ、このふたりのうちのいずれかでなきゃ、まずい。れいのフランス窓のことがあるからね」

「というと？」

「あのモン・デジール荘の書斎には、ぜんぶで、出口が四つあった。ドアがふたつ、フランス窓がふたつだ。しかし、ひとつだけでもよかったにちがいない。四つの出口のうちの三つは、直接あるいは間接に、おもて通りのほうに面している。ところで、あのヴァレリー・セントクレアがたまたまデイジーミード荘へ逃げこんできたようにみせかけるとなると、事件は裏手の窓ぎわで発生したことにしなけりゃいかん。現実には、いうまでもなく、ヴァレリー・セントクレアは事件のおきた場所で気絶してしまい、ジョン・オグランダーが自宅まで肩にかついできたわけだ。だから、犯人は体力のある男にちがいない、といったんだよ」

「それじゃ、モン・デジール荘には、ふたりでいっしょにいったわけかい？」

「うん、そう。夜分おそく、女ひとりでいくなんて、こわくはなかったか、と本人にきいたさい、ちょっと返答に困ったような態度をみせたのをおぼえているだろう。ジョン・オグランダーはヴァレリーに同行し、これがリードバーンの神経をますます刺激する結果になったんじゃないかな。ふたりはここで喧嘩をはじめ、たぶん、リードバーンがヴァレリーを侮辱するような悪態でもついたのがもとで、オグランダーは、逆上し、リードバーンをなぐり倒してしまったんだ。そのあとのことは、あえて説明する必要もないだろう」

「でも、ブリッジとは、どんな関係が？」

「ブリッジのゲームをやるには、まず第一の条件として、プレーヤーが四人いなければならん。こんな単純なことに、意外と重要な意味があるんだよ。事件当夜、あそこの部屋に人間が三人しかいなかったなんて、だれも想像はしないだろうしね」

ここまで説明されても、まだ、釈然としない。

「もうひとつ、解《げ》せないことがあるんだけどね。あのオグランダー家とヴァレリー・セントクレアは、どんな関係があるんだい？」

「ふーん、そんなことがわからんのかね。じっさいには、あそこの壁にかけてあった写真をしげしげと眺めていたくせに。わたしよりも、じっくりと。オグランダー家のもうひとりの娘は、身内にとっては死んでしまったことになるのかもしれんが、世間では、ヴァレリー・セントクレアという名前で知られているんだ！」

「ええっ！　なんだって？」

「あのふたりの姉妹がいっしょにうつっている写真をみたとき、両者が似ていることには気づかなかったのかい？」

「いいや。むしろ、まったく対照的だなと、そう思ったくらいだ」

「それはね、きみが現実ばなれした外面的な印象に心をうごかされやすいせいだよ、ヘイスティングズ。あのふたりのばあい、目鼻だちはじつによく似ているし、肌の色も、そうだ。ただ、ふしぎなことに、ヴァレリーは自分の身内のことを恥に思い、身内のほうでも、彼女のことを一家の恥だと思っている。にもかかわらず、いざ窮地に立たされるや、ヴァレリーは兄に助けをもとめ、事態がさらに悪化すると、一家の者は、こぞって、おどろくべき団結力を発揮した。肉親のきずなとは、まことにもって、すごいものだよ。あの一家の者は、みんな、演技ができる。ヴァレリーに演技の才能があるのも、いわゆる血のなせるわざなんだな。となれば、わたしも、ポール公と同様、遺伝というものを信じざるをえない。みんなは、わたしにまんまと一杯くわせたんだぜ！　げんに、偶然、母親のオグランダー夫人から事情をきいてみて、ブリッジのゲームをやっていたという一同のすわっていた位置にかんする娘の説明に矛盾があることをつきとめなかったら、このエルキュール・ポアロ、オグランダー家の連中に、みごと、敗北を喫していたところだ」

「で、ポール公には、なんて報告するつもりだい？」

「ヴァレリー・セントクレアが犯人だなんてことはありえないし、くだんの浮浪者がみつかるかどうかも疑わしいと、そう話すよ。それから、女予言者のザーラにたいしては敬意を表する、ともいっておこう。ほんとに、奇《く》しき偶然の一致、というものだ。そう、こんどの一件は〝クラブのキング事件〟と称することにしようと思うんだが、どうかね、ヘイスティングズ？」

マーケット・ベイジングの怪事件

The Market Basing Mystery

「なんといっても、やっぱり、田舎がいちばんですね」

ジャップ警部は、こういうと、いとも満足げに、鼻から大きく吸いこんだ息を口から吐きだした。

この意見には、わたしもポアロも、まったく同感だった。週末に暇ができたら、みんなでマーケット・ベイジングという鄙《ひな》びた田舎町へいってみたいと、かねがね、ジャップはそう考えていたのだ。非番になると、ジャップは植物の採集や研究に没頭するタイプで、おっそろしく長ったらしいラテン語名のついた草花について説明するときの張りきりようときたら、事件の捜査にたずさわっているとき以上だった。

「ここにきてしまえば、だれも知りあいはいないから、ストレスの解消にはもってこいですよ」

ところが、かならずしも、そうは問屋がおろさなかった。以前、ここから十五マイルほどはなれた村で砒素中毒事件がおこり、そのさいにロンドン警視庁からやってきたジャップに協力した地元の巡査が、偶然にも、ここの町へ転勤になっていたからである。だが、本庁の警部さんに再会できて胸をおどらせているこの巡査の態度をみると、ジャップはかえって幸福感がつのるばかりだった。日曜日の朝、わたしとポアロとジャップの三人は投宿した村の旅館の休憩室で朝食をとった。陽光はさんさんと降りそそぎ、窓べには葉の茂ったスイカズラの枝がまきついている。三人とも、気分は最高だった。ベーコン・エッグはすばらしい味だ。コーヒーは、さほどでもないが、いちおう飲めるし、よく沸いて、湯気がたっている。

「これこそ、真の人生ってもんだ」と、ジャップはいう。「定年退職したら、ささやかながら、田舎に家をたてて、そこで余生をおくるつもりです。いまみたいに、事件なんぞとは無縁の身でね」

「人生、いたるところ事件ありですよ」

こういうと、ポアロはきちんと正方形に切ったパンを食べながら、ずうずうしく窓の下枠にとまっている一羽のスズメに目をむけて、眉をひそめた。

わたしは陽気に口ずさんだ。

ウサギの顔は可憐だが
その私生活は破廉恥だ
とても他人《ひと》には語れない
ウサギのはたらくあの悪事

「ふーん」背すじをのばしながら、ジャップはいう。「この調子じゃ、タマゴをもう一個、ベーコンも、もう二枚ばかり、食べられそうだな。あなたは、大尉？」

「ええ、小生も」率直に、わたしはこたえた。「きみは、ポアロ？」

ポアロは首を横にふって、

「あんまり胃袋につめこむと、頭脳の活動がにぶってしまうからな」

「それは覚悟のうえで、もうちょっと」ジャップは笑い声をあげる。「さいわい、わたしの胃袋は大きいんですよ。そういえば、ポアロさん、最近は、太ってきたようですね。ああ……すみません……ベーコン・エッグのおかわりを」

ちょうどこのとき、堂々とした体軀の人物が戸口に姿をみせた。ポラード巡査だ。

「お邪魔して申しわけありません、みなさん。じつは、ちょっと警部のご意見をうかがいたいと思いまして」

「いまは休暇ちゅうなんだよ」ジャップは早口でいった。「だから、仕事はしない。なにか、事件かい？」

「リー・ハウスに住んでいる男性が……自殺したんです……頭を射って」

「まあ、よくある話だ」つまらなそうに、ジャップはいってのける。「原因は、借金か女、ってところだろう。わるいけど、お役にはたてないよ、ポラード」

「問題は、自殺とは思えない、ということなんです」と、ポラード巡査はいう。「すくなくとも、ジャイルズ医師《せんせい》の所見によれば、ですけどね」

ジャップは手にもったカップを下において、

「自殺とは思えない？　どういう意味だい、そりゃあ？」

「ジャイルズ医師《せんせい》がそういっているんです。どうみても、自殺なんかではない、と。死因について、医師《せんせい》は首をかしげています。部屋のドアには内がわからカギがかかり、窓にも、ボルト錠がかかっている。それでも、なお、自殺とは考えられない、というんです」

これだけきけば、もう十分だった。あとから注文したベーコン・エッグはさげてもらった。それから数分後、われわれ一同は、いまにも駆けださんばかりの早足で事件の現場のリー・ハウスへむかった。途中、ジャップはポラード巡査の話を熱心にきいていた。その話によると、リー・ハウスで死んだ男は、ウォルター・プロザローという名前で、一見、世捨て人のような感じの中年男だった。いまから八年まえ、このマーケット・ベイジングにやってきて、リー・ハウスを借りたのだが、ここは、いまにも崩壊しそうな、だだっぴろい、荒れ果てた古い大邸宅だという。プロザロー氏はこの大邸宅の一隅に住み、身のまわりの世話はいっしょにつれてきた家政婦にまかせていた。家政婦は、ミス・クレッグという知的な女性で、地元では尊敬されている。ごく最近、プロザロー氏のところには、パーカー夫妻という客がロンドンから遊びにきて、その後もずっと泊まりこんでいた。今朝がた、家政婦のミス・クレッグは眠っているはずの主人を呼びおこしにいった。だが、室内からはいっこうに返事がなく、ドアにはカギがかかっていることがわかったので、不安を感じ、いそいで警察と医師に連絡した。ポラード巡査とジャイルズ医師は、ほとんど同時にやってきて、ふたりでさんざん骨を折ったすえ、オーク材でできた寝室のドアをぶちこわすことに成功した。

室内にはいってみると、プロザロー氏は床にのびていた。頭部を射ったらしく、右手に拳銃をにぎっている。一見したかぎり、まぎれもない自殺だった。

だが、死体をしらべたジャイルズ医師は、なんとも解釈のしようがないと首をかしげ、ポラード巡査をわきにひきよせて、自殺にしては不審な点があるむねをつげた。それで、ポラード巡査は、即座にジャップ警部のことを思いだし、ジャイルズ医師にあとのことをまかせて、ここの旅館へとんできた、というしだいだった。

ポラード巡査の話が終わるころ、われわれはリー・ハウスに到着した。なるほど、まさしく廃墟のような大邸宅で、まわりの庭には雑草が生い茂っている。玄関の戸はあいているので、そのまま屋内にはいり、なにやら、人声のする小さな居間へと直行した。そこには四人の人物がいた。まず、やけに派手な服を着た、いやらしい狡猾な顔つきの男。ひと目みただけで、わたしはこの男に反感をおぼえた。つぎは、美貌だが、どことなく下品な印象をあたえる、似たようなタイプの女性。もうひとり、きちんとした黒いドレスを着て、みんなからはなれた位置に立っている女性。どうやら、これがれいの家政婦らしい。四人目は、スポーティーなツイードの服を着た長身の男で、いかにも切れ者といった感じだ。この場で采配をふるっているのは、あきらかに、この男だった。

「ジャイルズ医師《せんせい》」と、ポラード巡査が声をかけた。「こちらはロンドン警視庁のジャップ警部。それと、こちらのおふたりは警部のお友だちの方です」

　ジャイルズ医師は、われわれ三人に初対面の挨拶をし、パーカー夫妻を紹介した。それから、われわれは医師のあとについて二階へあがっていった。ポラード巡査は、邸内の警備にあたるらしく、ジャップの合い図にしたがって、階下にのこることにした。ジャイルズ医師は二階の廊下を歩いていく。廊下のつきあたりの部屋には、ドアがない。みると、蝶つがいのところから木の裂片がたれさがり、ドアは室内の床におちている。

　われわれは室内にはいった。死体はまだ床に横たわっていた。死体の主のプロザロー氏は、中年なのに、あごひげを生やし、こめかみのあたりは白髪になっている。ジャップは、まえにすすみでて、死体のそばにしゃがみこんだ。

「死体は、発見したときのままにしておいてくれなきゃ困りますな」と、ジャップはぼやいた。

　ジャイルズ医師はふっと肩をすくめて、

「最初は、自殺にちがいないと思ったものでね」

「ほほう！　弾丸《たま》は左の耳のうしろから頭にはいっているじゃないか」

「そうです。常識的に考えて、本人にはとてもできない芸当ですよ。こんな射ち方をするには、手を頭のうしろでねじまげなきゃならない。そんなことは、むりです」

「でも、手は拳銃をにぎっていたんでしょう？　そう、その拳銃は、いま、どこに？」

ジャイルズ医師はテーブルのほうへあごをしゃくってみせる。

「拳銃は、にぎっていたわけじゃありません。ただ、手のなかにあっただけで、指はひろがっていたんですから」

「とすると、あとから手にもたせたんだろうな。それだけは確実だ」ジャップは問題の拳銃を丹念にしらべながら、「発射した弾丸は一発、か。まあ、ためしに指紋を検出してみますけど、でてくるのは医師《せんせい》の指紋だけじゃないかって気がしますね。で、死亡推定時刻はどうでしょう？」

「昨夜の何時ごろかです。わたしのばあい、探偵小説に登場するような名医ではないから、正確な時刻はいえません。だいたい、死後十二時間くらいですね」


いままでのところ、ポアロはなんの行動もおこしていない。最初からずっと、わたしの横にいて、ジャップの動作をみまもり、医師にたいする質問に耳をかたむけていた。ただ、ときどき、なにか気になるように、しきりと鼻をくんくんさせている。わたしも、そのまねをしてみた。だが、べつだん、これといった匂いはしない。室内の空気はさわやかで、異臭などはしないようだ。にもかかわらず、ポアロは、なおも怪訝そうに、鼻をくんくんさせている。自分の鼻は常人のそれよりも嗅覚が鋭敏だから、わたしなんかには気のつかない匂いでも嗅ぎつけられる、といわぬばかりにだ。

　やがて、ジャップが死体からはなれると、こんどは、ポアロがかわって死体のそばにひざまずいた。ところが、肝心の傷口には関心をしめさない。はじめは、拳銃をもっていた手の指でもしらべているのかと思ったが、すぐに、そうではないことがわかった。ポアロが興味をひかれたのは背広の袖口のなかにおさまっているハンカチだった。プロザロー氏はダーク・グレイの背広を着ていた。そのうち、ポアロはおもむろに腰をあげた。しかし、なにが気になるのか、視線はまだハンカチのほうへ吸いよせられていた。ジャップは、ポアロにむかって、床におちているドアをおこすのを手つだってほしい、と声をかけた。よし、いまがチャンスだ。そう心につぶやくと、わたしは、さりげなく死体のそばにひざまずき、背広の袖のなかのハンカチをとりだして、仔細にしらべてみた。地味な、白い綿のハンカチで、しみや汚れはどこにもついていない。わたしは、首をふりながら、このハンカチをもとにもどした。正直なところ、キツネにつままれたような思いだった。

　ポアロとジャップはすでにドアをおこしおえていた。そうして、こんどは、ドアのカギをさがしはじめた。だが、結局、カギはみつからなかった。

「これで、筋は読めた」と、ジャップはいう。「部屋の窓は、しまっていて、ちゃんとボルト錠がかかっていたんですよ。だから、犯人は、ドアから外にでて、カギをかけ、そのカギはもっていってしまった。こうすれば、プロザロー氏は、カギのないことは気づかれずにすむだろう、と思ったわけです。自殺をとげたものとみなされ、カギのないことは気づかれずにすむだろう、と思ったわけです。そうじゃありませんか、ポアロさん？」

「まあ、そのようですな。ただし、どうせのことなら、カギはドアの下から部屋のなかへつっこんでおいたほうがよかったはずだ。そうすれば、カギはいかにも錠のところから落ちたようにみえることだし」

「なるほど。でも、十人が十人、ポアロさんのように名案を思いつく天才じゃない。まあ、かりにポアロさんが趣味で犯罪をおかすようになりでもしたら、どうにも手に負えないでしょうね」

気のせいか、ポアロはいささか途方にくれているような感じだった。おもむろに室内をみまわすと、しんみりした、弁解するような口調で、ポアロはいった。

「また、ずいぶんタバコを吸ったんだね、このひとは」

そういえば、なるほど、暖炉の火格子はタバコの吸いがらでいっぱいだし、大きな肘かけ椅子のそばの小テーブルのうえの灰皿も同様だ。

「昨夜のうちに、二十本くらいは吸っていますね」こういって、ジャップは腰をかがめ、暖炉のなかを丹念にしらべたのち、灰皿に注意をうつした。「種類はぜんぶおなじで、吸ったのは同一人物です。手がかりにはなりませんよ、ポアロさん」

「なる、といったおぼえはないけど」ポアロは憮然としている。

「おや、なんだ、これは？」ジャップは、死体のそばの床におちている、きらきら光るものをつまみあげた。「こわれたカフスボタンだ。いったい、だれのものだろう？　えと、ジャイルズ医師《せんせい》、ちょっと階下《した》へいって、あの家政婦をここへよこしてくれませんか」

「パーカー夫妻は、どうします？　主人のほうは、一刻もはやく、この屋敷をでたいといっているんですがね。なにか、ロンドンに急用があるとかで」

「なるほど。でも、そちらの用事はあとまわしにしてもらわなきゃまずい。目下の情勢では、ここでおきた急用のほうに専念してもらうことになりそうですからね。ともかく、まずは家政婦をよこしてくれませんか。そうして、パーカー夫妻にうまく逃げられないように、医師《せんせい》もポラードも、気をつけてください。今朝がた、屋敷の者で、だれか、この部屋にはいった者はいないでしょうか？」

　ジャイルズ医師は思案をめぐらして、

「いや、わたしとポラード巡査が駆けつけたときには、みんな、外の廊下に立っていましたよ」

「まちがいありませんか？」

「ぜったいに、たしかです」

ジャイルズ医師は家政婦を呼びにいった。

「善人だな、あのひとは」満足げに、ジャップは感想をもらす。「ああいうスポーツマン的な医者のなかには一流の名医がいるんですよ。それにしても、犯人は何者でしょうね。どうも、この屋敷にいる三人のうちのひとりじゃないかと思うんだけど、あの家政婦ではなさそうだ。だいたい、八年も主人といっしょにいたというんだから、その気になれば、いつでも殺せたわけですよ。あのパーカー夫妻ってのは、どういう素性なんだろう？　ふたりとも、好感のもてる顔つきじゃないしな」

ジャップがしゃべっている最中、家政婦のミス・クレッグがやってきた。げっそりと痩せた女性で、灰色の髪をきちんとまんなかで分けている。態度はすこぶる冷静で温厚だが、それでも、なかなか遣《や》り手らしい感じがうかがわれた。ジャップの質問にこたえて、ミス・クレッグは、あらまし、つぎのように語った。わたしは、十四年もまえからずっと、亡《な》くなった旦那さまにつかえてきたのです。旦那さまは、寛大で、思いやりのある方でした。階下《した》にいるパーカー夫妻は、三日まえ、とつぜん、ここへ訪ねてきましてね、わたしにとっては初対面なので、くわしい事情はわかりませんが、どうも、ふたりは勝手に押しかけてきたようです。それが証拠に、旦那さまはいかにも迷惑そうな顔をなさっていました。ああ、このカフスボタンは旦那さまのものではありません。ぜったいに、ちがいます。拳銃でしたら、旦那さまは、たしか、おもちになっていたはずですし、それは、いつも、厳重に保管されていました。わたしも、一度、数年まえに現物をこの目でみたことがありますけど、はたして、これがそれかどうか、わかりません。昨夜、銃声のような音はきこえなかったと思います。きこえなくても、べつに不思議なことではないでしょう。なにしろ、ここの屋敷はだだっぴろい廃墟みたいなところですし、わたしの部屋も、パーカー夫妻が泊まっている部屋も、建物の奥のほうにあるんですから。旦那さまがおやすみになった時刻はわかりません。わたしが九時半に自室へひきさがったときには、まだ、起きておいででした。旦那さまは、むかしからの習慣で、ご自分の部屋にもどられても、すぐにはベッドにはいらないのです。たいてい、夜中ごろまで起きていて、本を読んだり、タバコを吸ったりしていました。ええ、たいへんなヘビー・スモーカーなんです。

ここで、ポアロが質問をさしはさんだ。

「プロザロー氏は、ふだん、窓をあけたままで眠るんですか？　それとも、ちゃんと閉めて？」

ミス・クレッグはじっと考えてから、

「ふだんは、あけたままです。すくなくとも、いちばん上の窓はあけておきます」

「なのに、いまは、しまっている。これは、どういうわけでしょうね？」

「さあ、わかりませんわ。すきま風がはいってくるので、しめたのかもしれません」

このあと、ジャップは、さらにいくつか質問をして、ミス・クレッグを退去させた。

つぎは、パーカー夫妻からべつべつに事情を聴取した。細君のほうは、いまにもヒステリーをおこして、わっと泣きだしそうだった。夫のパーカーは居丈高に怒声をあげつづけた。このカフスボタンは自分のものではない、というが、すでに妻が主人のものだとみとめてしまった以上、いくら必死になって否認しても、形勢が好転するわけがなかった。また、プロザロー氏の部屋には足を踏みいれたこともないというので、これでいちおう逮捕状の請求に必要な証拠はつかめた、とジャップは判断した。

ポラード巡査にあとをまかせて、ジャップは、いそぎ足で村にもどり、本署に電話で連絡した。わたしとポアロはぶらぶら歩いて旅館へひきあげた。

「なんだか、いつになく、おとなしいけど、こんどの事件には興味がわかないのかい？」と、わたしはポアロにきいてみた。

「興味がない、どころか、大ありだよ。ただし、腑におちないことだらけだ」

「犯行の動機は不明だね」考えてみながら、わたしはいった。「でも、あのパーカーが曲者であることはたしかだ。動機が不明だという点をのぞけば、本人に不利な証拠は歴然としているようだし、この動機も、あとで判明するだろう」

「きみの直感で、これはとくに重要だという点はないかね？　ジャップは気づいておらんようだが」

思わず、わたしはポアロの顔を凝視した。

「いったい、なにをかくしているんだい、ポアロ？」

「あの死者は、なにをかくしもっていたかな？」

「ええと、ハンカチだ」

「さよう。ハンカチだ」

「そういえば、水兵はハンカチを袖にいれているけどね」わたしは考えこんでしまった。

「着眼点はいいぞ、ヘイスティングズ。ただし、わたしの脳裡にあるものとはちがう」

「じゃあ、なにか、ほかに？」

「ああ、タバコの匂いのことが気になって仕方がない」

「へえ、そんな匂いはしなかったぜ」首をかしげながら、わたしは大声をあげた。

「もちろん、匂いがしたわけじゃないよ」

わたしはポアロの顔を食いいるようにみつめた。冗談なのかどうか、表情からは判断しがたいが、どうやら、本人は真剣そのものらしく、眉をひそめている。

それから二日後、検死審問がおこなわれた。その間に、べつの証拠が明らかになった。事件当日、ひとりの浮浪者がプロザロー氏の屋敷のまわりの塀をのりこえて庭にしのびこんだことが、本人の自供によって判明したのである。この浮浪者は、以前から、よく庭のすみにあるカギのかかっていない小屋で寝泊まりしていた。当日の夜は、十二時ごろ、ふたりの男が一階の部屋で大声で口論しているのがきこえたと、この浮浪者は証言した。ふたりのうちの片方は、金をせびり、もう片方は、怒鳴りながら、この要求をつっぱねていた。灌木の茂みのかげに身をひそめていた浮浪者には、明るい窓ごしに、室内で動いているふたりの男の姿がみえた。片方は、まぎれもなく、プロザロー氏であり、もう片方はパーカー氏だった、という。

してみると、パーカー夫妻がプロザロー氏をゆすりにきたことは明らかである。さらに、その後、死んだプロザロー氏の本名はウエンドーバーで、前身はイギリス海軍の大尉だったこと、去る一九一〇年に発生した一等巡洋艦、メリーソート号の爆沈事件に関与していたことが判明するにおよび、事件はにわかに解決の気配をみせはじめた。つまり、メリーソート号の爆沈事件にウエンドーバーが一役買っていたことを知ったパーカーが、ウエンドーバーの居場所をつきとめて、口どめ料を要求にきた。だが、相手のウエンドーバーは要求をつっぱね、両人がはげしい口論をかわしている最中、ウエンドーバーが拳銃をもちだしたため、パーカーが、これをもぎとって、相手を射ってしまい、自殺にみせかける工作をした、というわけである。

パーカーは、弁護保留のまま、裁判にかけられることになった。わたしとポアロは警察裁判所での審理に出席した。その帰途、ポアロは、首をたてにふって、ひとりごとのようにいった。

「きっと、そうだ。うん、そうにちがいない。さっそく、行動をおこそう」

ポアロは、郵便局にたちよって、一通の手紙をしたため、これを速達でだした。残念ながら、宛名はわからなかった。郵便局をでると、そのまま、忘れがたい週末をすごした旅館へとってかえした。

ポアロは、せかせかと窓のそばを歩きまわりながら、こういった。

「客を待っているんだよ。断じて……そう……断じて、わたしの誤解じゃあるまい。ああ、やっぱり、きたようだな」

おどろいたことに、それから間もなく、家政婦のミス・クレッグが部屋にはいってきた。まえに会ったときとはちがって、落ちつきがなく、ここまで走ってきたみたいに大きく息をはずませている。ポアロの顔をみつめる瞳には不安の色がうかがわれた。

「まあ、おかけなさい」やさしい口調で、ポアロはいった。「どうです。わたしの推理はあたっていたでしょう？」

返事のかわりに、ミス・クレッグはわっと泣きだした。

「どうして、あんなまねをしたんですか？」ポアロはおだやかにたずねた。「ひとつ、理由をきかせてください」

「わたし、旦那さまが大好きだったんです。旦那さまが坊やのころには、お守りをしたこともあるんですから。ああ、ほんとに、申しわけありません！」

「まあ、できるだけのことはしましょう。ただし、無実の人間を絞首台に立たせるわけにはいかない……たとえ、その人間が破廉恥な男であっても、です」

ぐっと背すじをのばして、ミス・クレッグは小声でいった。

「わたしだって、最後には、そういうことはしません。やはり、良心というものがありますから」

こういうと、椅子から立ちあがって、ミス・クレッグは足ばやに歩み去ってしまった。

「犯人は、彼女なのか？」なんのことやら見当もつかぬままに、わたしはきいてみた。

ポアロは、微笑をうかべて、かぶりをふる。

「いいや、自殺なんだよ。きみもおぼえているだろうが、死んだプロザロー氏は背広の右の袖にハンカチをいれていた。これでもって、本人は左ききだということがわかった。要するに、パーカーと激論をかわしたのち、過去の秘密が露見するのをおそれて、拳銃で自殺をとげたんだ。そして、つぎの日の朝、いつもどおり主人を呼びおこしにきた家政婦のミス・クレッグは、その主人が死んでいるのを発見した。いましがた、本人が語ったように、彼女は、ウエンドーバーを幼年時代から面倒をみてきたせいで、だいじな主人をこんな不面目な死に追いこんだパーカー夫妻にたいする怒りで胸がいっぱいになった。旦那さまはパーカー夫妻に殺されたのも同然だ。と、そう考えているうちに、突如、あのふたりに仕返しができそうだということに気づいた。亡《な》くなった旦那さまが左ききなのを知っている人間は自分しかいない。そこで、まず、拳銃を右手にもちかえさせたのち、部屋の窓をしめて、ボルト錠をかけ、階下《した》の部屋でひろったカフスボタンを床にころがしておき、部屋からでて、ドアにカギをかけ、そのカギは自分がもっていってしまったんだ」

「いやあ、ポアロ」わたしは思わず興奮してしまった。「きみは、まさしく天才だよ。

たった一枚のハンカチを手がかりに、そこまで推理できるとはね」

「それと、もうひとつは、タバコの煙だよ。もし部屋の窓はずっと閉めっきりで、あれだけのタバコをぜんぶ吸ったんだとすれば、当然、室内にはタバコの煙の匂いがこもっていてしかるべきだ。ところが、室内の空気はぜんぜんにごっていなかった。この事実から、あそこの窓は、ひと晩じゅう、あいたままで、朝になってから閉めたものにちがいないと、即座にこう判断をくだした。このように推理をつみかさねていくと、話はじつにおもしろくなる。ともあれ、殺しの犯人がいて、そいつが窓をしめておかねばまずいと思うような状況はおよそ想像しがたい。自殺説が通用しなかったばあい、窓はあけたままにしておき、犯人はそこから屋外へ脱出したようにみせかけるほうが利口だしな。もちろん、かの浮浪者の証言をきいたさい、以上のような読みはあたっていることが裏づけられた。部屋の窓があいていなきゃ、両人の会話がきこえるはずはないもの」

「ふーん、おみごと！」心底から、わたしは感心した。「では、ひとつ、お茶でも飲むとしよう」

「生粋のイギリス人的ないい方をするならば、ここで、シロップを一杯ちょうだいできる可能性はないだろうな」

二重の手がかり
The Double Clue

「ともかく、いちばん困るのは、この件が表《おもて》ざたになることなんです」と、マーカス・ハードマン氏はいう。このセリフを吐くのは、今回で十四回目くらいだろう。げんに、本人の話のなかには、この〝表《おもて》ざた〟という言葉がオペラの中心主題のように反復して登場した。ハードマン氏は、まるまると肥えた小男で、手の指には凝《こ》ったマニキュアをほどこし、声の調子は哀調をおびたテノールだ。いちおうは、ちょっとした名士の部類であり、最新流行の生活を送ることは職業だといってもよかろう。経済的には、大富豪とまではいかぬまでも、そうとうな資産家だから、社交面での楽しみを味わうべく、金銭を湯水のようにつかっている。趣味は収集《コレクション》で、りっぱなコレクター精神をそなえている。あつめるのは時代もののレースや扇子《せんす》、古美術品に属する装身具などにかぎり、優雅さに欠けるものや現代ふうのものには目もくれない。

わたしとポアロは、至急の呼びだしに応じて当家へ馳せ参じたしだいだが、きてみると、肝心のハードマン氏、どうしたらよいか判断がつかない苦悩に身もだえしているありさまだった。なにぶん、事情が事情だけに、警察に連絡することはぜったいにしたくない。さりとて、警察に連絡しなければ、貴重なコレクションのなかの宝石類の一部が紛失したことをあきらめざるをえない。こうしたジレンマから脱すべく、ハードマン氏はポアロに白羽の矢を立てたわけである。

「なくなったのはルビーなんです、ポアロさん。それと、エメラルドのネックレス。これは、フランス国王アンリ二世の王妃、カトリーヌ・ド・メディシスのものだったといわれる逸品です。ああ、あのエメラルドのネックレスが！」

「紛失した当時の模様を話していただけませんか」おだやかに、ポアロは申しでた。

「ええ、話しましょう。じつは、きのう午後、ここで、ささやかなティー・パーティーをひらいたんです。パーティーといっても、ごく内輪《うちわ》のもので、あつまったのはせいぜい六人くらいです。この種のパーティーは、今年のシーズンちゅう、すでに二度ばかりもよおし、自分でいうのは変かもしれませんが、なかなかの盛会でした。ひろいホールでは、ピアニストのナコラの演奏、オーストラリアのコントラルト歌手、キャサリン・

バードの歌などをききましてね。ま、それはともかく、午後の二時ごろ、招待客のみなさんに中世の宝石のコレクションを披露してやったんです。この宝石類は、あそこの壁にはめこんだ小さな金庫のなかにしまってあって、金庫は内がわがキャビネットのような造りになっており、表面には、ここに陳列してある宝石が目だつように、色のついたビロードがはってあります。このあと、みんなは、古い扇子《せんす》をじっくりとながめた。これは、あの壁ぎわのケースにはいっているんです。で、それがすむと、われわれ一同、音楽をきくためにホールへいった。そうして、みんなが帰宅したのち、なんと、金庫が荒らされていることに気づいたんです！　きっと、わたしがあとで扉をきちんとしめておかなかったせいで、だれかがひそかに中身をさらっていってしまったんでしょう。いやあ、ポアロさん、あのルビー、あのエメラルドのネックレス……これは一生のコレクションなんです！　どんな犠牲をはらってでも、ぜったいにとりもどしたい！　とはいえ、この件が表ざたになっては困る！　その理由《わけ》は、よくわかるでしょう、ポアロさん？　ここに招いた客、わたし個人の親友たち！　そう、この話が世間に知れたら、わたしの面目はまるつぶれです！」

「みんながホールへいくさい、この部屋を最後にでたのは、どなたですか？」

「ジョンストン氏です。このひとは、ポアロさんも、ご存知でしょう。南アフリカの億万長者で、つい最近、パーク・レーンにあるアボットベリー館に住むようになったんです。そういえば、このひと、しばらく、ここの部屋でうろうろしていましたね。だけど、犯人は断じて……そう、断じて、このひとじゃありません！」

「お客さんのうちで、だれか、なにかにかこつけて、この部屋へもどってこられた方はおりませんか？」

「たぶん、そういう疑問がわくだろうと思ってましたよ、ポアロさん。もどってきたひとは、三人います。ヴェラ・ロサコフ伯爵夫人と、バーナード・パーカーくんと、ランコーン卿夫人です」

「この三人はどういう方なのか、ざっと説明してくれませんか」

「まず、ロサコフ伯爵夫人というのは、帝政ロシア時代の貴族だった非常に美しい女性で、最近、イギリスにこられたんです。一度は、わたしに別れの挨拶をして帰っていかれたので、また、この部屋で姿をおみかけしたときは、ちょっとおどろきました。それに、どうやら、れいの扇子《せんす》が収納してあるキャビネットをうっとりとみつめているようでしたからね。そんなわけで、いま、このことを思いかえしてみればみるほど、怪しい気がします。そうじゃないでしょうか？」

「まことに怪しいですな。しかし、あとのひとたちのことも話してください」

「ええと、パーカーくんは、ただ、細密画のはいっているケースをとりにきただけで、これは、わたしがランコーン卿夫人にみせてあげようと思ったものです」

「で、そのランコーン卿夫人という方は？」

「おそらく、ご存知でしょうが、なかなか個性のつよい中年の女性でしてね、ふだんは、もっぱら、さまざまな慈善事業に専念されています。この方のばあいも、どこかにおき忘れたハンドバッグをとりにこられたんです」

「なるほど、わかりました。となると、いちおう容疑者の部類にはいるひとは四人おるわけですな。ロシアの伯爵夫人、イギリスの貴婦人、南アフリカの億万長者、それと、バーナード・パーカー氏。で、このパーカー氏とは、どういう人物なんでしょう？」

こうきかれると、ハードマン氏はひどく落ちつきのない態度をみせた。

「ええと……一介の青年ですよ。まあ、現実には、わたしの知りあいの青年でしてね」

「そのていどのことなら、すでに想像がついています」真剣な口調で、ポアロは応じた。

「いったい、なにをやっているひとなんですか？」

「ナイトクラブなんぞに出入りしているプレイボーイです。もっとも、こういってはなんだが、社交界で顔が売れているとはいえないでしょう」

「失礼ですが、あなたと懇意になられたいきさつは？」

「ええと……まえに一、二度……ちょっとした物件の斡旋をしてくれたことがありましてね」

「はい、それで？」

ハードマン氏は痛ましい目つきでポアロの顔をみつめた。なるべくなら、これ以上の説明はしたくないといった感じだったが、相手のポアロが冷然と沈黙をまもっているとあっては、話をつづけざるをえない。

「あのう……わたしが時代ものの宝石類に興味をもっていることは、よく知られています。で、ときおり、先祖伝来の家宝のたぐいを処分しなければならないひとがでてくるんですが、遺憾ながら、この種の品のばあい、一般市場やディーラーなどに売ることはできない。けれど、内々で、わたしに売るとなれば、話はまったくちがってくる。パーカーはこういう物件について綿密に下しらべをおこない、売り手と買い手の双方と折衝してくれるので、どんな些細なトラブルも生じないですむ。この方面のニュースは、逐一、わたしに知らせてくれる。げんに、ロサコフ伯爵夫人は、母国から、先祖伝来の宝石類を何個かもってこられ、これを売りたいといっておられる。で、パーカーはこの取り引きの段どりをしてくれる予定になっているわけです」

「なるほど」ポアロは思案をめぐらしながら、「それで、パーカーさんには全幅の信頼をおいているんですね？」

「信頼がおけないと思ったようなケースは、過去に一度もありませんもの」

「以上の四人のうちで、あなたは、だれが怪しいと思いますか？」

「いやあ、ポアロさん、そんな酷な質問はしないでください。さっきも話したように、みんな、友人なんですから。わたしは、四人のうち、だれも怪しいとは思っていない……あるいは、逆に、四人の全員を怪しいと思っている。と、まあ、どちらの表現をしてもかまいません」

「そうではないでしょう。怪しいと思っておられるのは、四人のうちのひとりです。それはロサコフ伯爵夫人ではない。パーカー氏でもない。となると、ランコーン卿夫人、それとも、ジョンストン氏ですか？」

「そうやって、窮地に追いつめないでくださいよ、ポアロさん。こんどの事件が表ざたになったら、ほんとに困ってしまうんですから。ランコーン卿夫人はイギリスでは屈指の旧家の方です。けれど、じつをいうと、本人の叔母にあたるキャロライン卿夫人はまことに悲しむべき悩みをかかえておられた。もちろん、友人の方たちは、みんな、事情を了解してくれたので、夫人の家のメイドが、さっそく、ティースプーンかなにか、その品物をみなさんに返したそうです。と、申しあげれば、わたしの苦しい立場もおわかりになるでしょう」

「すると、ランコーン卿夫人には病的な盗癖のある叔母がいるというわけですな。それは、いささか気になる。念のため、問題の金庫をしらべてみてもよろしいですか？」

ハードマン氏が承諾したので、ポアロは、金庫の扉をあけて、なかをのぞいてみた。表面にビロードをはった棚のうえには、なにものっていない。

「この扉、いまでも、きちんと閉まらないな」扉を前後にうごかしながら、ポアロはひとりごとをいう。「なぜだろう？　ああ、なにか、ここにあるぞ。蝶つがいに手袋がひっかかっているんだ。ほほう、男ものの手袋だ」

ポアロはその片方の手袋をハードマン氏にみせた。

「それは、わたしのものじゃありません」ハードマン氏はきっぱりといいきる。

「いやあ、まだ、なにか、ある！」

器用に身をかがめて、ポアロは金庫の底におちている小さな物体をつまみあげた。黒いタフタでできた平べったいシガレット・ケースだ。

「それは、わたしのものです！」ハードマン氏は思わず大声をあげた。

「そうですか？　ちがうでしょう。ここの頭文字《イニシャル》がちがうじゃありませんか」

と、いって、ポアロはプラチナで図案化した二個の頭文字《イニシャル》を指さしてみせた。

　ハードマン氏はケースを手にとって、

「なるほど。わたしのものとそっくりだけど、たしかに頭文字《イニシャル》がちがう。BとP、か。わかった……パーカーのものだ！」

「どうも、そのようですな」と、ポアロ。「いささか迂闊な青年だ。この手袋も本人のものだとしたら、なおさらですよ。これで、事件の解決に役だつ手がかりが二点もそろっている、ということになるでしょう」

「バーナード・パーカー、か」つぶやくように、ハードマン氏はいう。「やれやれ、安心した！　それでは、ポアロさん、なくなった宝石をとりもどす仕事は、あなたに一任します。そうすることが妥当だと思われたら……つまり、犯人はパーカーだという確信がおありなら……事件は警察当局にまかせてしまってもけっこうです」

　ハードマン家をでるなり、ポアロはわたしにこういった。

「どうも、あのハードマンという男は貴族と平民を差別しているようだな、ヘイスティングズ。わたしのばあい、目下のところ、貴族には叙せられてはおらん。したがって、どちらかといえば、平民の味方であり、あのパーカーという青年には同情したい心境だ。それに、こんどの事件、ちょっと不審な点があるんじゃないか？　当のハードマンはランコーン卿夫人が怪しいと思い、このわたしは、ロサコフ伯爵夫人とジョンストンが怪しいと思った。にもかかわらず、結局、正体のはっきりしないパーカーくんが犯人らしい、ということになったんだからな」

「なぜ、そのふたりが怪しいと思うんだい？」

「だって、そうじゃないか！　ロシアの亡命貴族や南アフリカの億万長者になりすますなんて、いとも簡単だよ。どんな女性でも、ロシアの伯爵夫人だと自称することはできるし、また、だれでも、パーク・レーンにある邸宅を買って、南アフリカの億万長者だと自称することはできる。本人がそういう以上、その言葉をあえて否定する者はおるまい。おや、いま、歩いているところはベリー通りだ。さっきの話にでた粗忽《そこつ》な青年は、ここに住んでいるんだ。ひとつ、きみの口ぐせどおり、鉄は熱いうちに打つことにしよう」

バーナード・パーカーは自宅にいた。紫色とオレンジ色の途方もなく派手なガウンを着て、ソファーの背にもたれかかっているところだった。なまっ白《ちろ》い、にやけた顔つき。わざと気どった舌たらずの発音。いままで、この若僧くらい嫌味な男に会ったことはめったにない。

「お邪魔します」きびきびした口調で、ポアロはいった。「じつは、ハードマンさんにたのまれた用事で、こちらへまいったわけですが、きのうのティー・パーティーのさい、あのひとの宝石類をそっくり盗みだした者がおるのです。で、単刀直入にうかがいますが……これは、あなたの手袋でしょうか？」

パーカーくんの頭脳はあまり明敏ではなさそうだった。なにか、おのれの知力を総動員しているかのごとく、目のまえにだされた手袋をじっとにらんでいたが、やおら、こう問いかえした。

「それ、どこにあったんです？」

「どうお、あなたの手袋ですか？」

パーカーくんは、腹をきめたように、きっぱりとこたえた。

「いや、ちがいます」

「では、このシガレット・ケースは？」

「それも、ちがいます。ぼくがつかっているのは銀のやつです」

「なるほど。わかりました。では、あとは警察にまかせることにしましょう」

「あのう、ぼくだったら、そういうやり方はしませんね」ややや不安げに、パーカーくんは大声でいう。「だいたい、警察官ってのは冷血動物みたいな連中だ。まあ、ちょっと待ってください。これから、ハードマンのところへいってみます。いいですか……ほんとに、ちょっと待ってくださいよ」

こういわれても、ポアロはさっさと退去してしまった。

「これで、あの男も、のほほんとしていられなくなったわけだ」ポアロはほくそ笑みながら、「明日《あす》になれば、どういう結果になったか、わかるだろう」

だが、その日の午後、今回の事件からはまだ手がひけないことを思い知らされる羽目になった。いきなり、部屋のドアがぱっとあいたかと思うと、人間の形をした一陣の旋風が舞いこんできたのだ。その闖入者は、なんと、ヴェラ・ロサコフ伯爵夫人だった。黒テンの毛皮のコートは渦巻きのようにはねまわり、帽子についた白サギの飾り羽は吹きあおられるようにゆらゆら揺れている。

「あなた、ポアロさんでしょ？　いったい、なんということをなさったの！　あの青年を犯人あつかいするなんて！　破廉恥にも、ほどがあるわ。言語道断だわ。わたくしはね、あの青年の性格をよく知っているんです。あのひとは、まだ、ほんの坊やで、無邪気で……盗みをはたらくようなまねなんぞ、するもんですか。わたくしのためには、これまで、ずいぶんつくしてくれたんですのよ。そんな青年が、いびられ、無残に虐殺されるのを、だまって傍観しているわけにはまいりません」

「ところで、マダム、このシガレット・ケースはパーカーくんのものでしょうか？」

れいの黒いタフタのシガレット・ケースをだして、ポアロはたずねた。

伯爵夫人は、しばらく、無言のままでケースを仔細に観察する。

「ええ、あのひとのものよ。まちがいないわ。で、これがどうかしたの？　あそこの部屋でみつけたの？　あそこには、みんながいたんだけど、きっと、本人はおとしてしまったんでしょう。ほんとに、あんたがた警察のひとったら、ロシアの看守より悪質で……」

「それと、この手袋はパーカーくんのでしょうか？」

「わからないわ。手袋なんて、どれも、似たりよったりですもの。ともかく、わたくしのすることとの邪魔はしないでちょうだい。わたくし、あのひとの容疑はなんとか晴らしてあげなきゃ。その仕事は、あなたにやっていただきましょう。自分の宝石を売ったお金で、たっぷり、お礼をしますから」

「まあ、それより……」

「じゃあ、よろしいわね？　いえ、いえ、議論の余地はないわ。あのひとったら、かわいそうなのよ。わたくしのところへとんできたときは、目に涙をうかべていてね。それで、わたくし、こういってあげたの。『大丈夫よ。きっと、たすけてあげるから。さっそく、その男……その鬼のような男に会ってくるわ！　とにかく、このヴェラにまかせておきなさい』って。さあ、話はきまったから、これで失礼するわ」はいってきたときと同様、礼儀や挨拶はいっさい抜きで、伯爵夫人は風のごとく部屋からでていった。あとには、外国のものらしい強烈な香水の香りがただよっているだけだ。

「いやあ、すごい女だな！」と、わたしは思わず大声をあげた。「それに、あの毛皮！」

「うん、そう。あれはまさしく本物だ！　ニセの伯爵夫人でも、本物の毛皮をもっているのかな？　ま、これはいつもの冗談だけどね、ヘイスティングズ……いや、あの女性、じっさいにロシア人なんだろう。ふふーん、すると、バーナード坊やは彼女に泣きついたってわけか」

「れいのシガレット・ケースは、あいつのものだ。ことによったら、手袋も……」

ポアロは、にやりと笑って、ポケットから一個の手袋をとりだし、これを問題の手袋のわきにおいた。両方は、まぎれもなく一対《つい》のものである。

「それは、どこでみつけたんだい、ポアロ？」

「あのベリー通りの家の玄関のテーブルのうえに、ステッキといっしょにほうりだしてあったんだ。たしかに、パーカーくんというのは粗忽《そこつ》な青年だな。さあて、仕事ははやく片づけてしまおうじゃないか。いちおう形式的に、パーク・レーンまでいってみるよ」

もちろん、わたしはポアロに同行した。めざすジョンストンは不在だったが、本人の秘書には会えた。この秘書の話によれば、ジョンストンは、ごく最近、南アフリカから当地へやってきたばかりで、以前には一度もイギリスの土をふんだことがない、という。

「ご主人は宝石類に興味がおありなんでしょう？」思いきって、ポアロはきいてみた。

「それよりは、金鉱の採掘のほうが柄にあっているようですよ」といって、秘書は笑い声をあげた。

ここでの聞きこみが終わって、帰途につくなり、ポアロはなにやら考えこみはじめた。その夜おそく、ポアロのところへいってみると、おどろいたことに、当人はロシア語の入門書を熱心に読んでいた。

「なんだね、ポアロ！」わたしは大声で皮肉をいってやった。「いまからロシア語をおぼえて、かの伯爵夫人と母国語で話しあおうって寸法かい？」

「なにぶん、先方はわたしの英語に耳をかたむけようとしないんでね」

「だけど、名門の出のロシア人なら、かならずフランス語が話せるはずじゃないか」

「きみって男は知識の宝庫だよ、ヘイスティングズ！　ならば、こんなややっこしいロシア語のアルファベットに頭をなやますのはやめることにしよう」

ポアロは芝居がかったジェスチャーで本をわきへほうりだした。これをみても、わたしは釈然としなかった。ポアロの目には、おなじみのきらきらした光がやどっているからだ。これは、明らかに、名探偵エルキュール・ポアロが内心で悦にいっている証拠だった。

「どうやら、きみはあの伯爵夫人がじっさいにロシア人かどうか疑問に思っているようだね」わたしは心得顔でいってやった。「それで、念のためにテストをしてみるつもりなんだろう？」

「いや、いや、ロシア人であることは間違いない」

「だったら……」

「きみも、こんどの事件で男をあげたいと思うんなら、そのまえに、この『ロシア語入門』を読んでおくことだな、ヘイスティングズ」

こういうと、ポアロは、おかしそうに笑い声をあげ、あとは口をつぐんでしまった。わたしは、床におちていた入門書を手にとり、なかをちょっと読んでみた。だが、ポアロのいう意味はさっぱり解《げ》せなかった。

翌日になっても、ニュースらしきものはまったくはいってこない。ところが、ポアロにはこのことがいっこうに気にならないふうだった。朝食のさい、ポアロは、朝のうちにハードマン氏を訪ねるつもりだ、といった。ポアロに同行してみると、初老の社交家は、運よく、在宅した。気のせいか、前日よりは、若干、心がおちついているようにみえた。

「やあ、ポアロさん、なにか判明しましたか？」意気ごんで、ハードマン氏はたずねた。

ポアロは一枚の紙片をハードマン氏に手わたした。

「それが、れいの宝石を盗みだした人物の名前ですよ。で、どうしましょう？　事件は警察にまかせますか？　それとも、警察ざたにはしないで、わたしが品物をとりもどすほうがいいですか？」

ハードマン氏は、愕然としたように、手にもった紙片をみつめている。そのうちに、ようやく、口をひらいた。

「いやあ、おどろきました。この件が世間に知れるのはぜったいに困るので、どうするかは、あなたの裁量にまかせます。あなたなら、慎重にやってくださるでしょうからね」

つぎの行動はタクシーをつかまえることだった。タクシーの運転手に、ポアロは、カールトン・ホテルまでいってくれ、と命じた。ホテルにつくと、ポアロは、フロントで、ロサコフ伯爵夫人に会いたいむねをつげた。すこし待ってから、わたしとポアロは夫人の泊まっている特別室へ案内された。夫人は、両手をさしのべて、われわれを迎えいれた。けばけばしい模様のついた豪華なネグリジェを身にまとっている。

「あーら、ポアロさん！」夫人は大声をあげる。「うまくいったのね？　あの気のどくな坊やの容疑は晴れたのね？」

「伯爵夫人、お友だちのパーカーくんが警察に逮捕されるおそれはまったくありませんよ」

「まあ、あなたって、ほんとに頭の切れる方なのね！　おみごとだわ！　しかも、こんなに、はやく！」

「ただし、ハードマン氏には、さきほど、こう約束してきました。盗まれた宝石類は、きょう、手もとにもどりますから、とね」

「それで？」

「したがって、いま、この場で、あなたがその現物を小生にわたしてくだされば、まことにもって幸甚のいたり、というしだいです。せかせるのは申しわけないと思いますが、なにぶん、おもてにタクシーを待たせてありますんでね。いや、ばあいによっては、ここからロンドン警視庁へ直行しなきゃならんので、その点を考慮したうえでの措置なんです。だいたい、われわれ、ベルギー人は倹約の精神に富んでおりましてね」

ポアロがしゃべっているあいだに、伯爵夫人はタバコに火をつけおわっていた。ひとしきり、夫人は、身じろぎもせず、タバコの煙の輪をふーっと吐きだしながら、ポアロの顔に瞳をこらしていたが、そのうち、どっと笑い声をあげて、椅子から立ちあがった。みていると、部屋のすみにある化粧だんすに歩みより、引出しをあけて、黒い絹のハンドバッグをとりだし、これをポアロのほうへそっと投げてよこした。そうしてから、いとも平静な屈託のない口調で話しはじめた。

「あなたがたとは反対で、わたくしどもロシア人には浪費癖があるんです。そのためには、残念ながら、お金をもっていなければなりません。ああ、そのハンドバッグのなかは、みなくても大丈夫ですよ。品物は、そっくり、はいっていますから」

ポアロは立ちあがった。

「そのように、するどい感性と敏速な行動力を兼ねそなえておられる点は、まことに、ごりっぱです」

「あーら、だって、タクシーを待たせてあるとおっしゃるんですもの、ほかに仕方がありませんわ」

「愛想もよい方なんですね、マダムは。ところで、ロンドンには、今後も滞在なさるご予定ですか?」

「そういうわけにはいかないでしょう……あなたのおかげで」

「どうか、おゆるしください」

「わたくしたち、また、どこかで会うことになるかもしれませんわね」

「そうなることを希望します」

「だけど、わたくしのほうは……ご免だわ!」こういって、伯爵夫人は笑い声をあげる。

「これは、あなたにたいする深い敬意の表現ですのよ。わたくしにとって恐ろしい男性なんて、この世に、ほんのわずかしかいないんですからね。では、さようなら、ポアロさん」

「失礼いたします、伯爵夫人。ああ……申しわけありません……うっかり忘れておりました! あなたのシガレット・ケースをお返ししておきましょう」

ポアロは、頭をさげながら、れいの金庫のなかでみつけた黒いタフタのシガレット・ケースを夫人のまえにさしだした。これをうけとった夫人は表情ひとつ変えようとしない。ただ、眉をわずかにつりあげて、一言、「ああ、これね」と、つぶやくのみだった。

「まったく、すごい女だ!」階段をおりながら、ポアロは熱っぽい声でいう。「土壇場に追いこまれても、弁解もしなきゃ、反論もせず、虚勢をはるようなまねもしないなんて！　われわれの姿を一見しただけで、彼女、状況を的確に判断してしまったんだ。なあ、ヘイスティングズ、あんなふうに、さりげなく笑いながら、おのれの敗北をみとめられるような女……こういう女は、将来、きっと、なにかをやってのけるぞ！　こういう女は物騒だ。なにしろ、ずぶとい神経の持ち主で……」

階段をふみはずして、あやうく、ポアロは倒れそうになった。

「興奮をしずめて、足もとに気をつけたほうがいい」と、わたしはいってやった。「ところで、あの伯爵夫人が怪しいと思いはじめたのは、いつからなんだい？」

「じつはね、れいの手袋とシガレット・ケース……まあ、二重の手がかり、とでもいおうか……これが気になったんだよ。バーナード・パーカーのばあい、手袋の片方をおとすことはありえても、両方をおとしてしまうなんてことは、まず、考えられない。そう、いくらなんでも、それじゃ、あまりにも迂闊すぎる！　同様に、かりに何者かが、パーカーに罪を負わせるべく、これを金庫のなかにいれておいたと仮定しても、このふたつの証拠物件のうちのいずれか……つまり、シガレット・ケースと手袋のいずれかを利用すればよいわけで、やはり、両方というのは不自然だ。したがって、このふたつの物件のうちのひとつはパーカーのものではない、という結論をださざるをえなかった。また、最初は、シガレット・ケースはパーカーのもので、手袋のほうはちがうんじゃないかと、そう思ったんだが、パーカーの家で手袋をみつけたさい、じっさいは、その逆だということに気づいた。となると、シガレット・ケースは、だれのものなのか？　ランコーン卿夫人のものでないことは歴然としている。頭文字《イニシャル》がちがうからだ。それでは、ジョンストン氏のものか？　ジョンストン氏が偽名をつかっているんだとすれば、その可能性もある。だが、本人の秘書に会ってみると、怪しい点はまったくないことが即座に判明した。ジョンストン氏の過去には、なにひとつ、秘密のごときものはない。しからば、伯爵夫人のばあいはどうか？　きくところによると、夫人は母国から宝石類をもってきたということになっている。それゆえ、盗みだした宝石は、その台からはずしてしまいさえすればよいわけだし、この宝石を夫人のものではないと断定できるかどうか、その点はきわめて疑わしい。夫人にとっては、当日、あそこの部屋で、床におちていたパーカーの手袋の片方をひろって、こいつを金庫のなかにつっこんでおくなんて、朝飯まえの仕事だった。ところがね、自分のシガレット・ケースをおとしてしまうつもりはなかったんだよ」

「だけど、そのシガレット・ケースが本人のものだとすると、BとPの頭文字《イニシャル》がついているのは、どういうわけ？　あの伯爵夫人の頭文字《イニシャル》はVとRじゃないか」

　ポアロは温厚な笑みをうかべてみせる。

「なるほど。その疑問はごもっともだ。しかし、ね、ロシア語のアルファベットのばあい、BはVで、PはRになるんだよ」

「へーえ、そこまでは想像がつかなかった。ロシア語は知らないもんで」

「それは、おたがいさまだよ、ヘイスティングズ。だから、わざわざ、あんな本を買いこんで、きみにも、目をとおしてみろとすすめたわけだ」

　最後に、ポアロはふーっと溜め息をついた。

「ほんとに、非凡な女性だ。あの女性にはまた出会うことになりそうだ、という予感がする。かなり確固たる予感だ。どこで出会うか、それはわからんがね」

呪われた相続人

The Lemesurier Inheritance

わたしとポアロは、これまでに、種々さまざまな怪事件の調査を手がけてきた。だが、そのなかでも、長年にわたって、われわれの興味をとらえ、ついにはポアロのところへもちこまれることになった例の一連の事件ほど異常なものはない、といえるだろう。

それはリムジュリア家という家庭の過去から現在におよぶ事件のことで、そもそもの発端は、戦時ちゅうの、ある晩のできごとまでさかのぼる。当時、わたしはポアロと再会したばかりで、おたがいに、ベルギー時代の旧交をあたためているところだった。ポアロは、なにか、ちょっとした用件を陸軍省から依頼され、これをみごとに処理するという実績をあげていた。そして、問題の晩、わたしとポアロは、ロンドン市内のカールトン・クラブで、ひとりの高級将校と食事をともにした。食事のあいだ、相手の将校はポアロにむかってしきりに賛辞をあびせていた。やがて、この将校は、だれかと会う約束があるとかで、あわただしく退去したが、そのあと、われわれはのんびりと食後のコーヒーを飲んでいた。

しばらくして、食堂をでようとすると、ききおぼえのある声で名前を呼ばれた。ふりむいてみると、声の主は、わたしがフランスで知りあった青年、ヴィンセント・リムジュリア大尉だった。大尉には、ひとり、年配の男の連れがいたが、風貌が似ている点からみて、親族の者らしい。じっさいに、そのとおりで、連れの男は若い大尉の叔父にあたるヒューゴー・リムジュリア氏だと紹介された。

わたしのばあい、ヴィンセント・リムジュリア大尉とはとくに親しい仲ではなかった。しかし、この大尉は、どことなく夢みているような態度がみられる感じのよい青年で、十六世紀の宗教改革の以前からイングランドのノーサンバーランド州に広大な地所をもっている旧家の一員だという話をきいたおぼえがある。わたしもポアロも、べつだん急用はないので、リムジュリア大尉の誘いに応じて、また、テーブルのまえにすわり、気がるな雑談をはじめた。大尉の叔父のヒューゴー・リムジュリア氏は、四十歳くらいで、猫背のところは学者ふうの印象をあたえる。げんに、いまは、官庁の依頼をうけて、なにかの化学研究に従事しているようだった。

われわれが雑談に興じているところへ、肌の浅黒い長身の青年がいそぎ足でやってきた。青年は、心が動揺しているような声で叫んだ。

「ああ、よかった！　ふたりとも、ここにいたのか！」

「どうしたんだ、ロジャー？」

「きみの父親のことだよ、ヴィンセント。落馬したんだ。若い馬にのっていて……」

青年はリムジュリア大尉と叔父のふたりを横のほうへつれだしたので、あとの言葉はききとれなかった。

それから数分後、ヴィンセント・リムジュリア大尉と叔父のヒューゴー・リムジュリアはあたふたと帰っていった。大尉の父親が、若い馬に試乗ちゅう、落馬して、重傷を負い、明朝までは生命《いのち》がもちそうにない、というのだ。この知らせをきいた瞬間、ヴィンセントは、顔面が蒼白になり、いまにも卒倒せんばかりだった。これをみて、わたしはなんとなく妙な気がした。というのは、フランスで会ったとき、ヴィンセントがふと洩らした言葉から、父親との仲はかならずしもうまくいっていないようだと読みとったからである。その当人が、いま、父親にたいする感情をこんな形で披露するとは、いささか意外だった。

落馬の件をつたえにきた肌の浅黒い青年は、ヴィンセント・リムジュリア大尉の従兄《いとこ》弟《こ》にあたるロジャー・リムジュリアだ、と紹介された。この青年は、あとにのこり、われわれといっしょに歩きだした。

「だいたい、おかしいんですよ、こんどの事件も。まあ、ポアロさんなら、きっと興味をもたれるでしょう。あなたのことはヒギンソンからきいておりますんでね。ヒギンソンの話だと、あなたは人間心理の洞察にかけての名人だとか」

ヒギンソンというのは、冒頭にのべた高級将校のことである。

「たしかに、心理学は勉強しておりますがね」慎重な口ぶりで、ポアロはこたえた。

「さっきのヴィンセントの顔をごらんになりました？　おどろきのあまり、呆然自失、というふうだったでしょう？　その理由がわかりますか？　これについては、古くさい因縁話があるんですが、きいてみたいという気は、おありですか？」

「ぜひ、うかがいたいですな」

ロジャー・リムジュリアは腕時計に目をやって、

「うん、まだ時間はある。ヴィンセントたちとはキングズ・クロス駅で落ちあうことになっているんです。じつをいうと、リムジュリア家は先祖の代からの名門なんですよ、ポアロさん。ところが、ずっと以前の中世のころ、一家の当主が妻の態度に不審の念をいだきはじめた。妻はひそかに恥ずべき不貞行為をおかしている、というわけです。うたがわれた妻は躍起になって身の潔白を主張したものの、夫のほうはぜんぜん耳をかさなかった。この夫婦のあいだには男の子がひとりいたんですが、夫は、こいつは自分の子どもではない、だから、当家の相続人にはさせない、と断言した。そのあと、どんな行動をとったのか、おぼえていないけど、たぶん、母子ともども、生きたまま壁のなかに塗りこめてしまうといったような中世ふうの残酷なことをやってのけたんでしょう。こうして、妻と子は両方とも殺される羽目になり、気のどくな妻は、あくまでも身の潔白を主張し、リムジュリア家のことはあの世で永久に呪いつづけてやると叫びながら、死んでいった。つまり、今後、リムジュリア家の長男はぜったいに相続人にさせない、という呪いです。ところで、歳月がたつにつれ、この妻の身はまったく潔白であったことが明らかになった。それがため、妻を殺してしまった夫は、はげしい良心の呵責に苦しみながら、俗世をすてた修道者として余生を送ったようです。にもかかわらず、奇妙なことに、それいらい今日にいたるまで、リムジュリア家の長男で、ぶじに家督を相続した者はひとりもいない。家督は、つねに、当主の兄弟や甥、次男たちにまわる結果になり、長男がひきついだことは一度もないんです。たとえば、あのヴィンセントの父親は五人兄弟の次男で、長兄は幼いころに亡くなっている。こんなしだいだから、ヴィンセントも、戦争ちゅうずっと自分はしょせん死ぬ運命にあるんだと覚悟していた。それなのに、どういうわけか、ふたりの弟がさきに戦死をとげてしまい、本人はいまなお生きているんです」

「ふしぎな家系ですね」考えこみながら、ポアロは感想をのべた。「もっとも、いまは父親が瀕死の状態だとなれば、ヴィンセント大尉が長男として家督を相続するわけでしょう?」

「そうです。ご先祖さまの呪いもすっかり効き目がなくなってしまい、現代生活のストレスには耐えられないんですよ」

ポアロは首をふった。こんな冗談は気にくわないといわぬばかりだ。ロジャー・リムジュリアはふたたび腕時計に目をやって、これで失礼する、といった。

この話には後日談があり、つぎの日、当のヴィンセント・リムジュリア大尉が悲惨な死をとげたことを知らされた。ヴィンセントは、スコットランドの郵便列車にのって北上していたのだが、夜間、車室のドアをあけて、線路にとびおりたものらしい。きっと、戦場神経症にかかっていたところへ父親の事故死を知ったショックがくわわり、一時的に精神錯乱をおこしたのだろう。ここで、こんどは、ヴィンセントの叔父にあたるロナルド・リムジュリアに関連して、リムジュリア家につきまとう奇怪な迷信が世間の話題になった。ロナルドのひとり息子はソンムの戦いで戦死していたのだ。

どうやら、ヴィンセント大尉の生涯の最後の晩、偶然、当人と再会したのがきっかけで、わたしもポアロも、リムジュリア家にかんすることにはなんでも注意をむけるようになってしまったようである。げんに、それから二年後、このロナルドが死んだという話をきいたさいには、かなり奇異な感じがした。家督を相続した当時、ロナルド・リムジュリアは寝たきりの病人だったのだ。ロナルドのあとをついだ弟のジョン・リムジュリアは強健な男で、ひとり息子は名門のイートン校に在学していた。

不吉な祟《たた》りがリムジュリア家のうえに暗い影を投げていることはたしかだった。父親が家をついだ直後の休日に、この息子は、なぜか、銃の暴発事故で死亡してしまった。つづいて、こんどは、父親のジョンまで、スズメ蜂に刺されて急死するという事件がおこり、その結果、一家の財産は五人兄弟のうちの末弟のヒューゴー・リムジュリアが相続することになった。あの晩、わたしとポアロがカールトン・クラブで会った人物である。

リムジュリア家の人びとの身にふりかかった一連の災難については、わたしもポアロも、おたがいに意見をかわすだけで、直接、同家の問題にタッチするようなことはしなかった。ところが、現実には、積極的に行動をおこす時期がせまっていたのだ。

ある日の朝、〝リムジュリア夫人〟の来訪がつげられた。会ってみると、長身の、きびきびした感じの女性で、年齢は三十歳くらい。その態度からは、つよい決断力と良識の持ち主であることがうかがわれた。語調にはかすかにアメリカなまりがある。

「ポアロさんですね？　どうも、はじめまして。主人のヒューゴー・リムジュリアは、以前、お会いしたことがあるそうですけど、そのことは、もう、お忘れでしょうね」

「いや、いや、はっきりとおぼえておりますよ、奥さん。お会いした場所はカールトン・クラブです」

「まあ、ならば、よかったわ。ところで、ポアロさん、わたくし、いま、とても心配なことがありますの」

「と、いわれると？」

「わが家の長男のことなんです。子どもは、男の子がふたりおりましてね、長男のロナルドは八歳、次男のジェラルドは六歳になります」

「なるほど。それで、ロナルドくんのことが心配だとおっしゃる理由は？」

「じつは、この子、ここ半年のあいだに三度も、あやうく死にかけているんです。一度は、おぼれ死ぬところでした。今年の夏、家族そろってコーンウォールへ海水浴にいったときのことです。二度目は、子ども部屋の窓から落っこちてしまい、三度目は、食中毒にかかりましてね」

　どうやら、ポアロの顔には内心で考えていることが露骨にあらわれてしまったらしく、リムジュリア夫人は、ほとんど息もつかずに、あとの言葉をつづける。

「ささいなことを大げさに話す間ぬけな女だ、と思われるでしょうね」

「いいえ、とんでもない。母親である以上、そんな事故がかさなれば冷静でいられないのが当然というものです。とはいえ、小生、お役にはたてそうもない。あいにく、森羅万象を支配する全能の神《ル・ボン・デュー》ではありませんのでね。まあ、子ども部屋の窓には、鉄格子でもとりつけたらよいでしょう。それから、食事の件では……母親がよく気をつけるのがいちばんだと思いますが」

「ですけど、こんな事故がロナルドの身にだけふりかかって、弟のジェラルドのほうはなんでもない、というのは、どういうわけなんでしょう？」

「偶然ですよ、奥さん。たんなる偶然です！」

「ほんとうに、そうでしょうか？」

「奥さんのお考えは、どうなんです？　奥さんと、ご主人のお考えは？」

　リムジュリア夫人の顔面を暗い翳《かげ》がかすめた。

「主人のヒューゴーには、いくら話しても無駄なんです。ぜんぜん耳をかしてくれないんですから。もう、きいて知っておられるかもしれませんけど、わが家には、なにかの祟りがあるらしいんです。つまり、リムジュリア家の長男は家督を相続できない、ということです。夫はこのことを信じきっていて、極端に迷信ぶかくなっているんですの。わたくしが胸のうちの不安を打ちあけても、ただ、これは先祖代々の祟りで、のがれるすべはないんだ、と、そういうだけなんです。けれど、わたくしはアメリカの生まれでしてね、ポアロさん。わたくしの母国では、このような祟りや呪いなんて、信じるひとはあまりおりません。こういうものは、まあ、格式のたかい旧家の財産だと考えるぶんにはかまわないわけで、いってみれば、旧家のレッテルのようなものじゃないのかしら。主人のヒューゴーと知りあったころ、わたくしはミュージカル・コメディーで端役を演じる女優で、そんな祟りがあるなんて、おもしろい話だわ、くらいに思っていたんです。まあ、冬の夜あたり、暖炉のまえで話してきかせるようなものなら、べつにどうってことはないでしょうけど、現実に、わが子の身のうえに……そう、わたくし、子どもたちがかわいいんです、ポアロさん。わが子のためなら、どんなことでもいといません」

「つまり、わが家の伝説は信じない、というわけですな」

「伝説に、蔦《つた》の茎を切るような芸当ができるわけはないはずですもの」

「えっ、なんとおっしゃいました？」

ポアロは思わず大声をだした。顔には驚愕の色がうかんでいる。

「伝説に……幽霊に、といってもかまいませんけど……蔦《つた》の茎を切るような芸当ができるわけはない、といったんです。これは、コーンウォールへ海水浴にいったときの話ではありません。腕白ざかりの男の子なら、ちょっと無茶をして、あぶない目にあうことなんて、めずらしくはないでしょう。もっとも、うちのロナルドは、四歳のときから、泳げたんですけどね。けれど、相手が蔦《つた》となると、話はちがってきます。うちの子どもは、ふたりとも、たいへんな暴れん坊で、建物の壁にからみついている蔦《つた》の茎をよじのぼったり、おりたりすれば、子ども部屋に窓から出入りできることを知って、ふだん、それを実行していたんです。ところが、ある日……たまたま、弟のジェラルドのほうは留守だったんですが……ロナルドが窓からおりようとすると、いつもの蔦《つた》がぐらりとしずんで、ロナルドは地面におちてしまった。さいわい、ひどい怪我はせずにすんだわけですけど、わたくし、念のために、蔦《つた》をしらべてみましたの。そうすると、おどろいたことに、茎は根もとが刃物で切られているじゃないですか。意図的に、切断してあったんです」

「だとすると、これはかなり重大なことですよ、奥さん。そのとき、下のほうのお子さんは留守だったんですね」

「ええ」

「食中毒にかかったときも、やはり、留守だったんでしょうか？」

「いいえ。このときは、ふたりとも、自宅におりました」

「おかしいな」ポアロはつぶやいた。「ところで、お宅にはどういう方が住んでおられるのか、それをおしえていただけませんか」

「子どもの家庭教師のミス・ソーンダーズと、主人の秘書のジョン・ガーディナーと……」

やや困惑したように、夫人は途中で口をつぐんでしまった。

「それと、ほかには？」

「陸軍少佐のロジャー・リムジュリアが、たびたび泊まりにまいります。ポアロさんは、このロジャーにも会っているでしょう？」

「ええ。たしか、親類の方でしたね」

「遠い親類です。でも、いまとなっては、主人にとっていちばん近い身内になるんじゃないかしら。とても陽気なひとで、家族の全員から好感をもたれています。とりわけ、子どもたちにはたいへんな人気ですわ」

「もしかすると、このひとが子どもさんたちに蔦《つた》をよじのぼることをおしえたんじゃないでしょうか」

「案外、そうかもしれません。よく、いたずらをさせているようですから」

「いや、奥さん、さきほどは失礼なことをいってしまって申しわけありません。たしかに、これは憂慮すべき事態ですし、なんとか、お役にたちたいと思います。つきましては、わたしどもふたりを、お宅に招いて、しばらく逗留させていただけませんか。この点、ご主人も異存はないでしょう？」

「ええ、もちろんです。けれど、いまさら、なにをしたって無駄だ、と内心で思うでしょうね。ああ、わたくし、主人が呑気にかまえて、あの子を見殺しにしてしまうような態度をとっているのが、もう、不愉快でなりませんの！」

「まあ、おちついてください、奥さん。手はずは、われわれが入念にととのえますから、ご安心のほどを」

準備はすぐにできた。そして、つぎの日、わたしとポアロは北にむかう列車でリムジュリア家へ急行した。その途中、ポアロは、しきりに考えこんでいたが、やがて、唐突にこういった。

「れいのヴィンセント大尉が転落したのは、たしか、これとおなじような列車からだったな？」

〝転落〟という言葉は、やや強く発音した。

「まさか、これには犯罪がからんでいる、というんじゃあるまいね」

「どうだ、ヘイスティングズ、リムジュリア家の死者のなかには……その……殺された人間もいる可能性がある、と思ったことはないか？ たとえば、ヴィンセントのばあいだ。さらに、イートン校に在学していた少年。銃に関連した不慮の事故というのは、だいたいが真相のはっきりしないものだからね。かりに、くだんのロナルドという少年が子ども部屋の窓からおちて、そのまま即死したにせよ、こんな事故はすこぶる自然で、べつに怪しむ者はおらんだろう。だが、なにゆえに片方の子だけが事故にみまわれるのか？ 長男の死によって得をするのは、だれなのか？ それは、本人の弟だ。わずか六歳の子どもだ！ そんな話は、おかしい！」

「弟のほうは、あとで亡き者にするつもりかもしれないぜ」

とはいったものの、だれがそんな行為を演じるのか、わたしには具体的な目安があるわけではなかった。

ポアロは、いかにも不満げに、首を横にふる。

「食中毒の件もあるじゃないか。アトロピンをつかうと、食中毒のばあいと似た症状を呈するそうだしな。うん、やっぱり、ここはわれわれのでる幕だ」

われわれが訪れると、リムジュリア夫人は大歓迎の表情をみせた。それから、すぐ、夫の書斎に案内して、自分は歩み去った。ヒューゴー・リムジュリアは、このまえ会ったときからみると、だいぶ変わっていた。猫背は以前よりもひどくなり、顔は妙にくすんだ灰色をおびている。ポアロが当家にやってきた理由を説明しているあいだは、だまって耳をかたむけていた。

説明がすむと、ヒューゴー・リムジュリアはいった。

「いかにも現実主義者の家内らしく、常識的な判断ですな！　まあ、ぜひとも、ずっと泊まっていってください、ポアロさん。ご足労ねがえたことには、ほんとうに感謝します。けれど……もはや、いかんともしがたいんです。人道にはずれることをした者の運命は苛酷でしてね。われわれ、リムジュリア家の人間はしかと心得ています。だれも、この宿命からはのがれられない、ということをです」

ここで、ポアロはひそかに切断されていた蔦《つた》の件をもちだした。だが、相手のヒューゴーはいっこうに動じないふうだった。

「たぶん、庭師がうっかりミスをやらかしたせいでしょう。ええ、そう、道具はどこかにあるかもしれません。しかし、背後にひそむ意図は歴然としています。それと、はっきり申しあげておきますがね、ポアロさん、悲劇の到来はそう遠い将来のことではないはずです」

ポアロは相手の顔をまじまじと凝視した。

「なぜ、そんな話をなさるんですか?」

「わたし自身、もう運命はきまっているからです。じつは、去年、医者に診《み》てもらったところ、不治の難病にかかっていることがわかり、寿命はさほどながくはない。しかし、父親のわたしが死ぬまえに、まず、息子のロナルドがあの世へいく。そうして、弟のジェラルドが跡をつぐことになるんです」

「では、その次男の方にも万一のことがあったら?」

「ジェラルドのほうの身は、安泰です。死ぬおそれはないんです」

「しかし、もしものことがあったばあいには?」ポアロは執拗に食いさがった。

「わたしのいとこのロジャーが、つぎの相続人になります」

会話はここで中断、ということになった。すらりとした長身、ちぢれた赤褐色の髪をした男が、部屋にはいってきたのだ。手には一束の書類をもっている。

「そいつは、いまでなくてもかまわんよ、ガーディナー」ヒューゴーはこういってから、

「ああ、こちら、秘書のガーディナーです」

秘書は、頭をさげて、如才ない挨拶の言葉をのべてから、去っていった。美男子なの

だが、なんとなく感じがわるい。

数分後、ポアロといっしょに風雅な庭園のなかを歩いている最中、この感想をポアロに話してみた。すると、意外にも、ポアロは大きくうなずいた。

「うん、そうそう、同感だよ、ヘイスティングズ。わたしも、あの男は虫が好かんね。なにしろ、ハンサムすぎる。ああいうタイプの男は仕事の面でも軟派のくちだろう。ほほう、子どもたちだな、あれは」

みると、ふたりの子どもをひきつれて、リムジュリア夫人がこちらへ歩いてくる。両人とも、元気そうな男の子で、兄のほうはウエーブしている赤褐色の髪、弟のほうの髪は、母親に似て、黒っぽい。ふたりは、行儀よく握手をすると、たちまち、ポアロになついてしまった。つぎは、家庭教師のミス・ソーンダーズに引きあわされた。これといった特徴のない、しごく平凡な女性である。以上で、この屋敷の住人にはぜんぶ会ったことになる。

それから数日間、わたしとポアロはのんびりと快適な日々をすごした。もちろん、油断はしないが、事件らしきものはおきなかった。ふたりの男の子は、従来どおり、たのしい毎日を送り、どこにも異常な点はなさそうだった。われわれが当家を訪れてから四日目、たまたま、ロジャー・リムジュリア少佐が泊まりがけで遊びにきた。この男は、まえに会ったときとほとんど変わっていない。根が呑気な明るい性格で、なんにつけても楽観的な態度をみせる。母親が語っていたように、ここの子どもたちにはたいへん人気があるらしく、本人の姿をみたとたん、ふたりとも、わーっと歓声をあげて、さっそくインディアンごっこをしようと庭のほうへひっぱっていってしまった。わたしは、ふと、ポアロがさりげなく三人のあとについていくことに気づいた。

つぎの日、ふたりの男の子をふくめて、家族全員がリムジュリア家のとなりにあるクレイゲイト卿夫人の邸宅へお茶によばれた。リムジュリア夫人は、わたしとポアロにも同行しないかとすすめてくれたが、外出はしたくないので、といって、ポアロが辞退すると、かえって気が楽になったような表情をみせた。

みんながでかけてしまうと、さっそく、ポアロは行動を開始した。その行動ぶりは知能のたかいテリア犬を連想させた。ポアロは邸内をすみからすみまで捜索した。むろん、捜索にあたっては、物音をたてたりしないように細心の注意をはらったので、第三者に気づかれるおそれはなかった。だが、結局のところ、納得がいくにはいたらなかったようだ。わたしとポアロは、テラスのテーブルのまえにすわって、ミス・ソーンダーズとお茶を飲みはじめた。ミス・ソーンダーズは家にのこっていたのだ。

「きっと、あの子たちはよろこんでいるでしょう」もちまえの冴えない口調で、ミス・ソーンダーズはつぶやくようにいう。「ただ、お行儀だけはよくして、花壇にふみこんだり、蜜蜂に近づいたりしなければ……」

ティー・カップを口もとへはこぼうとしていたポアロは凝然となった。まるで亡霊でもみたような顔をしている。

「蜜蜂？」ポアロは大声をはりあげる。

「ええ、蜜蜂ですよ、ポアロさん。巣箱が三つあるんです。クレイゲイト卿夫人にとっては、この蜜蜂がご自慢のたねで……」

「ふーん、蜜蜂か！」

またもや、ポアロは大声を発すると、跳びあがるようにして椅子から腰をあげ、両手で頭をかかえながら、テラスをせかせかと歩きまわりはじめた。蜜蜂の話がでただけで、どうしてこれほど興奮するのか、わたしには見当がつきかねた。

このとき、車がもどってきた音がきこえた。ポアロが玄関にでると同時に、みんなが車からおりてきた。

「お兄ちゃんがね、蜂にさされたんだよ！」次男のジェラルドがうわずった声で叫んだ。

「だいじょうぶ」と、母親のリムジュリア夫人はいう。「腫れもしないんですから。すぐに、アンモニアをつけたおかげでしょう」

ポアロが声をかけた。

「ちょっとみせてください、坊ちゃん。さされたのは、どこですか？」

「ここ……首のわき」もったいぶった口ぶりで、長男のロナルドは説明する。「でも、痛くはないよ。パパがね、『じっとしていろ……そこに蜂がとまっているから』っていったので、じっとしていたら、パパが追っぱらってくれたんだ。でも、そのまえに、もう、さされちゃったんだよ。だけど、べつに痛くはない。ちょっと針のさきでつつかれたくらいさ。ぼく、泣いたりしなかったよ。だって、もう大きいんだし、来年からは学校へいくんだもの」

ロナルドの首すじをしらべたのち、ポアロはもとの場所へもどってきた。それから、わたしの腕をつかんで、そっと耳打ちした。

「今晩だよ、ヘイスティングズ。今晩、ちょっとした事件がおきるぞ。これは内緒……だれにも口外するな」

こういっただけで、あと、ポアロはなにも語ろうとしない。そのため、わたしは、日が暮れてからずっと、そわそわしどおしだった。ポアロは早目に自室へひきさがるので、わたしもそうした。ふたりで二階へあがっていく途中、ポアロは、わたしの腕をつかんで、こう指示した。

「服は着たままでいたまえ。じっくり待ってから、部屋の灯りを消して、わたしのところへくるんだ」

いわれるとおり、適当な時間がたってから、ポアロの部屋にいってみると、当人はちょうど待っているところだった。口をきいてはいかんと、ポアロは身ぶりで制止する。ふたりは足音をしのばせて子ども部屋のほうへ歩いていった。ロナルドは、小さな部屋のなかで、ひとりで寝ていた。この部屋にこっそりはいりこむと、わたしとポアロはいちばん暗い場所に陣どった。ロナルドは快い寝息をたてている。

「熟睡しているようだね」わたしは小声でいった。

ポアロはうなずいて、

「薬のせいだよ」

「というと？」

「悲鳴をあげたら、まずいし……」

ポアロが語尾を切ったので、わたしはきいてみた。

「悲鳴をあげるって、いつ？」

「注射されたときに、だよ。しーっ。もう、しゃべるのはよそう。もっとも、当分はなにもおこりそうもないがね」

だが、この予想はあたらなかった。それから、ものの十分もたたぬうちに、部屋のドアがそっとあいて、何者かが室内にはいってきたのだ。あわてているような荒い息づかいがきこえる。足音がベッドのほうへ近づき、つづいて、かちっという音がした。懐中電灯の光が眠っている子どもを照らしだす。侵入者の姿は、暗がりのせいで、よく見えない。侵入者は懐中電灯をベッドのうえにおいた。それから、右手に注射器をもち、左手でロナルドの首をおさえ……。

わたしとポアロは同時に跳びだした。懐中電灯が床にころげおちる。闇のなかで、われわれは侵入者と格闘をはじめた。相手はすさまじい力の持ち主だったが、ついに、こちらが勝った。

「電気をつけてくれ、ヘイスティングズ。暗くちゃ、顔がみえん。もっとも、だれの顔か、わかってるような気がするけどね」

それは同感だ。懐中電灯を手さぐりでさがしながら、わたしはそう胸につぶやいた。一瞬、なんとなく不快な印象をうけたところから、あの秘書だろうという考えが脳裡にひらめいた。だが、すぐあとから、いや、当家のふたりの息子の死によって恩恵をうける立場にある人物こそ、わたしとポアロが追っている残忍非道な悪人にちがいない、と気づいた。

足に懐中電灯がぶちあたったので、これをひろいあげて、スイッチをいれた。その光が照らしだした顔は……なんと、ロナルドの父親、ヒューゴー・リムジュリアのそれではないか！

おどろきのあまり、懐中電灯は手からおちそうになった。

「あきれた」かすれ声で、わたしはつぶやいた。「いやあ、なんたることだ！」

ヒューゴーは気絶していた。わたしとポアロは、そんなヒューゴーを本人の部屋まではこんで、ベッドに寝かせた。ポアロは、上体をかがめると、なにやらヒューゴーの右手からそっと抜きとって、わたしにみせた。それは注射器だった。わたしは思わず慄然とした。

「で、その中身は？　毒薬かい？」

「蟻酸、だと思うな」

「蟻酸？」

「ああ。おそらく、アリから採取したんだろう。だいたい、この男は化学者だしね。ことが首尾よくいけば、蜜蜂にさされたのが死因だ、という結果になったところだ」

「ひどいな。相手は、わが子だってのに！　それが、きみには読めていたのか？」

ポアロは深刻な表情でうなずく。

「ああ。いうまでもなく、このヒューゴーは精神異常者の部類だ。察するところ、リムジュリア家の伝説なるものにとりつかれて気が狂ってしまったんだろう。それでも、なんとかして一家の財産をものにしたいという強烈な欲望にかられて、つぎつぎに犯罪をおかしつづけたわけだ。たぶん、はじめて計画が頭にうかんだのは、れいの夜、ヴィンセント大尉といっしょに列車で北へむかっているときだろう。おのれの予想が裏切られるなんて考えてもみたくないほど、そのときは思いつめていたんだ。当時、兄のロナルドのひとり息子は戦死をとげてしまっており、ロナルド自身も病気で死にかけていた。つぎは、銃の暴発という事件を仕組み、さらに……この点は、いまのいままで読めなかったんだが……蟻酸を頸部の血管に注射するというおなじ手口をもちいて、兄のジョンをうまく殺してしまった。かくして、心中の野望は実現し、リムジュリア家の当主の座におさまることができた。ところが、そうした勝利の喜びもながつづきはしなかった。肝心の自分が不治の病気にかかっていることがわかったからだ。しかも、頭のなかには狂人にふさわしい固定観念がこびりついていた。リムジュリア家のばあい、代々、長男は家督相続人になれない、という妄想だ。海水浴のさいの事故も、やはり、ヒューゴーが仕組んだものだろう。きっと、息子のロナルドを、もっと沖のほうまで泳いでいってみろと言葉たくみにそそのかしたにちがいない。それが成功しなかったため、こんどは、ひそかに蔦《つた》の根もとを切っておき、その後、さらに、ロナルドの食べ物に毒をいれておくという手段をとったんだ」

思わず慄然としながら、わたしはつぶやいた。

「まるで悪魔だな。しかも、手口はじつに巧妙だ！」

「そうだよ、ヘイスティングズ。およそ、狂人がそなえている異常な理性ほど不可解なものはない。正常な人間がとっぴな行動を演じるのとは、また、話がべつだ。ヒューゴーのばあい、頭が完全におかしくなったのはごく最近で、はじめのうちは、狂ってはいても、本人のいうことはいちおう筋道がとおっていたんじゃなかろうか」

「なのに、あんな好人物のロジャーを疑ったりして、われながら赤面のいたりだ」

「そう思ってしまうのは当然だよ。だいたい、あの晩は、ロジャーもヴィンセントもおなじ列車にのっていたんだしね。それと、もうひとつ、ヒューゴーとヒューゴーの子どもが死亡したばあいは、ロジャーが家督を相続することになっていた、という事実もある。ただし、われわれの推理には事実の裏づけがなかった。まず、問題の蔦《つた》の茎が切られたのはロナルドのほうだけが家にいるときだったわけだが、ロジャーにとっては、ロナルドとジェラルドの両方がこの世から姿を消してくれなきゃ困るんだ。同様に、毒がもってあったのはロナルドの食べ物のほうだけだった。それと、きょう、みんながクレイゲイト卿夫人の家からもどってきたさい、ロナルドが蜂にさされた事実を裏づけるのは父親の言葉だけだということに気づいて、ふと、スズメ蜂にさされて死んだといわれるジョン・リムジュリアの件を思いうかべ、その時点で、すべてが読めたんだよ！」

ヒューゴー・リムジュリアは、私立の精神病院にいれられ、数か月後に、ここで死亡した。あとに残された夫人は、それから一年後、夫の秘書だったジョン・ガーディナーと再婚した。長男のロナルドは父親がもっていた莫大な不動産を相続して、いまなお健在である。

「やれやれ、これで、またひとつ、幻影が消えたね」と、わたしはポアロにむかっていった。

「リムジュリア家につきまとっていた祟りを、きみはみごとに駆逐してしまったわけだ」

「どうかなあ」ポアロはやけに物思わしげな表情をみせる。「それはどうか、大いに疑問だよ」

「なんのことだい？」

「わからなければ、すこぶる象徴的な一語で、こたえてやろう。〝赤《レッド》〟だよ」

「血のことか？」

畏怖の念に打たれて、わたしは思わず声をひそめた。

「あいもかわらず、想像することはメロドラマ調だな、ヘイスティングズ。わたしがいっているのは、もっと平凡なこと……あのロナルド少年の髪の色のことさ」

コーンウォールの毒殺事件

The Cornish Mystery

「ペンジェリー夫人という方がみえましたよ」

お客の来着を大声でつたえると、管理人のおばさんは、気をきかせて、すぐに帰っていった。

ポアロのところには、つまらない人間も大勢たずねてくる。わたしのみたかぎり、いま、部屋の入口にぎごちなく立ったまま羽毛の襟巻きを指でいじっている女性などは、さしずめ、その典型だった。なにしろ、おっそろしく平凡なタイプなのだ。やせた、冴えない表情の五十女で、身につけているのは飾りひもで縁どりした外出用のスーツに金色のネックレス。灰色の髪のうえには、やけに不似合いな帽子がのっている。田舎の町へいけば、毎日、路上でいくらでもお目にかかれるようなご婦人である。

相手がまごついていることに気づくと、ポアロは、まえにすすみでて、愛想よく挨拶した。

「ああ、奥さん。どうぞ、ご遠慮なくおかけください。こちらは、同僚のヘイスティングズ大尉です」

ペンジェリー夫人は、椅子に腰をおろすと、ひとりごとでもいうように、

「あなたが、私立探偵の……ポアロさんですの？」

「はい、なんなりと、うけたまわりましょう」

こういわれても、当人はまだ思うように口がきけないようだ。溜め息をもらして、指をねじまげるだけで、顔面がしだいに紅潮してくる。

「どういうご用件なんですか、奥さん？」

「ええと……つまり……そのう……」

「はい、どうぞ」

うながされて、夫人は勇気をふるいおこしたようだ。

「じつは、こういうわけですの、ポアロさん。わたくし、警察ざたにはしたくないんです。そう、どんなことがあっても！　だけど、たいへん困っているんです。おまけに、いまのところ、はたして……」

途中で、語尾が消えてしまった。

「わたしのばあい、警察とはなんの関係もありません。調査は文字どおり内密におこないますので」

ポアロの言葉にペンジェリー夫人はとびついた。

「内密……そう、そうでなきゃ困るんです。ゴシップのたねになったり、新聞に書かれたりしては、まずいんです。新聞の記事の書きかたときたら、ほんとに、悪質ですものね。あの調子でやられたら、最後、家族の者が世間に顔むけができなくなってしまいますわ。それにしても、なんだか、ウソみたい……こんな恐ろしいことが思いうかんで、どうしても頭からはなれないなんて」ここで、夫人は一息いれる。「また、もしかしたら、夫のエドワードのことは最初から勝手に誤解していたのかもしれません。およそ、妻たる者がこんな想像をするなんて、ひどすぎるんじゃないか、という気もします。けれど、こういうお話、最近では、新聞や雑誌でよく読みますしねえ」

「すると……いま、おっしゃっておるのは、ご主人のことですか？」

「ええ」

「で、ご主人が怪しいと思われるのは……どういう点で？」

「こんなことは、ポアロさん、口にするのもいやなんです。けれど、新聞などによると、現実に、こういう事件はおきていて……被害者のほうはぜんぜん気づいていないばあいが多いとか」

この女性はあくまで肝心の点にはふれない所存だろうと、わたしはあきらめかけていた。だが、ポアロは定評どおりの辛抱づよさを発揮する。

「心配せずに、きちんと話してくださいよ、奥さん。胸のうちの疑念が根拠のないものだということが判明すれば、気もちがすっきりするではありませんか」

「たしかに……こんな不安をいだいて神経をすりへらしているよりは、ましだわね。じつのところ、ポアロさん、わたくし、毒殺されかかっているという気がして仕方がないんです」

「どういうわけで、そのようなお考えを？」

いままでの引っこみ思案が消えて、ペンジェリー夫人は主治医にでもきかせたほうがよさそうなことを詳細に話しはじめた。

それをきくと、ポアロは考えこんだ。

「では、食後に痛みと不快感をおぼえる、というわけですね？　かかりつけの医者はおられるんでしょう。その医者は、なんといっておるんですか？」

「急性の胃炎だ、というんです。けれど、本心では納得がいかず、確信はないようです。

薬はつぎつぎに変えているのに、どれも、さっぱり効きませんしね」

「奥さんがいだいている不審の念……そのことは、医者にお話しになったんですか？」

「いいえ、話しません。そんなまねをしたら、世間にうわさがひろまってしまいますもの。それに、やっぱり、ほんとうに胃炎なのかもしれないし。だけど、奇妙なことに、週末に夫が不在のときは体のぐあいがいいんです。このことには、フリーダも気がついています。フリーダというのは姪なんですけどね。それから、そう、除草剤の壜のことも、おかしい。庭師の話では、いっぺんもつかったおぼえはないというのに、半分、からになっていましたの」

夫人は哀願するような目でポアロの顔をみつめた。これにたいして、ポアロは、安心させるように微笑んでみせると、机上の鉛筆とメモ帳を手にとった。

「ひとつ、事務的にやりましょう。まず、お住まいは……どちらですか？」

「ポルガーウイズ。コーンウォールにある、市《いち》のたつ小さな町です」

「そこには、ながくお住まいで？」

「もう十四年になります」

「ご家族は、奥さんと、ご主人だけですか？　お子さんは？」

「おりません」

「でも、姪ごさんはおられるんでしょう」

「ええ。フリーダ・スタントンという名前で、主人にとってたったひとりの妹の子どもです。わたくしどもとは八年間もずっと同居しておりましたの……つい一週間まえまで」

「ほほう。すると、一週間まえに、なにか？」

「ここのところ、不穏な状態がつづいておりましてね。どうしてフリーダがあんなふうになってしまったのか、わたくしには見当がつきません。とにかく、無作法で、生意気で、すぐに怒りだすしまつで、とうとう、ある日、かーっとなったあげく、家をでて、町内にアパートをかりてしまったんです。それいらい、本人には会っておりません。まあ、やがては冷静になるだろうから、それまではそっとしておくほうがいいと、ラドナーさんはいってくれるんですけど」

「ラドナーさんとは？」

多少ではあるが、最初にみせた困惑の色がまた夫人の顔にあらわれた。

「ああ……お友だちです。とても感じのいい青年でして」

「その青年と姪ごさんとのあいだには、なにか？」

「なんにも、ありません」ペンジェリー夫人は語気をつよめた。

ポアロは戦法を変えてみた。

「失礼ですが、お宅のばあい、経済的には楽なんでしょうね」

「ええ、しごく裕福だといえます」

「で、財産は、奥さんのものですか？　それとも、ご主人のもので？」

「もちろん、主人のものです。わたくしの名義のものなんか、なにもあるもんですか」

「いやあ、奥さん、事務的にということになると、感情は抜きにしていただかないと困ります。まず、知りたいのは動機です。ご主人のばあい、たんなる暇つぶしに妻を毒殺しようなんて気をおこすわけはない。ご主人が奥さんを亡き者にしたいと思う理由に、なにか、心あたりはありませんか？」

「主人のもとではたらいている黄色い髪のあばずれ女のことがあります」ペンジェリー夫人の口調はにわかに怒りをおびてきた。「主人は歯科医なんですよ、ポアロさん。それで、ひとり、よく気のきく若い女性が必要なんだ、といいましてね。患者さんの受けつけをしたり、充てん剤をこしらえたりする、ショートヘアに白衣姿の助手のことです。最近、ふたりのあいだに不純な関係が生じているといううわさを耳にしたんですけど、当の主人は、もちろん、事実無根だと否定しております」

「さきほど話にだされた除草剤の件ですがね、これを買いもとめたのは、どなたなんでしょう？」

「主人です。一年ほどまえに」

「家出をしたという姪ごさん、現在、収入はおありなんですか？」

「ええ、年に五十ポンドくらい。あの娘《こ》も、わたくしが主人と別れてしまえば、よろこんで、もどってきて、主人の面倒をみるんでしょうけどね」

「では、別れようと思われたことはあるんですか？」

「主人だからといって、好き放題にさせておくわけにはいきませんもの。女性も、昨今では、昔のように虐待されるだけの奴隷ではありませんのよ、ポアロさん」

「そういう自主的な精神をおもちのところは、ごりっぱだと思いますよ、奥さん。ですが、ここはひとつ、現実的な見方をすることにしましょう。ポルガーウイズには、きょう、お帰りですか？」

「ええ、日帰りの予定で上京したものですから。むこうをでたのは今朝の六時で、帰りは午後五時発の列車にのろうと思っています」

「なるほど、そうですか。さいわい、わたしも、現在はさしたる用事がないので、奥さんがかかえている問題に専念できます。ならば、明日、ポルガーウイズのほうへ参上しましょう。ここにいるヘイスティングズは、奥さんの遠い親戚、またいとこの子ども、ということにしようじゃないですか。わたしは、このヘイスティングズの友だちにあたる変な外人、で、けっこう。それはともかく、食べ物については、ご自分の手でつくられたものか、奥さんの目のまえで調理されたもの以外、ぜったいに召しあがらないようにしてください。信用のおけるメイドさんは、おられるんでしょう？」

「ええ、ジェシーという気だてのいい娘《こ》がおります」

「それでは、明日、お会いしましょう。どうか、元気をおだしになるように」

頭をさげて、ペンジェリー夫人を送りだすと、ポアロは首をかしげながら椅子に腰をおろした。だが、思索に没頭していたわけでもないので、夫人が興奮のあまり襟巻きからむしりとってしまった羽毛が二本ばかり、椅子のそばにおちていることにすぐ気がついた。これを丹念にひろいあつめてから、紙屑かごにすてた。

「今回の件についての感想は、ヘイスティングズ？」

「なんだか、いやな話だね」

「そう、あの奥さんの疑いが的中していればな。だけど、どうだか、わからんぞ？　当節、除草剤を買うような亭主は、みんな、ああいう被害にあうんだろうか？　もし、細君が胃炎にかかっていて、ヒステリックなタイプだとしたら、たいへんだ」

「それだけですみそうかい？」

「うーん……そうだな……わからんね。だけど、この話には興味がある……大いに興味がある。なぜなら、とくにこれといった目新しい特色がないからだよ。そんなところか、ヒステリー説もでてくるわけだが、あのペンジェリー夫人のばあい、ヒステリーの女という感じはない。そう、わたしの目に狂いがなければ、ここに登場したのは、すこぶるリアルな人間ドラマだ。どうだ、ヘイスティングズ、あの奥さんが夫にたいしていだいている感情はなんだと思うね？」

「誠意と恐怖の葛藤じゃないかな」

「しかも、ふつう、女性は世間のだれかを非難したがるものだが、自分の夫だけは例外だ。夫のことは最後の最後まで信用したい、と思っている」

「〝女〟がいるとすれば、問題は面倒になるぞ」

「さよう。嫉妬にかられたら、愛情も憎しみに変わりかねない。だが、心に憎しみが生じたのであれば、当然、警察へ話をもちこむはずだ。わたしのところじゃなくて、ね。そうして、大声でわめきたて、夫のことがスキャンダルになればいいと思う。いや、いや、ここは一番、小さな灰色の脳細胞をはたらかせてみることにしよう。そもそも、わたしのところへやってきた理由は、なにか？　自分の想像がまちがっていることを確認するためにか？　あるいは、逆に、あたっていることを確認するためにか？　うーん、ここにちょっと疑問……不明の点がある。あのペンジェリー夫人は、超一流の演技者なんだろうか？　いや、あれは演技ではないな。ぜったいに、演技なんぞではない。そう思えるからこそ、わたしは乗り気になったんだ。ええと、さっそくだが、ポルガーウイズゆきの列車の時刻表をみてくれないか」

一日のうちでいちばん便利な列車はパディントン駅を一時五十分に発《た》つやつで、これにのると、目的地のポルガーウイズには夕方の七時ちょっとすぎに到着する。車内にいるあいだは平穏無事で、列車がわびしい小さな駅についたとき、わたしは、すっかりいい気もちになって、うたた寝をしているほどだった。ダッチー・ホテルに投宿して、かるい食事をとったのち、ポアロは、さっそく、わたしの〝親戚〟のご婦人を訪ねてみようじゃないかといいだした。

ペンジェリー家の建物は道路からすこし奥まったところにあって、建物のまえは古い田舎家ふうの庭になっていた。しずかな夜風にのってストックとモクセイソウの甘い香りがただよってくる。こういう古風な情緒ののこっている舞台で惨劇が演じられるなんて、ありえないような気がする。ポアロが、玄関の呼び鈴をおして、ドアをノックした。応答がないので、もう一度、呼び鈴をおしてみた。こんどは、ほどなく、ドアがあいて、髪のみだれたメイドが姿をあらわした。両の目はまっ赤で、はげしく泣きじゃくっている。

「ペンジェリー夫人にお会いしたいんですが」と、ポアロがいった。

メイドは、一瞬、大きく目をみはり、つづいて、意外なことをいってのけた。

「それでは、まだ、ご存知ありませんの？　奥さまは、亡《な》くなったんです。さきほど……そう、三十分ほどまえに」

わたしもポアロも、唖然として、棒立ちになったまま、メイドをみつめていた。やおら、わたしがきいてみた。

「なんで亡くなったんですか？」

「じつは、ちょっとした事情がありましてね」メイドは肩ごしにちらりと背後をふりかえる。「だれかが奥さまのおそばについていなくてもいいというんでしたら、あたし、今晩のうちにでも、荷物をまとめて、ここからでていってしまうところですわ。けれど、亡くなった奥さまをひとりきりにしておくわけにはいきません。まあ、わたしにはなんの意見ものべる資格はないんですし、なにもいうつもりはありません。でも、みんな、知っているんです。町じゅうに知れわたっているんです。もしラドナーさんが内務大臣に投書しなければ、きっと、だれかがしますよ。あの医師《せんせい》は、たぶん、好き勝手なことをいうでしょう。だけど、あたしは、今夜、旦那さまが棚から除草剤の壜をおろしているところをこの目でみたんです。それと、旦那さまは、うしろをふりむいて、あたしにみられていることに気づいた瞬間、ぎょっとしたようです。おまけに、奥さまの召しあがるオートミールのお粥《かゆ》はちょうどテーブルのうえにあって、いつでもはこんでいけるようになっていた。あたし、このお屋敷にいるかぎり、これからはもう、食べ物はちょびっとでも口にいれません！　たとえ餓死しても、です」

「奥さまのかかりつけだったお医者さんの住んでいる場所は？」

「アダムズ医師《せんせい》でしょう。そこのハイ・ストリートの角をまがって二軒目ですわ」

急に体をひねって、ポアロは玄関まえからはなれた。顔はひどく青白い。

「なにも語るつもりはないと宣言したわりには、あの女、やけにしゃべったもんだ」わたしは皮肉をいった。

ポアロは、こぶしをかためて、もう片方の手のひらにたたきこんだ。

「いやあ、間抜けだった！　わたしはね、とてつもない間抜けだったんだよ、ヘイスティングズ。日ごろは、小さな灰色の脳細胞のことを自慢しているくせに、あたら、ひとりの人間を死なせてしまった。わざわざ自分のもとへ救いをもとめてきた人間をだ。よもや、こんなにはやく事件が発生しようとはな。かくなるうえは、神の許しを乞うのみだが、ともかく、今回の件はまったく予想外だった。なにか、ペンジェリー夫人の話は作り話じゃなかろうかという気がしていたんでね。ああ、ここが医者の家だ。ためしに、会って、事情をきいてみるとしよう」

アダムズ医師は、小説のなかに登場する田舎医者の典型のごとき、如才のない赤ら顔の人物だった。わたしとポアロを招じいれるときの態度は丁重だったが、こちらの用件を知ったとたん、赤ら顔がみるみる紫色になった。

「冗談じゃない！　そんな話、とんでもないナンセンスだ。このわたしが患者を診《み》なかった、とでもいうんですか？　胃炎……れっきとした胃炎ですよ。いやあ、ここの町はゴシップの温床でしてね、ひとの陰口をきく暇人どもが大ぜいよりあつまっては、くだらん与太話をでっちあげるんです。こういう連中は、低級な新聞の三面記事を読みあさり、ここの町のだれそれも毒殺されるなんて考えて、悦にいっている。だから、棚にのっている除草剤の罎でも目にとめようものなら、得たりかしことばかり、勝手な想像をめぐらす。わたしには、エドワード・ペンジェリーの性格がよくわかっているんです。あのひとは、祖母の飼っている犬にさえ、毒を盛るようなまねはしませんよ。なのに、なんで妻を毒殺したりするもんですか。その理由《わけ》を知りたいくらいだ」

「ひとつだけ、医師《せんせい》もご存知ではないと思われることがあるんですよ」

こういって、ポアロはペンジェリー夫人がわざわざ訪ねてきた目的のあらましを簡単に話してきかせた。これをきいたアダムズ医師の驚愕ぶりたるや、すさまじかった。両の目は眼窩《がんか》からとびださんばかりだった。

「へーえ！　おどろいた！　さては、あの奥さん、頭がおかしくなったんだ。そういう事情なら、わたしに打ちあければいいのに。そうするのが常識だし」

「打ちあけられても、本人の不安は一笑にふしてしまうんじゃないですか？」

「いや、滅相もない。いちおう、人なみの雅量はそなえているつもりですからね」

アダムズ医師の顔をみて、ポアロは微笑んでみせた。相手が内心で狼狽していることは明らかだった。アダムズ医師の家をでるなり、ポアロはどっと吹きだした。

「じつに強情だな、あの医者は。まえに診《み》たときは、胃炎だった。ゆえに、あくまでも胃炎だ、というわけだ！　にもかかわらず、内心はおだやかじゃない」

「ところで、おつぎの行動は？」

「ホテルへもどろう。そうして、イギリスの田舎のベッドで恐怖の一夜をすごすんだ。まったく、気がめいってくるね、あの安っぽいイギリス製のベッドのことを思うと」

「それで、明日は？」

「もう、やることはない。ロンドンへもどって、あらたな事態の発生を待つのみだ」

わたしは失望した。

「つまらないね、そりゃあ。待っていて、なんの事態も発生しなかったら？」

「いや、かならず発生する！　それは断言してもいい。あの医者には、死亡診断書なんか、いくらでも書ける。ただし、さかんに陰口をきいている世間の連中の口を封じることはできない。陰口をきくからには、なにかの意図があるんだよ。まちがいなく、ね！」

ロンドンへ帰る列車は翌日の午前十一時発だった。駅へいくまえ、ポアロは、故人が話題にしていた姪、フリーダ・スタントンに会ってみたい、といいだした。彼女のアパートは造作なくみつかった。ミス・フリーダのそばには、ひとり、肌の浅黒い長身の青年がいた。こちらはジェイコブ・ラドナーですと紹介するミス・フリーダの態度には多少のとまどいが感じられた。

フリーダ・スタントンはすばらしい美人で、黒みをおびた髪と瞳、ばら色の頬、といった風貌はいかにもコーンウォール地方特有のタイプだ。その黒みをおびた瞳が、ときどき、きらりと光るのは、気性のはげしい証拠で、この種の感情はへたに刺激しないほうが無難である。

ポアロが、初対面の挨拶をして、ここを訪れた用件を説明すると、フリーダ・スタントンは語りはじめた。

「伯母《おば》さんも、かわいそうに。ほんとに、たいへんな悲劇だわ。こんなことになるんなら、もうすこし我慢して、やさしくしてあげればよかったと、朝からずっと悔やんでいたところです」

ジェイコブ・ラドナーが横から口をはさんだ。

「だって、けっこう我慢していたじゃないか、フリーダ」

「ええ、それはそうよ、ジェイコブ。けど、あたしって、すごく短気なの。自分でも、わかっているの、それは。要するに、伯母は単純なひとだったんだから、あたしのほうは、ただ笑うだけで、気にしなきゃよかったのね。もちろん、伯父《おじ》に毒殺されるだなんて、そんなふうに勘ぐるのは被害妄想もいいところだわ。まあ、伯父がだしてくれた食べ物を口にすると、あとで体のぐあいがわるくなるのはたしかだけれど、これは気のせいにすぎなかったのよ。〝病いは気から〟っていうし、伯母のばあいは、まさにそのとおりだったんだわ」

「そんな伯母さんと仲たがいをされた、ほんとうの原因はなんですか、お嬢《マドモアゼル》さん？」

フリーダ・スタントンは、わずかに逡巡して、かたわらのラドナーのほうをみた。青年には、すぐにぴんときたようだ。

「ぼくは、もう帰らなきゃ、フリーダ。今晩、また会おう。じゃあ、おさきに失礼します、みなさん。駅へいかれる途中なんでしょう？」

そうです、と、ポアロがこたえると、ラドナーは去っていった。

「あなたがた、婚約されている仲なんでしょう？」いたずらっぽい笑みをうかべながら、ポアロがたずねた。

フリーダ・スタントンは、ぽっと頰を赤らめて、うなずいてみせる。

「じつは、それが伯母にとって悩みの種だったんです」

「というと、結婚には反対なさっていたんですか？」

「いいえ、そういうわけじゃないんです。ただ……そのう……」

「ただ、なんです？」

やんわりと、ポアロはつぎの言葉をうながした。

「どうも、いま、伯母の話をするなんて気がとがめるわ。亡くなったばかりのひとですもの。だけど、お話しなきゃ、事情をわかっていただけないでしょうね。伯母ったらね、あのジェイコブにのぼせあがっていたんです」

「ほんとうですか？」

「ええ。正気の沙汰じゃないでしょ？　年齢《とし》はもう五十すぎで、ジェイコブのほうはまだ三十まえだというのに！　でも、げんに、そうだったの。ジェイコブに熱をあげていたのよ！　あたし、しまいには、はっきりいってやったんです。ジェイコブが好意をもっている相手はこのあたしなんですよ、って。そうすると、いい年齢《とし》をして、泣いたり、わめいたり、それは、もう、すさまじいの。こちらのいうことなんぞ、いっこうに信じようともせず、あまりにもひとをバカにした失礼な態度をみせたから、あたしも、つい、かーっとなっちゃったんです。そうして、このことでは、ジェイコブとよく話しあって、とどのつまり、伯母が理性をとりもどすまで、しばらく、あたしが姿を消しているのがいちばんだという結論がでたんです。考えてみれば、伯母もかわいそうだわ。きっと、頭がすっかりおかしくなってしまったんでしょう」

「たしかに、そのようですな。まあ、お話をうかがえたおかげで、いろいろ不明だった点が明らかになりましたよ、お嬢さん《マドモアゼル》」

フリーダ・スタントンに別れをつげて、外の通りにでると、いささか、びっくりした。そこの路上で、ジェイコブ・ラドナーがわれわれを待っていたのだ。

「あれからフリーダがどんな話をしたか、だいたいの見当はつきますよ」と、ラドナーはいう。

「ほんとに、いやなことになったもので、察していただけると思いますが、ぼくにとっては迷惑千万でした。ま、わざわざ説明するまでもなく、これはぼくの責任じゃないんです。はじめは、ぼくもよろこんでいました。ペンジェリー夫人はなにくれとなく姪の面倒をみているんだと、そう思ったからです。ともかく、ああいうことは非常識で……気色がわるい」

「ミス・スタントンとは、いつ結婚される予定ですか？」

「できれば、早急に、と思っています。ところで、ポアロさん、ざっくばらんに申しあげましょう。ことの真相については、フリーダより、ぼくのほうがちょっとくわしいんです。フリーダは、伯父さんは潔白だと信じているようだけど、ぼくは、かならずしも、そうは思わない。でも、ひとつ、これだけはいえる。自分が知っている事実について他言はしない、ということです。眠っている犬はそっとしておくほうがいいでしょう。妻の伯父にあたるひとが、裁判にかけられ、殺人罪で絞首刑になるなんて、いやですからね」

「なぜ、そんな打ちあけ話をしてくださるんです？」

「かねがね世間のうわさをきいて、あなたは頭の切れるひとだってことがわかっているからです。あなたなら、事件をじっくり調査して、ペンジェリーさんに不利な証拠をさがしだすかもしれない。だけど、ですね……そんなことをしても無駄じゃありませんか？　亡くなった奥さんはもう助けてやるわけにもいかないんだし、生前、スキャンダルになることだけはぜったいに避けたいとねがっていたんですもの。いやあ、スキャンダルになるなんて考えただけでも地下で嘆きますよ、きっと」

「かもしれませんね。すると、わたしには……スキャンダルをもみ消してほしい、というわけですか？」

「そうです。この点、自分が利己的だということは率直にみとめます。でも、ぼくだって、まともに生活していかなきゃならない身だし、ちょうどいま、洋服屋と洋品店の仕事をすこしずつひろげているところなんです」

「人間というのは、だいたいが利己的にふるまうもんですよ、ラドナーさん。しかも、全員がそれを率直に、みとめるわけではない。まあ、ご希望はかなえてあげたいと思いますが……こちらも忌憚《きたん》なく申しあげると、スキャンダルをもみ消すのは、むりでしょう」

「どうしてです？」

ポアロは人さし指を立ててみせた。たまたま、きょうは市のひらかれる日で、三人で歩いている横がちょうど市場だった。そちらからは、にぎやかな人声がきこえてくる。

「大衆の声……理由は、これですよ、ラドナーさん。ああ、駆けていかないと、列車にのりおくれてしまう」

「だんだん、おもしろくなってきたな、ヘイスティングズ」

列車が駅から走りだすと、ポアロが感想をのべた。

そのポアロは、ポケットから小さな櫛と鏡をとりだして、丹念に口ひげの手入れをしている。駅まで駆けてくるあいだに、せっかく左右の均衡がとれていたひげの形が若干くずれてしまったのだ。

「どうやら、そう思っているようだね」わたしはこたえた。「だけど、ぼくにいわせれば、じつにグロテスクだ。不可解な点など、まず、ないじゃないか」

「同感だ。不可解な点なんてものは皆無だ」

「あのフリーダという女性は、伯母が若い男に熱をあげていたなんて異常な裏話をきかせてくれたけど、これは真《ま》にうけてもいいんだろうか？　このところだけは、なんとなく疑わしい気がするんだ。ペンジェリー夫人はなかなか上品なひとだったんだからね」

「べつに異常ではない。むしろ、きわめて平凡な話だよ。新聞を丹念に読むと、よく、こんな記事がでているじゃないか。ちょうどおなじくらいの年配の女性が、これまで二十年もつれそってきた夫と縁を切り、ときには、実の子どもたちまで捨ててしまう。自分よりもはるかに年下の男と同棲するためにだ。きみはよほどのフェミニストなんだな、ヘイスティングズ。しかるがゆえに、美貌で、男に微笑みかけるだけの才覚をそなえた女性のまえにでると、たちまち骨ぬきになってしまう。要するに、心理の面では、女性にかんして無知なんだ。だいたい、世の女性には、おのれの人生の秋になると、ロマンスにあこがれ、冒険にあこがれる狂った時期がおとずれる。心のなかの焦りのなせるわざだ。こういう時期は、たとえ田舎町のりっぱな歯科医の奥さまの身にも、やはり、おとずれるんだよ！」

「それじゃ、きみの考えでは……」

「利口な男だったら、かかるチャンスをうまく利用するんじゃあるまいか」

思案をめぐらしながら、わたしはいった。

「あのペンジェリーは、そんなに利口じゃないだろう。町じゅうの物議をかもすようなまねをしでかしてしまったくらいだもの。とはいえ、きみのいうとおりかもしれないな。内幕を知っている人物といえば、ラドナーと医者のふたりだけだし、ふたりとも、事件のもみ消しをのぞんでいる。ペンジェリーのほうは、これを首尾よくやってのけた。その本人に会えば、よかったんだけどなあ」

「その願望はかなうよ。つぎの列車でひきかえして、奥歯が痛くて仕方がないとでも、ウソをつけばいいんだから」

わたしはポアロの顔をまじまじと凝視した。

「なぜ、きみがこんどの事件にそれほど興味をひかれるのか、わけを知りたいもんだね」

「その点は、きみが口にした言葉でもって適切に要約できるよ、ヘイスティングズ。あそこのメイドに会った直後、『なにも語るつもりはないと宣言したわりには、あの女、やけにしゃべったもんだ』と、そういったじゃないか」

「へえ！」内心で首をかしげながら、わたしはいった。それから、こんどは、べつの疑問をもちだした。「あのとき、なぜ、きみはペンジェリーに会おうとしなかったのかな」

「いやあ、ペンジェリーには三か月の猶予をあたえてやるのさ。しかるのち、こちらの気のすむまで会ってやる……法廷の被告席にすわっているときにね」

ポアロの予言も、今回だけは、的中しないだろうと、わたしは高をくっていた。三か月たっても、事件はなんの進展もみせないからだ。その間、わたしもポアロもほかの仕事に忙殺されていた。だが、わたしがそろそろペンジェリー家の悲劇のことを忘れかけたところ、突如、記憶が呼びおこされた。亡くなったペンジェリー夫人の遺体を墓から掘りだすようにとの命令を内務大臣が発した、という記事が新聞にでたからだ。

それから数日後、この〝コーンウォールの怪事件〟はあらゆる新聞のトピックになった。どうやら、世間の風評はまだ完全に消滅はしておらず、男やもめになったペンジェリー氏と助手のミス・マークスの婚約がつげられると、ゴシップは再燃して、以前よりも大きな騒ぎになったらしい。しまいには、内務大臣あてに請願書がだされて、その結果、ペンジェリー夫人の遺体の掘りおこしという椿事《ちんじ》にまで発展したわけである。遺体からは大量の砒素が検出され、ペンジェリー氏は妻殺しの容疑で逮捕された。

わたしとポアロは予審を傍聴してみた。案のじょう、もろもろの証拠がでてきた。アダムズ医師は、砒素中毒のばあいの症状は胃炎のそれと間ちがわれやすい、ということをみとめた。内務省の担当官も証言した。メイドのジェシーはとうとうと意見をのべ、その大部分は証拠として採りあげられなかったものの、被疑者にたいする容疑をふかめる結果をもたらした。フリーダ・スタントンは、伯母のようすをみていたら、伯父のこしらえたものを食べると、きまって体調がわるくなった、と証言した。また、ジェイコブ・ラドナーは、ペンジェリー家で死亡事故がおきた当日、たまたま、ふらりと同家を訪れたところ、ペンジェリー氏が食料品室の棚に除草剤の壜をもどしている姿を目にとめたほか、そばのテーブルには奥さんの食べるオートミールの粥がのっていた、と語った。さらに、証人席に呼ばれた金髪の助手のミス・マークスは、おいおい泣きだして、ヒステリー状態になりながらも、あたしとペンジェリーさんとのあいだには以前から〝内々の話しあい〟ができていて、ペンジェリーさんは、妻の身に万一のことがおきたばあいには、きみと結婚すると約束してくれていたのです、と告白した。ペンジェリーは、弁護を留保し、公判にかけられることになった。

ジェイコブ・ラドナーは、いっしょに歩いて、われわれの泊まっているホテルまでやってきた。

「どうです、ラドナーさん」と、ポアロはいった。「やっぱり、わたしのいったとおりでしょう。大衆は発言するんですよ！　それも、自信にみちた口調でね。つまり、こんどの事件をもみ消すなんてことは、どだい、むりだったわけですな」

ラドナーは溜め息をつきながら、

「たしかに、そうでした。で、ペンジェリーさんのばあい、かるい刑ですむ可能性はあるでしょうか」

「まあ、本人は弁護を留保しましたからね。もしかしたら、なにか……イギリス流にいうと……奥の手があるかもしれません。ああ、どうです、屋内《なか》にはいりませんか」

ラドナーは誘いをうけいれた。わたしは、ハイボールを二杯とココアを一杯、注文した。ココアときいて、相手は肝をつぶしたようだし、これがはたして眼前に登場するかどうか、はなはだ疑問でもあった。

「もっとも、わたしは、この種の事件ではかなりの経験をつんできています。そんなわたしのみるところ、ペンジェリー氏が罰をのがれる道はただひとつ、ですな」

「それは？」

「あんたが、この書類にサインをすることです」

ポアロは、手品師のような早わざをみせて、文字がびっしりと書いてある一枚の書類をとりだした。

「なんですか、これは？」

「ペンジェリー夫人を殺害した犯人は小生です、という自白書ですよ」

一瞬、口をつぐんでいたが、ラドナーはすぐに笑いだした。

「あんたは、頭が狂っているんだ！」

「いや、いや、狂ってなんかいませんよ。まず、あんたは、当地へやってきて、ささやかな事業をはじめた。ところが、肝心の資金が足りない。ペンジェリー氏はしごく裕福なひとだった。あんたは、このひとの姪のフリーダと知りあい、やがて、相手から好意をよせられるようになった。ただし、フリーダが結婚したさいにペンジェリー氏が姪にくれると予想される持参金は少額で、これでは不十分だった。あんたは、ここで、フリーダの伯父と伯母の両人を亡き者にしてしまおう、と考えた。そうすれば、遺族はフリーダひとりだけだから、ペンジェリー家の財産はそっくりフリーダのものになるはずだ。こう読んだのち、たくみに計画の実行にとりかかった。その手はじめに、無器量な中年女のペンジェリー夫人をくどいて、ついには愛欲のとりこにしてしまった。しかるのち、ご亭主の態度にはどうも怪しい点がありますよ、と夫人に吹きこむ。ペンジェリー夫人は、まず、夫がひそかに浮気をしていることを知り……さらには、あんたの入れ知恵にまどわされて、夫は自分を毒殺しようともくろんでいるのだ、と思いこんでしまった。その間、あんたはペンジェリー家をちょくちょく訪れていたから、夫人の食べ物のなかにそっと砒素をいれておくチャンスはあった。しかし、ご亭主が不在のときには、気をつけて、そんな行動はひかえた。さて、当のペンジェリー夫人も、しょせんは女だから、自分が感づいたことを胸にひめてはおけず、姪のフリーダに打ちあけた。それと、知りあいのご婦人たちにも打ちあけたにちがいない。一方、あんたにとっての問題は、ただひとつ、このふたりの女性とそれぞれ別個に関係をもちつづけることなのだが、これとて、案ずるよりは産むがやすし、だった。じっさいに、伯母さんのほうには、ご亭主から疑われないようにするため、姪のフリーダと交際しているふりをする必要がある、と説明した。若いフリーダのほうには、なにも弁解する必要はほとんどなかった。年をくった伯母のことを恋のライバルだなんて本気で思うわけはないからだ。

ところが、ペンジェリー夫人は、あんたには無断で、わたしのところへ相談にくる決意をかためた。もし、夫はこのわたしを毒殺しようともくろんでいるんだと断言できれば、自分のほうから夫と別れて、あんたと生活をともにすることに、良心の呵責をおぼえなくてもよい。自分がそういう行動にでるのはあんたも希望していることなんだと、本人はそう思っていた。だが、じっさいにそんな行動にでられたら、あんたは窮地におちいってしまう。私立探偵にいろいろ嗅ぎまわれるなんて、まっぴらだった。そうこうするうち、チャンス到来。あんたが、偶然、ペンジェリー家を訪れたおり、ペンジェリー氏は妻に食べさせるオートミールの粥をこしらえているところだったので、こっそり、そのなかに致死量の砒素をいれておいた。あとは、もう簡単。うわべは、いかにも事件をもみ消そうと躍起になっているようにふるまいながら、かげでは、逆に問題を大きくした。ただし、おしむらくは、このエルキュール・ポアロの存在を忘れておったんだね。せっかく、そこまで知恵をはたらかせたのに」

ジェイコブ・ラドナーは顔面が蒼白になった。だが、それでもなお、高飛車な態度にでて、この場をなんとか切りぬけようとあがいた。

「なかなかよくできている筋書きだけど、なんで、ぼくに話してきかせるんです？」

「それはですね、わたしのところへ事情を打ちあけにきたのは……警察官ではなく、殺されたペンジェリー夫人だからですよ。その夫人のためを思って、あんたには逃げるチャンスをあたえよう。いさぎよく、この書類にサインしたまえ。そうすれば、あと二十四時間だけ待ってやる。二十四時間たったら、これは警察にとどけるからね」

ラドナーは迷っている。

「だって、肝心の証拠がないじゃないか」

「そうかね。わたしはエルキュール・ポアロなんだよ。ほれ、ちょっと窓の外をみたまえ。あそこの路上に男がふたりいるだろう。あのふたりは命令にしたがって、あんたの行動を監視しているんだ」

ラドナーは、つかつかと窓ぎわに歩みよって、ブラインドをあげると、ひるんだ表情をみせて、悪態をついた。

「どうお、おわかりだろう？　さあ、はやく、サインしたほうがいい。それが最善の道なんだから」

「だけど、かならず……」

「わたしが約束をまもるか、っていうのかね？　まあ、エルキュール・ポアロの言葉は信じることだ。じゃあ、サインするね？　よろしい。ええと、ヘイスティングズ、わるいけど、そこの左手のブラインド、途中まであげてくれないか。ラドナーさんを逃がしてもよいという合い図なんだ」

青白い顔をして、罵言を吐きながら、ラドナーはそそくさと部屋からでていった。そのうしろ姿をみて、ポアロはおもむろにうなずいた。

「ふん、臆病者め！　案のじょうだ」

語気を荒げて、わたしはポアロにいってやった。

「ぼくは思うんだけどね、ポアロ、きみのやったことは違法行為だぜ。きみは、日ごろ、感情におぼれることは禁物だと力説していながら、みずから、正真正銘のセンチメンタリズムにかられて、凶悪な犯罪者を逃亡させてしまったじゃないか」

「センチメンタリズムではなくて、戦法なんだよ。なにしろ、きみ、あの男を犯人と断定できる証拠はこれっぽちもないんだぜ。なのに、法廷で威勢よく立ちあがり、頭のはたらきのにぶいコーンウォールの陪審員たちにむかって、このわたし、エルキュール・ポアロには真相がわかっておるのです、なんていえるかね？　そんなことをいえば、みんなの失笑を買ってしまう。要するに、ああいう形で本人をびくつかせ、自白に追いこむよりほかに手はなかったんだ。いやあ、あそこの路上に浮浪者がふたり立っているのに気づいたことも、大きなプラスになったよ。そうそう、そのブラインド、もとどおり閉めてくれないか。それを途中まであげておくなんて、べつに理由はなかったんだ。これも、いわば、演出のうちさ。

それはともかく、約束はちゃんと履行せにゃあな。二十四時間、といったっけ？　その間、ペンジェリー氏は辛い思いをするだろうが、これはやむをえない。なにぶん、妻をだますようなことをしたんだからね。きみも知ってのとおり、わたしは、元来、家庭生活は重視すべきだという主義なんだ。うん、二十四時間か。その後はどうなるのかな？　まあ、ロンドン警視庁は信頼できるから、大丈夫だろう。まちがいなく、ラドナーはつかまるよ」

プリマス行き急行列車

The Plymouth Express

イギリスの海軍大尉、アレック・シンプソンは、ニュートン・アボット駅のプラットホームから、プリマス行き急行列車の一等客室にのりこんだ。うしろからは、赤帽がおもいスーツケースをさげてくる。そのケースを赤帽が網棚にのせようとすると、シンプソン大尉は声をかけた。

「いや。ここの座席へおいてくれればいい。網棚には、あとでのせるから。じゃあ、これ」

「ありがとうございます」

たっぷりチップをはずまれた赤帽は、礼をいって、歩み去った。

車両のドアがいっせいにしまり、拡声器による駅員のアナウンスがきこえた。「この列車はプリマスへ直行。トーキーゆきは、のりかえです。つぎの停車駅は「プリマス」つづいて、汽笛が鳴り、列車はゆっくりと動きだした。

客室内にいるのはシンプソン大尉ひとりだけだった。十二月の空気は冷たいので、大尉は窓をしめた。それから、鼻をちょっとくんくんさせながら、眉をひそめた。なんの匂いだろう、これは？　ふと、まえに入院して、足の手術をうけたときのことを思いだした。そうだ、クロロホルムだ。

大尉は、また、窓をあけて、列車の進行方向に背をむけていられる座席のほうへ移動した。ポケットからパイプをとりだし、火をつけた。そのまま、しばらく、ぼんやりとタバコを吸いながら窓外の闇に視線をすえていた。

やがて、大尉はふっと気がついたように、かたわらのスーツケースをあけ、なかから新聞や雑誌をとりだすと、スーツケースの蓋をしめ、むかい側の座席の下にケースを押しこもうとした。だが、うまくいかない。なにやら、つかえているのだ。しだいに苛立ちがましてくるのをおぼえながら、いちだんと力をこめて、押してみたが、やはり、ケースは途中までしかはいらない。

「いったい、どうなってんだ？」

と、ぼやいて、ケースをすっぽりぬきだしてから、腰をかがめて、大尉は座席の下をのぞいてみた。
つぎの瞬間、絶叫が夜の闇のなかでひびきわたった。車内の非常通報索がぐっとひかれ、それに応じて、巨大な列車はやむなく急停止した。

「そうそう、きみは、たしか、れいのプリマス行き急行列車の事件にだいぶ関心があるようだったな」と、ポアロはいう。「ひとつ、これを読んでみたまえ」
わたしは、テーブルごしにポアロが指のさきではじいてよこした手紙を手にとってみた。文面は簡潔そのものだった。

前略
できるだけ早急に御来訪ねがえれば幸甚です。
敬具
エビニーザ・ハリデイ

この手紙が事件とどんな関係があるのか、よくわからない。問いかけるように、わたしはポアロの顔をみた。

すると、返答のかわりに、ポアロは、新聞をとりだして、記事の一部を読みあげてくれた。

『昨夜、センセーショナルな事件が発生した。プリマス軍港へ列車で帰る途中の若い海軍士官が、のっていた一等客室の座席の下から心臓を突き刺されている女性の死体を発見した、という事件である。この士官はただちに非常通報索をひき、列車は急停止した。刺殺された女性は、年齢ほぼ三十歳。高価な衣服を身につけているが、目下のところ、身元は不明』

だが、その後の新聞にはこう書いてある。『れいのプリマス行き急行列車の客室内で死体となって発見された女性は、ルーパート・キャリントン卿夫人であることが判明した』とね。どうだ、これで推測できるだろう？　できなければ、もうひとつ、ヒントをだそう。ルーパート・キャリントン卿夫人の独身時代の名前は、フロッシー・ハリデイ。つまり、アメリカの鉄鋼王、エビニーザ・ハリデイ氏の令嬢なんだよ」

「じゃあ、その父親のハリデイからお呼びがかかった、ってわけか。そいつは、すごい！」

「ハリデイ氏のためには、むかし、ちょっと骨を折ったことがあるんだ。無記名債券の問題でね。それと、ベルギー国王の公式訪問のためにパリへ出張したさい、マドモアゼル・フロッシーには紹介されたこともある。小柄で、粋な、自費留学生だったよ、当時の彼女は。おまけに、そうとうな額の結婚持参金まで用意していた！　これがトラブルのもとになって、あやうくスキャンダルをおこすところだった」

「どういうことだい、それは？」

「ロシュフール伯爵なる人物がおってね、こいつがたいへんな悪者だった。いうなれば、やくざ者だよ。根っからの山師で、ロマンスにあこがれる若い女の子の心をつかむ術を心得ていた。さいわい、フロッシー嬢の父親は、だいじにいたらぬうちに世間のうわさを耳にし、急きょ、娘をアメリカへつれて帰ってしまった。それから数年後、この娘さんが結婚したという話はきいたが、相手の男性のことはぜんぜん知らなかった」

「ふーむ。いや、ルーパート・キャリントン卿というのは、だれにきいても、紳士の部類じゃなさそうだよ。競馬にこって、財産をつぶしたって話だから、ちょうどいいときに、ハリデイ氏の娘の持参金が舞いこんだわけだ。ほんとに、ハンサムで礼儀ただしいことだけが取り柄のあんな破廉恥な男が、よくも結婚できたもんだ」

「まあ、女性のほうは気のどくだな。そんなひどい相手にでくわすなんて」

「どうやら、キャリントンは、結婚後まもなく、自分が惹かれたのは、相手の女性にじゃなくて、持参金のほうにだ、という本音《ほんね》を暴露してしまったらしく、夫婦の仲はたたちまち冷たくなった。げんに、最近きいたうわさによると、ふたりは正式に別居することになっていたそうだ」

「父親のハリデイ氏だって、間ぬけじゃない。娘の持参金については、簡単につかえないようにする手を講じておいたはずだ」

「そうだろうね。ともかく、キャリントン卿がいまや文なしの身だということは事実だ」

「なるほど。ところで……」

「ところで、なに？」

「おい、おい、そんな噛みつくようないい方をせんでもいいだろう。きみが今回の事件に関心をもっていることは、よくわかるけどね。ならば、どうだ、わたしに同行して、ハリデイ氏に会ってみようじゃないか。すぐ近くにタクシー乗り場があるから」


タクシーでいけば、ほんの数分だった。アメリカの鉄鋼王は、パーク・レーンにある豪華な邸宅に住んでいた。書斎にとおされると、待つほどもなく、肉づきのよい大男がはいってきた。目つきはするどく、あごの形は意志のつよさを感じさせる。

「ポアロさんですね？」と、ハリデイ氏はいった。「用件はなにか、わざわざ説明するまでもないと思います。すでに新聞はお読みでしょうし、わたしは、生来、のほほんと腕をこまねいているようなタイプではありませんのでね。じつは、たまたま、あなたがいまロンドンにおられるという話をきいて、れいの債券問題を解決するさいにふるわれた手腕を思いだしたわけです。有名人のことは、いつまでもおぼえています。事件の捜査はいちおうロンドン警視庁にまかせてあるんですが、同時に、私立探偵にも調査をおねがいしたい。費用の点は問いません。わたしの財産は娘のためにきずいたものなのに……その娘は……世を去ってしまった。こうなった以上、あり金をぜんぶはたいても、犯人のやつをつかまえてやりたい！　どうです、おわかりでしょう？　この願いがかなうかどうかは、あなたしだいなんです」

ポアロは頭をさげた。

「はい、調査の仕事は、よろこんで、おひきうけします。なにぶん、お嬢さまにはパリで数回、お会いしたことがありますんでね。それでは、さっそくですが、お嬢さまがプリマスへいかれたさいの状況その他、事件に関係がありそうだと思われることを話していただけませんか」

「いやあ、そもそも、娘はプリマスへいこうとしていたわけではなくて、ほんとうは、エーボンミード・コートにあるスワンシー公爵夫人の邸宅でひらかれる接待パーティーに出席するつもりだったんです。パディントン駅発十二時十四分の列車でロンドンを発《た》って、乗りかえ駅のブリストルにつくのが午後の二時五十分。むろん、プリマス行きの急行はウエストベリー経由だから、ブリストルの近くはとおりません。この十二時十四分発の列車は、ブリストルまではノンストップで、あとは、ウエストン、トーントン、エクセター、ニュートン・アボットにとまります。娘は、ブリストルまでは座席指定の一等車にひとりでのっており、同行したメイドはうしろの三等車にのっていたんです」

　ポアロがうなずいてみせると、ハリデイ氏はさらに話をつづける。

「エーボンミード・コートでのパーティーはすこぶる派手なもので、舞踏会も何度かもよおされる、とのことでした。ですから、娘は宝石の装身具をもっていった。価格にすれば、おそらく、約十万ドルはするでしょう」

「待ってください」ポアロは横やりをいれた。「その装身具、もっていたのは、だれなんでしょう？　お嬢さんご自身ですか、それとも、メイドですか？」

「これは、いつも、娘が自分で保管していました。青いモロッコ皮のケースにいれてね」

「では、いまのお話のつづきをどうぞ」

「列車がブリストルにつくと、メイドのジェーン・メイソンは、自分があずかっていた主人の化粧道具入れとショールをもって、娘の車室のドアのところまでいった。すると、おどろいたことに、娘からは、あたしはここでは下車せずに、このまま、さきまで乗っていく、といわれた。さらに、手荷物だけはおろして、駅の一時預り所にあずけておくようにと指示されたうえ、あんたは駅の食堂で、お茶でも飲みながら待っていなさい、あたしは午後のうちに上りの列車でもどってくるから、と、こういわれた。ジェーンは、ずいぶん妙な話だと思ったけれど、おとなしく、いわれるとおりにした。手荷物を一時預り所にあずけて、お茶を飲んでいたわけです。ところが、上りの列車はつぎつぎに到着しても、主人はいっこうに姿をみせない。そこで、最終列車の到着まで待ってから、手荷物はあずけたままで、その夜は、駅のちかくのホテルに泊まった。そうして、今朝がた、新聞で事件のことを読み、ただちにロンドンへもどってきた、というしだいです」

「お嬢さんは当初の予定を急に変更されたようですが、なにか、理由があったのではないでしょうか？」

「ええと、こういうことがわかっています。ジェーンの話によると、ブリストル駅についたさい、娘は単身ではなかった。娘の車室のなかには、だれか、ひとりの男がいて、立ったまま、奥のほうの窓から外をながめていた。そのために、男の顔はみえなかった、というんです」

「列車は、もちろん、通廊つきのものですね？」

「ええ」

「で、通廊は、どちらがわに？」

「プラットホームのがわです。娘は、通廊に立った姿勢で、ジェーンと話をしたんだそうです」

「それで、この点については疑いの余地はないと……ああ、ちょっと失礼」

ポアロは椅子から腰をあげて、わずかに傾いている机上のインクスタンドを慎重な手つきでまっすぐにしてから、もとの椅子に腰をおろした。

「どうも失礼しました。いや、まがっているものが目につくと気になるので、つい。まったく、おかしな性分ですな。それで、いまの話ですが、こうした……おそらくは予期せぬ人物と出会ったことが原因で予定を急に変更したのだという点について、疑いの余地はなさそうですか？」

「まあ、そう推測するよりほかはないようなんで」

「ここに登場した男性はだれなのか、心あたりはありませんかな？」

富豪のアメリカ人は、ちょっと逡巡の色をみせてから、こたえた。

「ええ。ぜんぜん見当がつきません」

「ならば……死体が発見された事情については、いかがでしょう？」

「死体を発見したのは若い海軍士官で、このひとが即刻、通報してくれたわけです。たまたま、車内には医師がひとり乗りあわせていたので、この医師が死体をしらべてみた。娘は、クロロホルムをかがされてから、刺し殺されたんです。この医師の所見によれば、死後、四時間ほど経過している。だとすると、殺されたのは、列車がブリストルをすぎて間もなく……たぶん、ブリストルとウエストンのあいだ、あるいは、ウエストンとトーントンのあいだ、じゃないんでしょうかね」

「で、装身具のはいったケースは？」

「それが、みあたらないんですよ、ポアロさん」

「もうひとつ、おたずねします。お嬢さんの資産の件ですが……これは、ご本人がお亡くなりになったばあい、どなたの手にわたるのでしょうか？」

「娘のフロッシーは、結婚の直後、全財産を夫に遺贈するという内容の遺言書を作成したんです」ハリデイ氏はひとしきり間をおいて、「まあ、ポアロさん、このことは申しあげておいたほうがよいと思いますが、わたしのみるところ、この夫というのは破廉恥きわまる男でしてね。だから、娘は、わたしの助言にしたがい、法律上の手段によって夫から解放される日を目前にひかえていたのです。これは、べつにむずかしいことじゃありません。わたしが娘に財産をゆずるさい、娘の生存ちゅうは夫がこの財産に手をつけられないようにしておいたわけです。だが、ここ数年、ふたりは別居をつづけていたのに、夫からせびられるたびに、娘は金をだしていた。スキャンダルが世間に知られるよりはましだ、と思ったからでしょう。しかし、こんな生活には終止符を打たせなきゃいかんと、わたしは肚をきめた。そのうち、娘もその気になったので、弁護士たちに、しかるべき法的手つづきをとるように指示したわけです」

「で、夫のキャリントンさんは、いま、どちらに？」

「ロンドンにいます。きのうは田舎のほうへいっていたけど、昨夜、帰京したようです」

ポアロはしばらく思索をめぐらしてから、

「ええと、うかがいたいことは、以上です」

「念のため、メイドのジェーン・メイソンに会ってみますか？」

「そうですね。できれば」

ハリデイ氏は、ベルを鳴らし、やってきた使用人になにごとかつたえた。

それから数分後、ジェーン・メイソンが部屋にはいってきた。みたところ、上品だが、きつい顔だちの女で、いかにも有能なメイドらしく、たいへんな悲劇にみまわれたのに、感情的にはなっていない。

「申しわけありませんが、ちょっと話をきかせてください。まず、亡くなられた奥さまのことですが、きのうの朝、遠出されるまえ、態度はふだんと変わりがありませんでしたか？　やけに興奮しているとか、あわてている、といったようなことは？」

「いいえ、そんなことはございません」

「でも、ブリストル駅についたときは異常だったでしょう？」

「はい、ひどく不安そうで……ただ、もう、おろおろしながら、ご自分でも、なにをおっしゃっているのか、わからないふうでした」

「じっさいには、なんといったんです？」

「ええと、いま、思いだせるかぎりでは、たしか、こういう言葉でした。『ねえ、ジェーン、仕方がないから、予定を変えるわ。ちょっとね、用事ができたの。そう、ここの駅では下車しないで、このまま乗っていかなきゃならないのよ。あんたは手荷物をおろして、駅の一時預り所にあずけておいてちょうだい。それがすんだら、お茶でも飲んで、わたしがもどるまで待っていて』『待つって、ここの駅でですか、奥さま？』と、あたしはきいてみました。

『ええ、そう。ずっと駅にいるのよ。ここには、あとの列車でもどってくるから。何時にとはいえないけど、たぶん、そんなに遅くはならないわ』

『はい、かしこまりました、奥さま』、と、あたしはこたえました。むろん、奥さまの行動を詮索できる身ではございませんけど、でも、おかしいな、と思ったことはたしかです」

「要するに、ふだんとはちがう、というわけですね？」

「はい、大ちがいです」

「で、あんたの想像は？」

「そうですね……なにか、おなじ車室のなかにおられた男の方と関係があるんじゃないかしら、と思いました。奥さま、その方と口はきいておられなかったんですけど、でも、二度ばかり、そちらのほうをむいて、こういうやり方でいいの、と相手にきいているようなふうでした」

「だけど、あんたには、その相手の男の顔がみえなかったんですね？」

「ええ、みえません。その方は、ずっと、あたしのほうに背をむけたままの姿勢でしたから」

「その男性の特徴といったら、どうでしょうな？」

「身につけていたのは、ベージュ色のオーバーと旅行用の帽子です。体格は、背がたかくて、ほっそりして、頭のうしろのほうの髪は黒みがかっていました」

「あんたの知らないひとですか？」

「ええ、もちろん、知りません」

「ひょっとして、ご主人のキャリントンさんだった、ということは？」

ジェーン・メイソンは愕然としたような表情をみせる。

「まさか！　そんなことはないと思います！」

「とはいえ、断言はできないでしょう？」

「みたところ、体格は旦那さまくらいでした……けれど、旦那さまではないか、なんてことは頭にうかばなかった。もっとも、あたしたち、旦那さまにお会いする機会は滅多にないので……そう、たしかに、旦那さまではない、ともいいきれません」

ポアロは、絨毯のうえにおちていた一本のピンをつまみあげると、それをみつめて、眉をひそめた。

「その男は、あんたが奥さまの車室へいくまえに、ブリストルで列車にのりこんだ、ということはありえませんかね？」

ジェーン・メイソンはしばらく考えこんでから、

「はい、もしかしたら、そうかもしれません。なにぶん、あたしがのっていた三等車は満員だったもので、席から外へでるのにちょっと時間がかかってしまいました。おまけに、駅のホームもたいへんな雑踏でしたから、なおのこと手間どってしまったんです。それにしても、この男性、奥さまとお話ができた時間はほんの一、二分だったと思います。もちろん、通廊づたいにやってきたんでしょうけど」

「まあ、その可能性のほうが大ですな」

あいかわらず眉をひそめたまま、ポアロはここで一息いれた。すると、ジェーン・メイソンのほうが質問をもちだした。

「奥さまがどんな服装をなさっていたか、ご存知ですか？」

「その点は新聞にも書いてあったけれど、やはり、あんたの口から、直接、うかがいましょう」

「お召しになっていたのは、白いレースのベールのついた白ギツネの毛皮の縁《ふち》なし帽と、ブルーの、目のあらい厚手のウールのワンピースです。ブルーといっても、鋼青色とかいう色にちかいものですけど」

「ほほう。それは、また、かなり派手ですな」

こんどは、ハリデイ氏が発言した。

「ええ、そうなんです。ジャップ警部は、この点が犯行のあった場所を割りだす手がかりになるかもしれない、といっています。娘の姿をみた者なら、たぶん、記憶にのこっているでしょうからね」

「そのはずです！　いや、どうも、ご苦労さまでした、お嬢さん《マドモアゼル》」

メイドは書斎からでていった。

ポアロは威勢よく腰をあげた。

「さあて、これでいいでしょう……ただし、事情だけはすべて話していただけませんかね……すべて、です」

「お話ししましたよ」

「ほんとうですか？」

「もちろんです」

「ならば、これ以上、なにも申しあげません。そうして、残念ながら、事件の調査は辞退いたさなきゃ」

「なぜですか？」

「率直に話をしてくださらないからですよ」

「それは、ぜったいに……」

「いや、なにかを隠しておられる」

ひとしきり、沈黙がつづいた。そのうち、ハリデイ氏は、ポケットから一枚の紙片をとりだして、ポアロに手わたした。

「あなたがいいたいのは、これのことでしょう、ポアロさん。もっとも、どうしてこのことを知ったのかと思うと、いささか頭にきてしまいますけどね」

微笑をうかべて、ポアロは紙片をひろげた。ほそい筆記体の字で書いてある手紙だ。ポアロは文面を読みあげはじめた。

拝啓

あなたと再会できる日を楽しみに待っていることは、小生にとって無上の幸福です。あなたからの心暖まるご返信をうけとっていらい、一刻もはやくお会いしたい気もちをおさえるのは容易ではありません。パリですごした当時のことは、いまでも、よくおぼえています。明日、ロンドンへ発っておしまいになるとは、まことに酷な話です。しかし、遠からず……おそらく、あなたが想像なさっているよりも近い将来に……その面影が胸の奥ふかく焼きついている麗人のあなたと再会できるのだと思えば、歓喜がこみあげてきます。

永久《とわ》に変わらぬ熱愛の情をこめて
アルマン・ド・ラ・ロシュフール

かるく頭をさげて、ポアロは手紙をハリデイ氏にかえした。

「お嬢さんがこのロシュフール伯爵と旧交をあたためようとされていたことは、ご存知ではなかったんでしょうね」

「知っているどころか、まさしく寝耳に水でした。この手紙は娘のハンドバッグにはいっていたんです。まあ、ご承知のことでしょうがね、ポアロさん、この伯爵なる男はじつに性《たち》のわるい山師なんです」

ポアロはうなずいてみせた。

「それにしても、どういうわけで、この手紙のことを知っておられたんです？」

ふたたび、ポアロは顔に笑みをうかべて、

「いいや、知っていたわけではありません。ですが、私立探偵たる者、ただ、容疑者の足どりを追ったり、タバコの吸いがらをしらべて、これを吸った人物を割りだすだけでは、完全とはいえない。私立探偵は優秀な心理学者でもあらねばならんのです！　たしかに、あなたがお嬢さんの夫に嫌悪と不信感をいだいているということは、わかりました。だいいち、この方は、お嬢さんの死によって利益をこうむる人物ですし、さきほどのメイドさんの証言をきいても、問題の謎の男と外見がけっこう似ている。にもかかわらず、あなたは、こちらを究明することには真剣ではない！　それは、なぜか？　きっと、べつの方向に疑念がかたむいているせいでしょう。しかるがゆえに、内心、なにかを隠しておられたのです」

「じつは、そうなんですよ、ポアロさん。この手紙をみつけるまでは、てっきり、夫のルーパートの犯行だとばかり思っていたんです。でも、これを読んで、すっかり気もちがぐらついてしまいました」

「でしょうとも。相手の伯爵は、〝遠からず……おそらく、あなたが想像されているよりも近い将来に〟と手紙に書いておりますしね。どうやら、この男、自分がまた表舞台に登場したことを嗅ぎつけられるまでおとなしくしている気はなさそうです。だが、ロンドンから十二時十四分発の列車にのり、お嬢さんの車室に通廊からはいっていったのは、はたして、この男でしょうか？　わたしの記憶に間ちがいがなければ、ロシュフール伯爵も、たしか、長身で、髪は黒みがかっているはずですが」

ハリデイ氏は首をたてにふる。

「それでは、そろそろ失礼いたします。なくなった装身具のリストは警視庁のほうにあるんでしょうな？」

「ええ。お会いになりたいんでしたら、もう、ジャップ警部がここにきていると思います」

ジャップ警部は、われわれとは古くからの友人である。ポアロにたいして、ジャップは好意のこもった軽べつともいえる表情をうかべながら挨拶した。

「その後、お元気ですか、ポアロさん？　わたしたち、おたがいに物の見方こそちがっていても、けっして反目しあっているわけではありませんものね。れいの〝小さな灰色の脳細胞〟はいかがです？　お達者ですか？」

ポアロはにっこりと笑って、

「ああ、ちゃんと活動しておりますよ、ジャップさん。その点は、まちがいなく！」

「なら、けっこうです。ところで、こんどの事件の犯人は、ルーパート・キャリントン卿でしょうか、それとも、ほかの人物でしょうか？　むろん、警察のほうでは、ここぞと思われる場所には目を光らせています。なくなった宝石類が処分されれば、その事実はすぐにわかるし、だいたい、犯人が、こんなものをいつまでも手もとにおいて、光沢のみごとさを鑑賞しているわけがありません。まず、ありえないことです。わたしは、昨日《きのう》、ルーパート・キャリントン卿はどこにいたのか、その場所をつきとめてみます。どうも、いささか不審な点があるからで、目下、刑事のひとりに当人の行動を監視させているところです」

これをきくと、ポアロはやんわりといった。

「なかなか用心がよろしいが、残念ながら、一日おそすぎたようですね」

「冗談をいうのが好きなところはあいかわらずですね、ポアロさん。ともかく、わたしはこれからパディントン駅へいきます。ブリストル、ウエストン、トーントン……と、こちらはわたしの領域ですんでね。では、おさきに失礼」

「今夜、もどってきたさい、調査の結果をおしえてもらえませんか」

「いいですよ。もどってきましたら、ね」

ジャップ警部が歩み去ると、ポアロは独語するようにいった。

「あのお人よしの警部さんは、行動を重視しているんだな。はるばる遠くまで出張する。足跡の寸法をはかる。犯行現場の土やタバコの灰をあつめる！　四六時ちゅう、すさまじく多忙だ！　なんとも形容しがたいほど仕事熱心だ！　そんな人物が心理学なんて言葉を耳にしたら、いったい、どうだろうか？　おそらく、にやりと笑って、ひとりごとをいう。ふん、あのポアロも気のどくに。やっぱり、もう老齢《とし》なんだ。だんだん耄碌《もうろく》しかけているんだ、とね。ジャップのばあいは、〝ドアをせっせとノックしている若い世代〟というわけだ。いやあ、あきれてしまう。こういう連中は、ノックするのに無我夢中で、そのドアがあいていることには気づかないんだから」

「それで、きみは、これから、どうするつもりだい？」

「われわれは自由に行動できる身だから、まず、三ペンスつかって、リッツ・ホテルに電話をかけてみる。ここには、きみもすでにわかっているかもしれんが、問題のロシュフール伯爵が泊まっているんだ。それがすんだら、足の底が若干じめつき、もう、二度ばかり、くしゃみもでたから、部屋にもどって、アルコール・ランプで煎じ薬でもつくるとしよう」


翌朝、ポアロのもとを訪ねてみると、本人は食事をおえて、のんびりしているところだった。

「ええと、どうだったい？」意気ごんで、わたしはきいてみた。

「べつに」

「ジャップは？」

「まだ会っておらんよ」

「伯爵は？」

「一昨日《おととい》、ホテルをひきはらったそうだ」

「事件当日に？」

「ああ」

「じゃあ、これできまった！　夫のルーパート・キャリントン卿は、シロだ」

「ロシュフール伯爵がホテルをひきはらったから、か？　早合点は禁物だぞ、ヘイスティングズ」

「なんにせよ、伯爵は、警官に尾行されて、逮捕されるにちがいない。それにしても、いったい動機はなんだろう？」

「十万ドル相当の宝石とくれば、だれにとっても、りっぱな動機になるさ。いや、わたしの頭にある疑問は、これだ。なぜ、殺人行為までおかしたのか？　なぜ、宝石だけを盗むやり方をしなかったのか？　べつに訴えられるおそれはないのに」

「それは、どうして？」

「被害者はあくまでも女性だからだよ、きみ。ご当人は、かつて、この伯爵を愛したことがある。となれば、こんな被害にあっても、だまって我慢しているにちがいない。また、相手の伯爵のほうでも、こと女性心理の洞察にかけては天才的なるがゆえに、ここのところは完全に読めているはずだ。一方、もし夫のルーパート・キャリントンが犯人だとしたら、そこから足がついてしまう宝石なんぞを、なぜ盗むのか？」

「物盗りにみせかけるためだろう」

「まあ、そうかもしれんな。ああ、ジャップだ！　あのノックの仕方で、わかる」

ジャップ警部は上きげんの笑みをうかべている。

「おはよう、ポアロさん。たったいま、もどったところです。収穫はありましたよ！　そちらは？」

ポアロは悠揚せまらぬ口調でこたえた。

「わたしのほうは、いろいろな推理をめぐらしてみました」

ジャップは思わず笑いだした。

「さすがに、もう老齢《とし》なんですね」

そっと耳打ちするように、ジャップはわたしにむかっていう。それから、また、もとどおりの声で、

「そういう手法、わたしたち若い者には通用しませんよ」

「いかんかね？」

「じゃあ、わたしのやってきたことを話してきかせましょうか？」

「きみのほうに異存がなければ、あててみよう。まず、ウエストンとトーントンのあいだの線路ぎわで、犯行に使用されたナイフを発見した。つぎに、ウエストン駅で被害者のキャリントン夫人と言葉をかわした新聞売り子から事情を聴取した」

啞然としたように、ジャップはあんぐりと口をあけた。

「そんなこと、どうしてわかるんです？　いくらなんでも、れいの全能なる〝小さな灰色の脳細胞〟のせいじゃないでしょう」

「ほほう、たまには、全能だといってもらえるわけですな。ところで、キャリントン夫人は新聞売り子に一シリングのチップでもやったんですかね？」

「いや、チップの額は半クラウンです」もう平静になって、ジャップはにやりと笑う。

「アメリカの金もちってのは、無駄づかいをするもんですね」

「それがために、新聞売り子は相手をよくおぼえていたんじゃないですか？」

「そうです。半クラウンのチップなんて、めずらしいですからね。夫人は、この新聞売り子に声をかけて、雑誌を二冊買いもとめた。一冊のほうには、表紙にブルーの服を着た若い女性の写真がのっていた。これをみながら、『ああ。こんなのがあたしにも似合うわねえ』と、夫人はいった。でもって、売り子は夫人のことをようくおぼえていたわけですよ。まあ、これだけわかれば十分です。医師の証言によれば、犯行が演じられたのは列車がトーントンにつくまえにちがいない、とのこと。わたしの想像じゃ、犯人は凶器のナイフをただちに投げすてたはずだから、これをさがしだそうと、線路ぞいに歩いてみたところ、案のじょう、みつかりました。トーントンでは聞きこみをやってみたけれど、なにしろ、大きな駅なんで、犯人の姿を目にとめた者がいる可能性はなかった。たぶん、犯人はあとの列車でロンドンへひきかえしたんです」

ポアロはうなずいて、

「でしょうな」

「ところが、これだけの収穫をものにして、ロンドンへ帰ってくると、また、べつの情報がはいりました。犯人は、やっぱり、ぬすんだ宝石をうごかしていたんです。昨夜、その大型のエメラルドが質入れされた。質屋にもってきたのは、れいの札つきの一味のひとりです。だれだと思います？」

「わからんね……小男だ、という以外には」

ジャップは目をむいて、

「いやあ、ご名答。ほんとに、小男なんです。レッド・ナーキーですよ」

「レッド・ナーキー、とは？」わたしはきいてみた。

「おっそろしく凄腕の宝石泥棒です。おまけに、いざとなれば、殺しもやってのける。

ふだんは、グレーシー・キッドという女と組んで仕事をするんですがね、今回の事件のばあい、女のほうは無関係らしい。ぬすんだ宝石の残りをもってオランダあたりへ高とびでもしていなきゃ、ですが」

「で、ナーキーは逮捕したんだね？」

「ええ、しました。ただし、捜査当局が追っているのは、べつの男……つまり、キャリントン夫人とおなじ列車にのっていた男です。だいたい、こんどの仕事のプランをたてたのは、こいつなんですからね。だけど、ナーキーのやつ、いくら追及しても、相棒の名前を吐こうとしない」

ポアロの瞳がいつのまにか濃い緑色にかわっているのに、わたしは気がついた。

「どうやら、そのナーキーの相棒はみつけてやれそうですよ」ポアロはおだやかな口調でいった。

ジャップはポアロにするどい視線をむける。

「れいの、ちょっとした推理、ってやつですね。ともかく、そのお年齢《とし》でよく相手の期待にこたえられるもんだと、感心してしまいます。むろん、なみはずれた好運のせいでもあるんでしょうけどね」

「まあ、そうかもしれん」ポアロはつぶやくようにいった。「ええと、ヘイスティングズ、わるいけど、帽子をとってくれんか。それと、ブラシも。うん、まだ雨が降っているのなら、オーバー・シューズもだ。せっかく飲んだ煎じ薬の効き目をふいにしたくはないんでね。では、ジャップさん、おさきに失礼！」

「成功を祈っていますよ、ポアロさん」

外にでるなり、ポアロは、まっさきに目にとまったタクシーを呼びとめて、パーク・レーンまでやってくれ、と運転手につげた。

タクシーがハリデイ氏の邸宅のまえに停車すると、ポアロは、敏捷に車からおりて、運転手に料金をはらい、玄関のベルを鳴らした。ドアをあけた使用人にポアロが小声で来意をつげると、すぐさま、われわれは階上に案内され、こじんまりした寝室にとおされた。

ポアロは室内をしきりにみまわし、やがて、視線は小さな黒いトランクにぴたりと吸いついた。このトランクのまえにひざまずくと、ポアロは、外側にはってあるラベルを仔細にながめたのち、ポケットから、ねじまがった一本の針金をとりだした。

「ご主人のハリデイ氏に、ここまでご足労ねがいたいと、つたえてくださらんか」

ポアロは使用人にむかって肩ごしに声をかけた。

使用人が歩み去ると、ポアロは慣れた手つきでトランクの錠に針金をうまく差しこんだ。すると、まもなく、錠があいた。ポアロは、トランクの蓋をあけるやいなや、なかにはいっている衣類をひっかきまわして、これを床にほうりだしはじめた。

階段におもおもしい足音がきこえ、ハリデイ氏が部屋にはいってきた。

「いったい、こりゃあ、なんのまねです？」大きく目をみはって、ハリデイ氏は叫んだ。

「なあに、これをさがしていたんですよ」

こういって、ポアロは、トランクから、色あざやかなブルーのウールのワンピースと白ギツネの毛皮の縁なし帽をとりだしてみせた。

「あたしのトランクを、どうしようっての？」

女の声に、ふりむくと、いつのまにか、メイドのジェーン・メイソンが部屋にはいってきていた。

「わるいけど、ヘイスティングズ、そこのドアをしめてくれないか。ああ、どうも。それから、ドアに背をくっつけた姿勢で立っていてもらおう。しからば、ハリデイさん、ここでひとつ、グレーシー・キッドことジェーン・メイソンをご紹介しましょう。この女性は、ほどなく、ジャップ警部の丁重な護衛のもとに、共犯者のレッド・ナーキーと再会することになっておるのです」

ポアロは、いやいやと打ち消すように手をふって、また、キャビアをつまんだ。

「ほんとに、すこぶる簡単明瞭だったんですよ。まず最初に気になったのは、あのメイドがキャリントン夫人の服装のことをやけに強調したということです。こんなふうに、服装に注意をむけさせようとしているのは、なぜなのか？　それと、よくよく考えてみれば、ブリストルで車室のなかにいたという謎の男については、このメイドの証言しかない。被害者の遺体をしらべた医師の話からしても、夫人は列車がブリストルにつくまえに殺害された可能性がある。だが、かりにそうだとすれば、メイドは共犯者にちがいない。さらに、もし共犯者だとすれば、自分の証言だけでは根拠が薄弱だから、不安になってくる。ちなみに、キャリントン夫人の服装はかなり派手だった。メイドというのは、ふつう、主人が身につけるものについて、あれは似合う、これは似合わないと、いろいろ意見をのべられる立場にあるものです。さて、ブリストルをすぎてから、だれか、派手なブルーのワンピースに白ギツネの毛皮の縁なし帽という服装をした婦人の姿をみた者がいれば、その人間は、後刻、自分はキャリントン夫人の姿をみたと証言してくれるにきまっている。

わたしは、ためしに、事件の再現をはかってみた。メイドは、まず、キャリントン夫人のそれとまったくおなじ衣裳を用意しておく。しかるのち、共犯者といっしょに、キャリントン夫人にクロロホルムをかがせて、刺し殺してしまう。場所は、ロンドンとブリストルのあいだ……おそらくは、列車がトンネルを通過ちゅうに、です。そうして、死体は車内の座席の下に押しこめておき、メイドはキャリントン夫人になりすます。ウエストンの駅では、第三者の注目をひく必要がある。そのための方法は？　もろもろの可能性を検討したあげく、駅の新聞売り子に白羽の矢がたった。この売り子に大金のチップをはずめば、きっと自分のことを相手に印象づけられる。さらに、ここで買いもとめた雑誌のうちの片方の表紙のことをわざわざ話題にして、自分の服装の特徴に注目させる。列車がウエストンからはなれると、犯行現場はこの付近だと思わせるべく、凶器のナイフを窓の外に投げすてたのち、服を着がえるか、いまの服のうえにレーンコートをすっぽり着こんでしまうか、いずれかの行動をとる。つぎは、トーントンで下車して、できるかぎり早急にブリストルにひきかえす。ブリストルでは、共犯の男がちゃんと被害者の手荷物を駅の一時預り所にあずけてある。この男は、手荷物預り所のチケットを彼女にわたし、自分はロンドンへもどる。のこったメイドのほうは、演技の一端として、駅のホームでしばらく待つポーズをみせてから、その夜はホテルに泊まり、翌朝、まさしく本人のいうとおり、ロンドンへ帰ってきた。

なお、ジャップ警部が現地調査からもどってくると、わたしの推理はすべて的中していることが判明した。また、ジャップの話から、さる札つきの悪党が問題の宝石を質入れしたこともわかった。これが何者かは不明だが、メイドのジェーン・メイソンが背格好を説明した男とはまったく反対のタイプだろうと、わたしは見当をつけた。それで、そいつがよくグレーシー・キッドと組んで仕事をするレッド・ナーキーだという話をきくにおよび……そう、女の居場所が頭にひらめいた、と、まあ、こういうしだいです」

「じゃあ、伯爵のほうは？」

「こちらのことは、考えてみれば、みるほど、今回の事件とは無関係だという気がしてきました。あの紳士のばあい、ひたすら御身《おんみ》たいせつに生きているひとですから、あえて殺人なんて危険な橋をわたるような行動はしませんよ。だいたい、そんな性格ではないんですから」

以上のような話がおわると、ハリデイ氏はいった。

「いやあ、ポアロさん、どうも、たいへん、お世話になりました。食事がすんだら、さっそく、謝礼の小切手を書きますが、これだけでは恩義にむくいることができんでしょう」

ポアロは、謙遜の意をあらわす微笑をうかべてみせてから、わたしの耳もとでささやいた。

「あのジャップ警部、こんどの事件では、きっと、役所のほうで表彰でもされるだろう。ただし、グレーシー・キッドを挙《あ》げることには成功したものの、わたしにあんな皮肉をいわれて、そう……アメリカ人たちのいい草どおり……だいぶ頭にきたはずだぜ」

料理人の失踪

The Adventure of the Clapham Cook

友人のエルキュール・ポアロと同居しているころ、わたしは《デイリー・ブレア》紙の朝刊の見出しをポアロに読んできかせるのを習慣にしていた。

《デイリー・ブレア》というのは、だいたい、センセーショナルな事件がおこれば、これをすかさずニュースにしてしまう新聞である。強盗や殺人事件などが裏ページあたりにひっそりと載っている、なんてことはない。それどころか、第一面で派手に報じるから、いや応なく読者の目にとびこんでくる。

銀行員、五万ドル相当の有価証券を拐帯。

不幸な家庭生活。夫、ガスオーブンに頭をつっこんで自殺。

二十一歳の美人タイピスト、行方不明。エドナ・フィールドはいずこに？

「どうだい、ポアロ。よりどりみどりだよ。有価証券を拐帯した銀行員、不可解な自殺、行方不明のタイピスト……と、このなかで、どれをえらぶね？」

ポアロは、平然とかまえて、ゆっくりと首を横にふる。

「せっかくだけど、どれにもさしたる興味はおぼえんよ。きょう一日は、のんびり過ごしたいと思っているんで、よほどの怪事件でないかぎり、この椅子から腰をあげる気にはならん。じゃあ、失礼。これから、ちょっと、だいじな用事があるんで」

「たとえば、どんな？」

「自分の衣類だよ、ヘイスティングズ。もし目の錯覚でなきゃ、たしか、あたらしいグレイの背広に脂《あぶら》のしみがついているはずだ。ぽつんと、ひとつだけとはいえ、わたしにとっては気になる。それから、冬物のオーバーも、防虫剤をいれた箱のなかにきちんとしまっておかなきゃいかん。それから……うん、そうそう……もう、この口ひげを手入れする時期だろうから、ちゃんとポマードをぬりこんでおかなきゃ」

窓ぎわに歩みより、わたしはいってやった。

「まあ、そんな殺人的なスケジュールが首尾よくこなせるかどうか、あやしいもんだね。

さっき、玄関の呼び鈴が鳴っていたぜ。きっと、依頼人のおでましだろう」

「国家の存亡にかかわる事件ででもないかぎり、手はださんよ」と、ポアロはもったいぶったいい方をする。

ほどなく、ふとった赤ら顔の女が、ひとり、われわれの部屋に闖入してきた。階段を駆けあがってきたとみえ、はあはあ息を切らしている。

「あんたが、ポアロさん？」

たずねながら、女は椅子にぐったりと腰をおろした。

「はい、エルキュール・ポアロですが」

「想像していたタイプとは、まるでちがうわね」といって、女はいささか不満そうにポアロをじろじろとみつめる。「新聞には、世にもまれなる名探偵だと書いてあったけれど、あれは、宣伝のために、お金をはらって書かせたものなの？　それとも、新聞社のほうで勝手に書いたのかしら？」

「マダム！」ポアロは上体をぐっとおこした。

「あら、これは失言だったわね。ごめんなさい。でも、近ごろの新聞ときたら、ひどいじゃないですか。〝新婚の女性が美人ではない未婚の友だちに語ったこと〟なんて、いかにも意味ありげな見出しがついているから、興味をそそられて、なかの記事を読んでみると、なんのことはない、一から十まで、薬局で売っている化粧品やシャンプーの宣伝広告ときている。ともかく、気をわるくなさらないで。おくればせながら、おねがいしたい用件を申しあげます。いなくなった、うちの料理人をさがしてほしいんです」

ポアロは女の顔に目をこらしている。いつもは能弁なのに、めずらしく、すぐには応答できないようだ。わたしは、思わず顔に笑みがうかんできたので、つと横をむいてしまった。

「だいたい、くだらない失業手当なんてものがあるから、いけないのよ。でもって、使用人たちも、タイピストとかなんとか、そんなものになりたいなんて気をおこすんだわ。そう、失業手当なんてものは廃止すべきだ、というのが、あたしの持論なんです。うちの使用人たちのばあい、いったい、なにが不満なのかしら。週に一度は、午後から夜中まで仕事がやすめる。日曜日は、交替で休暇がとれる。洗たく物はぜんぶクリーニング屋にだす。食事だって、あたしたちのとおんなじものだし、げんに、わが家では、マーガリンなんぞはこれっぽっちもつかわず、食べているのはいちばん上等のバターなんですからね」

息をつくため、女はここで言葉を切った。ポアロは、この機をとらえて、立ちあがり、尊大きわまる態度で言明した。

「どうやら、誤解なさっているようですな、奥さん。家事奉公人たちの労働条件を調査するなんてのは、わたしの本業ではありません。いやしくも、わたしは私立探偵ですからね」

「それは、わかっていますわ。ですから、うちの料理人をさがしだしてほしい、と申しあげたんじゃありませんか。この水曜日に、主人のあたしには一言の挨拶もなく家をでたっきり、帰ってこないんです」

「その点はお気のどくですが、そういうたぐいの仕事にはタッチしない主義ですので、どうか、おひきとりを」

「あーら、そうなの？　ずいぶん、お高くとまっているじゃない？　あつかうのは官庁の機密や伯爵夫人の宝石類の盗難事件だけ、というわけなのね。でも、いっておきますけど、あたしのような立場にある女にとって、使用人というのは宝石をちりばめた頭飾りに匹敵するくらい貴重なんですよ。世の女性は、だれもが、ダイヤや真珠を身につけて車で外出する貴婦人になれるわけではないんですからね。だけど、優秀な料理人はあくまでも優秀な料理人だし……それがいなくなってしまったら、貴婦人のなかに真珠をなくして困る者もいるのとおんなじで、一大事なんです」

ひとしきり、ポアロはもちまえの自尊心とユーモアのセンスの板ばさみになって迷っているような風情だった。が、そのうち、笑い声をあげて、ふたたび、椅子に腰をおろした。

「いや、どうも、わたしが間ちがっていました。あなたのおっしゃることは、ごもっともで、理にかなっています。考えてみると、こういうケースはめずらしく、わたしも、行方不明の家事奉公人をさがしたなんて経験は過去に一度もありません。正直なところ、あなたがおいでになる直前までは、国家の運命にかかわる重大事件でもなければ手をだしたくないと思っていたんですが、まあ、承知しました！　おたくの、その貴重な料理人、水曜日に家をでたまま帰ってこない、とのことですが、それは一昨日《おととい》の話ですね？」

「ええ。この日が彼女の休日だったんです」

「しかし、ひょっとすると、なにかの事故にあったのかもしれませんよ。病院あたりへ問いあわせてみました？」

「きのうは、そうしようと思っていたんです。ところが、きょうの午前ちゅう、本人にたのまれたという使いの者が彼女のトランクをとりにきた。あたしには、簡単な伝言もつたえずに、です！　あたしが自宅《うち》にいたら、荷物だけわたしてやるなんてことをするもんですか。ほんとに、ひとをバカにした話ですもの。だけど、あいにく、肉屋まで買い物にいっていたあいだなんで、どうしようもありません」

「で、本人の特徴は？」

「中年で、ふとっていて、黒っぽい髪は灰色になりかかり……ともかく、外見はいたって上品です。まえの家では十年つとめていた、といっていました。そう、名前はイライザ・ダンというんです」

「水曜日に、本人と……口論でもしたわけじゃないでしょうね？」

「いいえ、ぜんぜん。だから、ふしぎで仕方がないんです」

「お宅には、使用人がぜんぶで何人おられるんですか？」

「ふたり、です。もうひとりのほうは、メイドで、名前はアニーといいます。なかなか気立てのいい娘《こ》で、ちょっと忘れっぽく、いつも若い男性のことばかり考えているのが欠点ですけど、仕事をやらせれば、よく働いてくれます」

「このメイドさんと料理人の方、おたがいに仲はよかったんでしょうか？」

「もちろん、感情的にはいろんなことがあったかもしれませんが、だいたいにおいて、うまくいっていたようです」

「で、このメイドさんにきいてみても、真相はわからないんですね？」

「ええ、さっぱり見当がつかない、といっています。けれど、使用人というのは……どうも……連帯感がつよいようですからねえ」

「ふーむ。なるほど。これは、やはり、調査してみる必要がありますな。ええと、お宅の住所はどちらでしたっけ?」

「クラパムです。プリンス・アルバート・ロードの八十八番地です」

「わかりました。では、奥さん、これでおひきとりください。まちがいなく、本日ちゅうに、お宅のほうへ参上しますから」

こういわれて、トッド夫人——これが、いままで〝奥さん〟とポアロが呼んでいた相手の名前である——は帰っていった。ポアロは、なんとなく後悔しているような表情で、わたしの顔をみた。

「おい、ヘイスティングズ、こんどの事件は奇抜だぞ。クラパムの某家ではたらいていた料理人の失踪、ときたか! われらが友人たるジャップ警部には、この話、ぜったいに秘密にしておかねばならん!」

こういってから、ポアロは、アイロンをあたため、一枚の吸取り紙をつかって、グレイの背広についた脂《あぶら》のしみを丹念に消去した。ロひげの手入れのほうは、残念だが、後日にゆずることにきめ、われわれはすぐさまクラパムへでかけていった。

プリンス・アルバート・ロードというのは瀟洒な住宅の立ちならぶ通りだった。住宅はいずれも似たような造りで、窓には清潔なレースのカーテンがかかり、玄関のドアには、よくみがいた真鍮《しんちゅう》のノッカーがついている。

八十八番地の家の玄関の呼び鈴をならすと、顔だちのよい純情そうなメイドがドアをあけた。つづいて、あるじのトッド夫人が玄関にでてきた。

「あ、いかないで、アニー」と、夫人は大声で呼びとめた。「こちらは私立探偵の方で、あんたから話をききたい、とおっしゃるでしょうから」

これをきくと、アニーの顔には不安と好奇心のいりまじった表情があらわれた。

ポアロは頭をさげて、

「どうも、おそれいります、奥さん。さっそく、おききしたいことがあるんですが……さしつかえなければ、まずは、このメイドさんだけに、ということで」

われわれは小さな応接間へ案内された。トッド夫人がしぶしぶ部屋をでていくと、ポアロは執拗な事情聴取をはじめた。

「いいですか、アニーさん、これから、あんたが話すことはきわめて重要な意味をもつんですからね。こんどの事件の謎を解明する手がかりをあたえてくれるのはあんただけで、あんたの協力がないと、どうにもならんのです」

アニーの顔からは不安の表情が消え、かわりに、好奇の色がいちだんと濃くなった。

「はい、わかりました。できるかぎり、なんでもお話しします」

「ならば、ありがたい」ポアロは満足げに微笑んでみせる。「では、まず最初に、あんたの考えをきかせていただこう。あんたは、とても頭がよさそうだ。それは、一見しただけでわかる！　イライザが姿をくらましたことについて、あんた自身はどのように解釈します？」

こんなふうにあおられたせいか、アニーは他愛もなく意気ごんだ口調でしゃべりだした。

「白人の女を海外につれだして、強制的に売春させる業者のしわざだと思いますわ。あたしは、最初から、そう思っていたんです！　あのイライザは、いつも、あたしに注意してくれていたんです。『香水のにおいを嗅いでみたり、ケーキなんぞを食べたりしちゃ、だめよ。相手の男がどんなに紳士的な態度をみせてもね！』と、こういってね。なのに、そういっていた本人がそんなやつらにつかまってしまったなんて！　まちがいありません。きっと、もう、トルコかどこか、東洋のほうへいく船にのせられてしまったんでしょうよ。なんでも、あっちのほうの国では、ふとった女が好かれるそうですからね」

さすがはポアロで、あくまでも威厳をたもっている。

「しかし、そうだったら……たしかに、それもひとつの推理ですけど……自分のトランクをとりにいかせるようなまねをしますかね？」

「さあ、それはちょっと。衣類がないと困るんじゃないでしょうか……たとえ外国へいくことになっても」

「トランクをとりにきたのは、男ですか？」

「ええ、カーター・パターソンという男です」

「で、そのトランクに衣類をつめたのは、あんたですか？」

「いいえ、もう、中身はつまっていて、ちゃんと紐《ひも》までかけてありました」

「ほほう！　そいつはおかしい。だとすると、本人は、水曜日に家をでるとき、すでに、ここにはもどってこないと心にきめていたことになる。そうでしょう？」

「まあ、そうですわね」アニーはいささか面くらったようだ。「あたし、そこまでは思いつかなかったわ。だけど、売春婦を斡旋する業者につれだされたということも考えられるんじゃないですか？」

「ああ、大いにね！　ところで、あんたがた、寝室はいっしょだったんですか？」

「いいえ。べつべつです」

「イライザは、あんたに、いまの境遇は辛いなんて愚痴をこぼしたことはありませんか？　ふたりとも、ここでの生活には満足していたわけですか？」

「あのひと、暇をとるなんてことは口にしたこともありません。ここにいれば、けっこう……」アニーは語尾をにごしてしまう。

「遠慮はいりませんよ。奥さんには内緒にしておきますから」

「ええと、そうですね、奥さまのことを話すときは、やっぱり、気をつけなくちゃ。だけど、毎日の食事は申し分ないんです。夕食にはボリュームのあるものがでるし、料理用の油も好きなだけつかえる。とにかく、イライザのばあい、いまの生活を変えたいとでも思わなきゃ、こんなふうに、ぽいとでていってしまうはずはありません。すくなくとも、今月の末までは辛抱したはずです。だって、こんな辞《や》め方をしたら、一ヵ月ぶんの給金がもらえなくなってしまうんですもの！」

「仕事のほうは、そんなにきつくはないんですね？」

「うーん、奥さまは、とても神経質で、しょっちゅう、家のなかのすみずみを歩きまわっては、埃がたまっていないかどうか目を光らせているんです。それから、ここには、ひとり、同居人がいます。ふだんは、みんな、〝下宿人〟と呼んでいるんですけどね。でも、その方とは、旦那さまとおなじで、朝食と夕食のときにしか顔をあわせません。おふたりとも、昼間はロンドンにいってしまうからです」

「で、旦那さまというひとは？」

「まあまあ、じゃないかしら。無口で、ちょっと締まり屋ですけど」

「イライザが家をでるまえにいった最後の言葉、おぼえていないでしょうね」

「いいえ。おぼえていますよ。たしか、こういいました。『食堂のほうにでている桃のシチューがあまったら、夕食のとき、ふたりで食べましょうよ。ベーコンとポテト・フライもね』って。あのひと、桃のシチューが大好物だったんです。案外、性《たち》のわるい連中は、ここに目をつけて、家出をさせたんじゃないかしら」

「水曜日は、イライザの休みの日だったんですか？」

「ええ。あのひとは水曜日で、あたしは木曜日なんです」

このあと、もうすこし質問をつづけてから、ポアロは納得した。アニーが歩み去ると、トッド夫人がそそくさと部屋にはいってきた。はやく真相が知りたいといわぬばかりに、顔は赤くかがやいている。きっと、ポアロがアニーと話をしているあいだ、ここの部屋から締めだしをくっていたことが不快千万だったにちがいない。しかし、ポアロは、如才なくふるまい、そんな夫人の感情をうまくやわらげてしまった。

「まあ、奥さんのように非凡な頭脳をおもちの方からみると、わたしどものごとき一介の私立探偵がもちいざるをえない婉曲な手段は、まことにじれったいでしょうな。頭の切れる人物にとって、愚鈍な言動を大目にみるのは難業だというし」

と、こんな調子で、トッド夫人の胸中にあった不快感をすっかり消滅させてしまった
ポアロは、話題をさりげなく彼女の夫のほうにうつし、当人はロンドンへ通勤している
身で、帰宅するのは夕方六時すぎだ、という事実をききだした。

「もちろん、ご主人も、こんな妙なことがおこって、たいへん気をもんでおられるでしょうね。いかがです？」

「気をもんでなんかいませんわ。『うん、そうかい。だったら、あたらしい料理人をやとうんだね』と、ただ、こういったきりですもの。あんまり平然とかまえているんで、こちらは発狂しそうになることがあります。『恩知らずな女だ。そんなやつは、いないほうが助かる』と、主人のセリフはこうですよ」

「もうひとり、こちらに同居されている方は、どうなんですか、奥さん！」

「下宿人の、シンプソンさんのことですか？　そうねえ、あのひとのばあい、朝晩の食事さえ、時間どおりにだしてもらえば、なにも不満はないと思いますよ」

「その方の、ご職業は？」

トッド夫人はその銀行の名前をあげた。これをきくと、つい今朝ほど熟読した例の《デイリー・ブレア》紙の記事を思いだし、わたしは、内心、いささか愕然とした。

「若い方ですか？」

「二十八歳、じゃないかしら。おとなしい、いい青年ですよ」

「できれば、その方にちょっとお会いしたいんですがね。それと、ご主人にも。したがって、今晩、もう一度、でなおしてまいります。それから、あえて申しあげますけど、奥さん、すこし休養をとられたほうがよろしいんじゃないですか。だいぶ、お疲れのようですからね」

「ほんとに、そうなんですよ！　第一に、イライザのことで頭をなやまし、そこへもってきて、昨日《きのう》は、ほとんど一日じゅう、特売場にいたんですから。特売場の雰囲気がどういうものか、想像できるでしょう、ポアロさん？　おまけに、つぎからつぎへと用事ができるし、家事も山ほどある。アニーひとりでは、とても手がまわらないんですもの。それに、こんなトラブルが生じて、ごたごたしている状態では、きっと、アニーも近いうちに暇をとりたいなんていいだすでしょうよ。まあ、まあ、そんなこんなで、もう、グロッキーなんです！」

ポアロは小声で同情の意を表し、われわれは帰途についた。

「奇《く》しき偶然の一致だな」と、わたしは感想をのべた。「れいの有価証券を拐帯した銀行員のデイヴィスが、シンプソンとおなじ銀行にいたとはね。このこと、なにかの関係があるんだろうか?」

ポアロは微笑をうかべる。

「一方は違法行為をおかした銀行員、一方は姿をくらました料理人。まあ、この両者のあいだに関係があるとはみなしがたいね。ただし、デイヴィスが、シンプソンのところへ遊びにきて、この料理人に惚れてしまい、いっしょに高飛びしようと口説いた、という可能性はある」

わたしは思わず笑いだしてしまった。ところが、ポアロは、きびしい表情をくずさず、わたしの軽薄さをたしなめるような口調でいった。

「そのていどの悪事なら、まだ、ましなほうかもしれんぞ、ヘイスティングズ。いっとくけど、かりに、ある男が国外追放の身になったというばあい、顔のきれいな女よりは料理の腕の達者な女のほうが頼りになるじゃないか」ここで、しばらく間をおいて、「なんにせよ、矛盾だらけの妙な事件だ。これは、おもしろい。そう、断然、おもしろい」

その日の晩、われわれは、ふたたび、プリンス・アルバート・ロード八十八番地の家を訪れて、トッドとシンプソンの両氏から事情を聴取した。主人のトッド氏というのは、頬のこけた、四十がらみの陰気な男だった。

「ああ！　そう、そう」トッド氏はあいまいないい方をする。「イライザ、ね。ええ、腕のいい料理人ですよ。それに、経済観念もつよい。わたしはつねづね倹約を重視しているほうですから」

「そんな使用人が急にでていってしまった理由について、なにか、思いあたるふしはありませんか？」

「さあ、ね。仕方がないでしょう。しょせんは、使用人なんですから。家内は気をもみすぎるんですよ。あんなふうに気をもんでばかりいたら、神経がまいってしまう。問題はいたって簡単なんです。『代わりをやとえば、いいじゃないか。代わりをやとえば』と、わたしはいっている。べつに大さわぎするほどのことじゃない。覆水盆に返らず、ですよ」

シンプソン氏のほうの話も、やはり、ほとんど参考にはならなかった。シンプソン氏は、おとなしい、地味な感じの青年で、眼鏡をかけている。

「たしか、本人には会ったことがあるような気がします。中年の女性でしょう？　もっとも、ふだん、会っているのは、もう片方のアニーのほうですけどね。いい娘《こ》ですよ。なかなか親切で」

「このふたりは仲がよかったんでしょうかね？」

その点はわからない。よかったんじゃないでしょうかと、シンプソン氏はこたえた。

家をでてから、ポアロはわたしにいった。

「どうも、目新しい情報は入手できなかったな」

ただし、家から退出しようとしたさいには、トッド夫人につかまってしまって、ひどい目にあった。夫人は、がなりたてるような調子で一気にしゃべりはじめ、午前ちゅうにきかせた話を、まえよりも時間をかけて、むし返したのだ。

「どうだい、当てがはずれただろう？」わたしはポアロにきいてみた。「なにか、手がかりがつかめると思っていたんじゃないのかい？」

ポアロはかぶりをふって、

「もちろん、そういう期待はあった。だが、そう、とんとん拍子にはいくまいと思っていたよ」

つぎに登場した新事実は、あくる日、ポアロのもとにとどいた一通の書簡である。これを読んだポアロは、憤怒のあまり血相を変え、この書簡をわたしにみせた。

まことに恐縮ですが、トッド夫人は、このたび、ポアロ氏にたいする調査の依頼をとり消すことにきめました。今回の一件について夫と協議した結果、たんなる内輪のことで私立探偵の援助をもとめるのは愚劣だと思うにいたったからです。なお、ここに相談料として一ギニー同封いたしました。

「そうか！」ポアロは怒声をあげる。「やつら、こんな手でエルキュール・ポアロを追っぱらおうってわけだ！　ろくでもない事件だけど、こちらは好意で……格別の好意で……調査の依頼を承諾してやったのに、いきなり、手をひけ、だなんて！　これは、きっと、亭主のトッド氏が書いたものにちがいない。しかし、おあいにくさま。返事は〝ノー〟だ！　断じて、〝ノー〟だ！　こうなったら、身銭を切ってでも……必要とあらば、三千ポンドでも四千ポンドでもつぎこんで、真相をつきとめてやる！」

「そうだね。でも、その方法は？」

ポアロはいくぶん冷静になった。

「まずは、新聞に広告をだす。ええと……そう……こういう文面がいい。『イライザ・ダン、この住所に連絡されたし。朗報をつたえます』。いいか、ヘイスティングズ、この広告をぜんぶの新聞にのせてくれ。わたしは、ちょっと、独自の方法で調査してみるから。さあ、はやく。ことは急を要するんだ！」

その日、ポアロと再会したのは晩になってからだった。ポアロは、気がるに、きょう一日の行動について話してくれた。

「念のため、トッド氏の勤めさきへいって、聞きこみをやってみたんだけどね、当のトッド氏、水曜日には欠勤もしておらず、人柄もいいようだ。つぎに、シンプソンのほうは、木曜日には病気で欠勤したが、水曜日はちゃんと出勤していた。れいのデイヴィスとはほどほどに親交があって、とくに不審な点はなかった。まあ、目下のところ、こちらの方面からは、これ以上の情報はつかめそうもないな。となると、たのみの綱は広告だ」

問題の広告は主要な日刊紙のすべてに掲載され、しかも、ポアロの希望により、連日、一週間にわたって掲載されることになった。事件といっても、一介の料理人が失踪しただけのものにすぎないのに、これにたいするポアロの執念は異常だった。けれど、ポアロにとって、最後の成功をおさめるまで頑張りぬけるか否かは、おのれの面目にかかわることなのだ。この頃は、すこぶる風変わりな事件の調査依頼が、いくつか、もちこまれていたのだが、そのいずれもポアロはことわってしまった。そして、毎朝、配達された郵便物にとびついては、意気ごんで目をとおすし、やおら、手にした書簡類をテーブルにおいて、大きな吐息をもらすのみだった。

だが、このような忍耐はついに報いられた。トッド夫人の訪問をうけた翌週の水曜日、アパートの管理人が、イライザ・ダンというお客さんがみえましたよ、と知らせにきたのだ。

「ようし！《アンファン》」ポアロは大声をだした。「それじゃ、あがってもらってください！　いま、すぐ……ただちに、です」

せきたてられた管理人は、あわてて身をひるがえし、まもなく、イライザ・ダンを案内してきた。われわれが探しもとめていた人物は、最初にきいた話と特徴が合致している。長身で、肉づきがよく、みるからに上品なのだ。

「新聞の広告をみて、まいりましたの」と、ミス・イライザ・ダンはいう。「どうやら、なにか、面倒なことがあったようですわね。それと、ご存知ないんでしょうけど、あたし、すでに遺産は手にいれたんです」

ポアロは、イライザの姿をまじまじと観察しながら、大げさな身ぶりで椅子をすすめた。

「じつは、トッド夫人が、あなたのことをたいへん心配しておりましてね。ひょっとしたら、事故にでもあったんじゃないか、といっておったんです」

イライザ・ダンは意外そうな表情をみせて、

「すると、あたしの手紙はうけとってないんでしょうか？」

「なにも知らんようですよ」いったん言葉を切ってから、ポアロは相手を説得する口調にかえた。「ひとつ、ことのしだいを話してきかせてくれませんか」

べつに手間は要しなかった。イライザは、たちどころに長広舌をふるいはじめたからだ。

「ええと、これは先週の水曜日の夜のことなんですけど、外出さきから家のちかくまできたとき、ひとりの男に呼びとめられたんです。背のたかいひとで、あごひげをはやし、大きな帽子をかぶっていました。

『あのう……ミス・イライザ・ダンですね？』

と、きかれたので、

『ええ、そうですけど』

と、こたえると、相手はこんな話をもちだしたんです。

『なるほど。八十八番地のお宅できいたところ、まもなく帰ってくるから、そのへんにいれば会えるでしょう、とのことでしたが、やっぱり、そうだったんですね。じつは、わたし、はるばる、オーストラリアから、あなたをさがしにきたわけなんですが、どうでしょう、あなた、母方のお祖母《ばあ》さんの結婚まえの名前をご存知ですか？』

『ジェイン・エモット、だと思いますけど』

『ええ、そのとおりです。ところで、このことは、たぶん、知らないでしょうけど、あなたのお祖母《ばあ》さんには、イライザ・リーチという親しいお友だちがおりましてね、このひとは、オーストラリアにいって、大金もちの移民と結婚したんですが、ふたりの子どもは幼いときに亡くなってしまったため、夫の財産はそっくり、このひとが相続した。ところが、いまから三カ月ほどまえに、このひとが死亡し、本人の遺言によって、イギリスにある邸宅と莫大な額の資産は、あなたが相続することになったんです』

やぶから棒に、こんな話をきかされて、あたしはたまげてしまいました。最初のうちは、てっきり、かつがれているんだ、と思っていました。そうすると、相手はそんな気もちを読みとったらしく、にやりと笑い、

『まあ、怪しいと思うのは当然でしょうね。でも、ほれ、ここに証明書があります』

と、いって、メルボルンのハースト・アンド・クロチェットという法律事務所からの手紙と名刺をわたしてくれました。この相手の男は、クロチェットというひとだったわけです。

『ところで、この相続の件には、ふたつほど条件がついているんですよ。なにぶん、依頼人の方はちょっと変わったひとでしてね、相続するからには、明日の十二時までにカ

ンバーランドにあるその邸宅の所有権をひきつがなきゃいかん、ということになっているんです。もうひとつのほうの条件はたいしたことではありません。たんに、相続人は家事奉公人の身であってはならぬ、と規定してあるだけですから』

これをきくと、あたしはがくっとなってしまいました。

『あーら、なんてことでしょう！　あたしは、あいにく、料理人なんです。トッドさんのお宅で、そういわれたんじゃありません？』

こうきいてみると、クロチェットさんは、顔色をかえて、首をふりはじめました。

『いやはや。まさか、そうとは知らなかった。もしかしたら、老婦人の付添いさんか、子どもの家庭教師じゃあるまいか、とは想像していたんですがねえ。そいつは、残念だ……まことに残念だ』

あたしは不安になって、

『それじゃ、その遺産のことはあきらめなきゃなりませんの？』

と、きいてみると、クロチェットさんはしばらく考えこんでから、

『まあ、法律というものにはかならず抜け道があるもんでしてね、そのへんのことは、われわれ弁護士がしかと心得ています』

と、いうんです。

『だけど、いまの仕事を急にやめてしまったら……』

と、あたしがいいかけると、クロチェットさんは笑いながら、こういいました。

『あのねえ、ミス・ダン、ひと月ぶんの給料を棒にふりさえすれば、いつでも、やめられるじゃないですか。奥さんのトッド夫人だって、事情がわかれば、了承してくれますよ。それより、問題は時間です！　だから、どうしても、キングズ・クロス発十一時五分の北部ゆきの列車にのらなければならない。汽車賃がなければ、とりあえず、わたしが十ポンドばかり貸してあげますし、駅についたら、トッド夫人あてに簡単な手紙を書けばいいんです。そうしたら、わたしが直接、その手紙をトッド夫人のもとにとどけて、事情を説明しておきます』


　といったわけで、あたしは、いわれるとおりにすることにきめ、それから一時間後には、列車にのりこんでいました。このときは、無我夢中で、頭が混乱しているしまつでした。げんに、カンバーランドの首都のカーライルにつくころには、ひょっとすると、こんどの話は新聞なんかによくのる信用詐欺の部類じゃないかしらという気がしてきたほどです。それでも、おしえられた住所までいってみると……ここには事務弁護士たちがいて、そんな心配はないことがわかりました。あたしがもらう家というのは、こじんまりした邸宅で、収入は年に三百ポンドです。ここの弁護士たちは、くわしいことをほとんど知らず、ただ、ロンドンにいる某氏から、この邸宅と最初の半年ぶんの百五十ポンドをミス・ダンという女性にわたすようにとの手紙をうけとっただけでした。その後、クロチェットさんはあたしの身のまわりの品を送ってくれたんですけど、トッド夫人からは、なんの便りもありません。さては、奥さん、あたしに棚ぼた式の幸運が舞いこんだのをねたんで、つむじをまげているんだろうと、あたしはそう思っていました。奥さんは、あたしのトランクを返してくれず、衣類は小包で送ってよこしました。けれど、あたしがだした手紙をうけとってないんだとすれば、当然、あたしのことは身勝手な女だと思われるでしょう」

以上のような長話をポアロはずっと真剣にきいていた。その話が一段落すると、心底から納得がいったというように、大きくうなずいてみせた。

「いや、どうも、たいへん参考になりました。じつのところ、あなたがおっしゃるように、いささか面倒なことがあったのです。失礼かもしれませんが、これ、お手間をとらせた謝礼金です」といって、ポアロは一通の封筒をミス・ダンにわたした。「これからすぐ、カンバーランドのほうに帰られるんでしょうね？　ならば、一言、申しあげておきます。料理のこつは忘れんようにしてください。芸は身を助く、といいますからね」

イライザ・ダンが帰っていくと、ポアロはひくい声でいった。

「だまされやすいんだなあ。もっとも、ああいう身分の女性は、たいがい、そうなのかもしれん」顔つきが急に真剣になった。「さて、ヘイスティングズ、こうなったら、ただちに行動開始だ。さっそく、ジャップ警部に一筆書くから、そのあいだにタクシーをつかまえておいてくれ」

いわれたとおり、タクシーをつかまえて、もどってくると、ポアロは玄関の外で待っていた。

「で、これから、どこへ？」

「まずは、この手紙を速達でださなきゃ」

それをすませて、ふたたび、タクシーにのりこむと、ポアロは運転手につげた。

「クラパムのプリンス・アルバート・ロード八十八番地まで、たのむ」

「すると、あそこへいくのかい？」

「そうとも。ただし、正直なところ、すでに手おくれかもしれん。あいつはもう逃げてしまっただろう」

「あいつ、とは？」

「あの、地味な感じのシンプソン氏だよ」

「えーっ！」思わず、わたしは頓狂な声をだした。

「おい、おい、ヘイスティングズ。もう、いいかげんに真相が読めてもいいんじゃないのか?」

わたしはいささか腹だたしくなった。

「あの料理人は邪魔者あつかいされた……と、このことはわかるよ。だけど、どうしてなんだ? いったい、なぜ、シンプソンは彼女を家から追いだそうって気になったんだ? なにか、秘密でも嗅ぎつけられたってわけか?」

「いや、そうじゃない」

「だったら……」

「彼女のもっているものを手にいれたかったんだ」

「金か? さっきの話の遺産かい?」

「いや、ちがう。まったく、べつのものだ」ちょっと間をおいてから、ポアロはおもおもしい口調で、「つかい古したブリキのトランクだよ」

わたしは横目でポアロの顔をちらりとみた。あまりにも突拍子もないことをいうので、ひとをからかっているんじゃないかという気がした。だが、当人はいとも真剣な顔をしている。

「だって、トランクくらいなら、買えるだろうに」

「ほしいのは、新品のトランクじゃなくて、由緒あるしろものなんだ。保証つきの逸品だよ」

「おーい、ポアロ、ちょっと冗談の度がすぎるぞ。からかうのも、ほどほどにしてくれ」

ポアロはわたしの顔をみつめて、

「ヘイスティングズ、きみにはシンプソンのような知能や想像力が欠けているんだな。いいか、こういうことなんだ。れいの水曜日の夜、シンプソンは料理人のミス・ダンを外へおびきだした。名刺や業務用の便箋なんてものは簡単に印刷屋で刷らせることができるし、計画を成功させるためとあらば、百五十ポンドの金と一年ぶんの家賃をだすくらいは苦にならん。ミス・ダンには相手の正体がみぬけなかった。あごひげと大きな帽子、それと、かすかな植民地なまりのせいで、本人はすっかりだまされてしまったわけさ。これで、水曜日にやる仕事はすんだ。ただし、シンプソンが五万ポンド相当の有価証券をすでに横領してしまったという些細な事実をのぞけば、の話だがね」

「シンプソン？　だって、犯人はデイヴィス……」

「まあ、おとなしく、あとの話をきいてくれないか、ヘイスティングズ。シンプソンには、この有価証券の紛失が木曜の午後には発覚することがわかっていたんだ。それゆえ、木曜日には銀行に出勤せず、デイヴィスが昼食をとりに外へでてくるのをひそかに待ちかまえていた。そうして、おそらく、有価証券を横領したのは自分なんだと告白し、あの証券はおまえに返すから、とでもデイヴィスにいったんだろう。ともあれ、言葉たくみに口説いて、デイヴィスをクラパムのトッド家までつれてきてしまった。当日は、さいわい、メイドが休みの日だし、トッド夫人は特売場へでかけてしまっていたから、家には、だれもいない。さて、拐帯事件が発覚し、デイヴィスが姿をくらましたばあい、これがどのように解釈されるか、それはもう歴然としている。犯人はデイヴィスだ、ってことになるわけさ！　シンプソンの身はまったく安泰で、翌日は、世間が想像している実直な銀行員らしく悠然と出勤すればいい、という寸法だ」

「それで、デイヴィスのほうは？」

ポアロは、思わせぶりなジェスチャーを披露し、おもむろに首をふってみせる。

「まあ、あまりにも残忍な話で、信じがたい気もするが、これ以外には説明のしようがないだろうな。だいたい、殺人犯にとって難題のひとつは、死体をいかに処理するか、ということだ。この点、シンプソンは事前に巧妙なプランをたててあった。調査をすすめている途中、わたしがとっさに変だと感じたのは、問題の晩、イライザ・ダンは、外出さきから家に帰ってくるつもりでいたはずなのに……桃のシチューの件を話題にしていたというのが、その証拠じゃないか……本人のトランクには、カーター・パターソンがこれをとりにきたさい、すでに中身がつまっていた、ということだ。このカーター・パターソンに金曜日にきてくれと連絡したのは、ほかならぬ、シンプソンであり、木曜日の午後、トランクに紐をかけたのも、やはり、シンプソンだ。こうすれば、ぜったいに怪しまれるおそれはない。料理人が、つとめさきの家をでてしまって、あとから、自分のトランクをとりよせる。このトランクは、きちんと荷札をつけ、本人の名前で、おそらくは、ロンドン近郊の駅あてに発送しておく。しかるのち、土曜日の午後、オーストラリア人に変装したシンプソンは、これを駅でうけとって、荷札をつけかえ、またもや〝駅止め〟の形で、どこか、べつの場所へ発送しなおす。万が一、官憲が、しかるべき理由にもとづいて、不審の念をいだき、このトランクをあけてみたにせよ、つきとめられる事実は、せいぜい、これはあごひげをはやしたオーストラリア人ふうの男がロンドンちかくの駅から発送したものだ、というだけのことだろう。このトランクがプリンス・アルバート・ロード八十八番地の家と関係があるという証拠はどこにもないんだからな。ああ、ついたぞ」

ポアロの推理は的中していた。シンプソンは、やはり、二日まえに逃亡してしまっていたのだ。だが、犯行が露見せずにすむ道理はなかった。無電による連絡で、本人はアメリカへむかって航行ちゅうのオリンピア号に乗船していることが判明した。

一方、グラスゴー駅では、ヘンリー・ウインターグリーン氏あてに発送されたブリキのトランクが駅員の注目をひき、これをあけてみると、なかには不運なデイヴィスの死体がはいっていた。

なお、トッド夫人から送られてきた一ギニーの小切手については、ポアロはこれを現金にかえようとはしなかった。それよりも、額縁にいれて、居間の壁にかけておくことにした。

「わたしにとって、こいつはささやかな記念品だよ、ヘイスティングズ。平凡な人物……品のない人物も、これを軽視することは厳禁だ。かたや、姿をくらました家事奉公人……かたや、冷酷非情な殺人犯。いやあ、今回の事件は、また、屈指の怪事件だった」

二重の罪
Double Sin

　ポアロの部屋に立ちよってみると、やはり、本人はひどい過労の状態だった。なにぶんにも、名探偵のポアロは、近ごろ、たいへんな人気者になってしまったせいで、だいじなブレスレットをどこかへおき忘れたとか、ペットの子猫が行方不明になった、などといって、富豪のご婦人がたが、つぎつぎに彼のところへ押しかけてくるのだ。くわえて、ポアロ自身、フランダース人特有の節倹の精神と芸術家肌の情熱をあわせもつ奇妙な性格であるため、最初に芽生えた本能のほうに負けて、自分にはほとんど興味のない事件をいくつもひきうけてしまう。

　さらに、もちこまれた事件がいささか異常だというだけの理由で、金銭的には報酬がすくない、あるいは、まったくゼロのものでも、これをひきうけてしまうことがある。

その結果、こんなふうに、つい過労になってしまうわけだ。この点はさすがに自覚しているので、本人を説得し、一週間ほど休暇をとって、南海岸にある有名な保養地、エバーマスまで同行させるのはわりに簡単だった。

エバーマスでは快適な生活を送っていたのだが、四日目、ポアロがわたしのところへやってきた。みると、手には、開封した一通の手紙をもっている。

「ねえ、きみ、わたしの友人のジョゼフ・アーロンズのことはおぼえているだろう？芸能プロダクションの経営者だよ」

しばらく考えてから、うなずいてみせた。ポアロの知人たるや、すこぶる数が多く、その種類は清掃員から貴族にいたるまで多岐にわたっているのだ。

「ところで、このジョゼフ・アーロンズは、目下、チャーロック・ベイにいるんだが、健康を害しているうえに、どうやら、ちょっとした面倒な問題で頭をなやましているらしい。それで、できたら、わたしにきてほしい、というんだ。どうも、この頼みには応じてやらざるをえない。なにしろ、気立てのいい誠実な友人で、以前、ずいぶん世話になったことがあるんでね」

「きみがそう思っているんなら、いいじゃないか。チャーロック・ベイは風光明媚な地だそうだけど、ぼくも、たまたま、ここにはまだ一度もいったことがないんだよ」

「ならば、ビジネスとレジャーを兼ねられるってわけだ」と、ポアロ。「列車のほうは、きみがしらべてくれるだろう？」
「それはかまわないけど、たぶん、途中で一回か二回、のりかえることになるぜ」といって、わたしは顔をしかめた。「ローカル線というのはちょっと不便だからね。サウス・デボンの海岸地方からノース・デボンの海岸地方までいくのに、ときには、一日がかりになってしまうばあいがある」
だが、しらべてみると、のりかえはエクセター駅での一回だけで、列車そのものはかなり上等だということが判明した。このニュースをはやくポアロに知らせてやろうと、いそいでホテルへもどる途中、偶然、〈スピーディー観光バス会社〉の営業所のまえをとおりかかると、つぎのような文面のポスターが目にとまった。

チャーロック・ベイ行きの日帰り観光ツアー。バスの出発は明朝の八時半。デボン州の美しい風景が満喫できます。

わたしは、このツアーの内容を係員にたずね、張りきって、ホテルへもどってきた。ところが、残念ながら、ポアロはなかなか乗り気になろうとはしない。

「きみは、また、なんでこんな観光バスなんぞに夢中になるんだい？　列車のほうが安全じゃないか。タイヤがパンクするなんてことはないし、事故もめったに発生しない。なによりも、風が吹きつけて困るなんてことがない。窓をしめてしまえば、すきま風ははいってこないんだから」

これにたいして、わたしは婉曲に意見をのべた。バス旅行でいちばんの魅力は新鮮な空気を吸えることだ、と。

「だけど、もし雨が降ったら？　イギリスの天候ってやつはまったく不安定だからな」

「バスには、ちゃんと、屋根なんかがついているよ。それに、ひどい雨ならツアーは中止になる」

「そうか！　だったら、ぜひ雨になってもらいたいもんだな」

「もちろん、そこまでいうんなら……」

「いや、いや、ちがうよ。きみは、もう、その気になっているんだからね。さいわい、りっぱなオーバーと、マフラーも二枚、もってきてあるし」ポアロは溜め息をもらして、

「それにしても、チャーロック・ベイについてから、時間的に余裕はあるのかな？」

「まあ、むこうでは一泊しなきゃまずいだろうね。ツアーのコースはダートムアのほうへまわって、昼食はモンカンプトンでとる。目的地のチャーロック・ベイにつくのは午

後四時ごろで、バスは五時に帰途につき、ここには十時にもどる予定になっている」

「なるほど。世間には、こんな観光旅行がたのしいという連中もいるわけか！　ところで、われわれのばあい、帰りのバスにはのらないいんだから、当然、料金は割引きになるんだろうな」

「そうはなりそうもないね」

「いちおう、きいてみるべきだ」

「まあ、けちなことはいうなよ、ポアロ。きみは、金をしこたまかせいでいる身じゃないか」

「いや、吝嗇《りんしょく》うんぬんといったことじゃなくて、これはビジネス意識の問題だ。たとえ億万長者であっても、筋のとおった金額しか払わんよ、わたしは」

だが、わたしの予想どおり、この点にかんするポアロの主張は通用しなかった。観光バス会社の営業所で乗車券を売っている男は、まったく冷静で、しかも、おそろしく頑固だった。この観光ツアーに参加を希望される以上、帰りも行動をともにしてくれなければ困る、というのだ。チャーロック・ベイまでいって、あとは自由行動をとりたいというのなら、むしろ、料金は割りましになるのが常識だ、という意味のことまで口にした。

さしものポアロも、これには太刀打ちできず、規定の料金をはらって、営業所をでた。

「イギリス人には経済観念が欠けているんだ」と、ポアロは不平を鳴らす。「そういえば、気がつかなかったか、ヘイスティングズ？　ひとり、若い男で、料金は全額はらいながら、途中のモンカンプトンでバスをおりてしまう、というのがいたじゃないか」

「さあ、気がつかなかったね。じつのところ……」

「あの若い美人のほうに目をうばわれていたんだな。われわれのとなりの座席の五番を予約した女性だよ。ふーむ、やっぱり、にらんだとおりだ。それでもって、わたしが十三番と十四番の座席をとろうとしかけたとき……ここなら、車内の中央部だし、風もまともにうけずにすむと思ったんでね……いきなり、強引にでしゃばって、三番と四番のほうがいい、といったわけか」

「へんな勘ぐりはやめてくれよ、ポアロ」わたしは恥ずかしくなった。

「あの女性、とび色の髪だったな。れいによって、とび色の髪か！」

「ともかく、おかしな若い男のほうよりは目の保養になるからね」

「それは見方によりけりだな。わたしには、その青年のほうが気になった」

ポアロの口調には、なんとなく意味ありげなひびきがこもっているので、わたしはすばやく彼のほうをみた。

「どうして？　どういう意味だい？」

「まあ、そんなに、むきになりなさんな。気になったのはね、この青年、口ひげをはやそうとしていながら、それにまだ成功していないからだよ」

ポアロは、ご自慢の口ひげをいとおしげになでてから、つぶやくようにいう。

「口ひげをはやすのは一種の特殊技能なんだ。だから、このことで努力している連中をみると、つい共感をおぼえるってわけさ」

ポアロの相手をしていると、本人ははたして真剣なのか勝手に冗談をいっているだけなのか、理解に苦しむばあいが多い。この場は、もう、会話を打ち切るのが無難だと、わたしは判断した。

翌日は、朝から晴れて、太陽がさんさんとかがやいていた。すばらしい好天気である。にもかかわらず、ポアロはまことに慎重だった。厚手の背広を着ているのに、ウールのチョッキとレインコートと厚手のオーバーを着こみ、マフラーを二枚も首にまくという念のいれようだ。また、出発まえには、流感の予防薬を二錠のんだうえ、おなじ錠剤をもっていくことにした。

われわれの手荷物は小型のスーツケースが二個だった。昨日、目にとまった若い美人は、小型のスーツケースを一個、ポアロの共感の対象となったとおぼしき青年も、同様である。このほかには、手荷物がない。四個のスーツケースはバスの運転手が車内にはこびこんでくれた。乗客は全員、めいめいの座席についた。

ポアロは、わざと意地わるく……と思ったのは、こちらの邪推かもしれないが……〝きみは新鮮な空気のマニアだから〟との理由で、わたしを窓ぎわの座席にすわらせ、自分はさっさと美女のとなりの席に腰をすえてしまった。しかし、やがて、ポアロはこんな行為のつぐないをした。六番の席についているのは口数の多い男で、やたらと軽薄な冗談をいいたがるので、ポアロは、となりの女性に、席をかわってあげましょうか、と小声でいってやったのだ。相手はポアロの申し出をありがたくうけいれた。そうして、座席の交換がすむと、彼女はわれわれと話をするようになり、まもなく、三人とも陽気に雑談をはじめた。

この若い女性は、メアリー・デュラントという名前だった。年齢《とし》は、みたところ、せいぜい十九くらいだろう。それに、童女のような純情な印象をあたえる。雑談をはじめて間もなく、こんどの遠出の目的を彼女はわれわれに打ちあけた。その話によると、エバーマスで風流な古美術品店をいとなんでいる叔母にたのまれた用事をはたすためにチャーロック・ベイまでいくらしい。

エバーマスにいる叔母は、ミス・エリザベス・ペンという初老の女性で、父親が死亡したことにより、一時はかなり落ちぶれた生活を送っていた。だが、そのうち、手もちの小額の資金と父親の遺産ともいうべき莫大な量の古美術品を活《い》かして、現在の商売をはじめた。これが意外な成功をおさめ、業界でも名が知れるようになった。メアリー・デュラントはこの叔母の家に住みこんで、商売のこつを習得している身で、いまでは仕事の妙味にすっかり魅了されてしまい、子どもの家庭教師や老婦人の話し相手なんかになるよりは、こちらのほうが断然いい、と思っている。

以上のような打ちあけ話をきくと、ポアロは、同意するようにうなずいてみせ、気どった口調でいった。

「いまのご商売、今後も、かならず繁栄の一途をたどるでしょう。ただし、ひとこと、ご忠告しておきたい。他人《ひと》を信用しすぎるのは禁物だ、ということです。世間には、いたるところに無頼漢やヤクザ者がいる。げんに、このバスのなかにだって、そういう手合いがいるかもしれない。肝心なのは、つねに警戒をおこたらず、なにごとも疑いの目でみることとです」

メアリー・デュラントは唖然としたようにポアロの顔をみつめる。ポアロは心得顔でうなずいて、

「いや、じっさいに、そうなんですよ。ひょっとすると、いま、こんなことをいってい

る当人が極悪な犯罪者かもしれんのですからね」

驚愕の表情をうかべた相手の顔をみて、ポアロはいちだんと目をかがやかせた。

バスは、乗客が昼食をとるため、モンカンプトンで停車した。ポアロは、ボーイとちょっと話をかわし、ホテルの食堂の窓ぎわに三人用の小さなテーブルを確保してしまった。外をみると、ひろい中庭に大型観光バスが二十台ばかり駐《と》まっている。全国の各地からやってきた観光バスだ。食堂は満員で、なかの騒音はすさまじい。

わたしは顔をしかめて、ぼやいた。

「レジャーをたのしもうという精神も、ここまでくると、まるで気ちがい沙汰だね」

「最近は、エバーマスも、夏はひどいんですよ」と、メアリー・デュラントもおなじ意見をのべる。「叔母の話だと、以前はそうじゃなかったんだそうですけどね、いまでは通行人が数が多すぎて、歩道がやっと歩けるありさまですもの」

「しかし、地元の商店にとっては好都合でしょう」

「あたしたちのところのようなお店には、べつに影響はありませんわ。うちで売っているのは、めずらしい貴重品ばかりで、安っぽい骨とう品のたぐいはあつかわないんです。叔母のばあい、お得意さんは全国にいましてね、たとえば、特定の時代のテーブルや椅子、古陶器なんぞをほしいという方は、手紙で注文してこられるので、叔母は、かなりの時間がかかっても、こうした注文の品を手にいれてあげる。げんに、こんどのばあいも、そうなんです」

わたしとポアロが興味をそそられた表情をみせたので、メアリー・デュラントは、さらに言葉をつづけて、具体的に話をはじめた。お得意さんのなかに、ひとり、J・ベイカー・ウッド氏というアメリカ人がいて、このひとは古い細密画の鑑定家およびコレクターである。ごく最近、かなり貴重な細密画の画集が一冊、市場にでたので、叔母のミス・エリザベス・ペンはこれを購入し、ウッド氏に手紙をだして、この物件の特色と値段を知らせた。すると、ウッド氏からは即座に返事がきた。その細密画が記述どおりのものであれば、すぐにも買いたいと思うから、小生がいま滞在ちゅうのチャーロック・ベイまで、いちおう、だれかに現物を持参させてほしい、というのだ。そこで、店の代理人の役をおおせつかって、ミス・メアリー・デュラントが派遣されることになったわけである。

「たしかに、すばらしい芸術品ですよ」と、メアリー・デュラントはいう。「けれど、これにそんな大金をはらうひとがいるなんて、ちょっと信じられないわ。なにしろ、値段は五百ポンド！　すごいわ！　作者はコズウエイなんです。ええと……コズウエイでいいのかしら？　あたし、こういうことになると、じきに頭がこんがらがってしまっ

て」ポアロはにやりと笑いながら、

「まだ、経験不足のようですな」

「ぜんぜん教育をうけてないんです」メアリー・デュラントは憂うつそうない方をする。「子どものころ、古美術品の知識が身につくような環境でそだったわけではないので、これからがたいへんですわ」

メアリー・デュラントは溜め息をついた。それから、急に、ぎくっとしたように目をみはった。彼女は、窓に面した椅子にすわっていたのだが、視線をこの窓から中庭のほうにうつすなり、早口でなんとかつぶやいて、椅子から立ちあがり、駆けるようないきおいで部屋からとびだしていった。が、ほどなく、はあはあ息を切らしながら、もどってきた。

「ごめんなさい。急に、とびだしたりして。なんだか、バスのなかから、あたしのスーツケースをもってでていく男の姿がみえたような気がしたんです。でも、追いかけていってみたら、本人のものでした。そのスーツケース、あたしのとそっくりなんです。ほんとに、あたしって間ぬけなのね。相手を泥棒あつかいしちゃったみたいで」

照れかくしに、メアリーは笑い声をあげた。

ところが、ポアロは笑わない。

「どんな男でした？　ひとつ、人相や特徴をおしえてください」

「茶色の背広を着た、若い男です。やせて、ひょろんとして、うっすらと口ひげをはやしていましたわ」

「そうか。きのうの男だぞ、ヘイスティングズ。で、お嬢さん、その若い男は知っているんでしょう？　まえに会ったことがあるんじゃないですか？」

「いいえ、一度も。なぜですの？」

「いや、べつに。ちょっと気になっただけです」

このあと、ポアロは、だまりこんでしまい、もう会話にくわわろうともしなかった。だが、そのうち、メアリー・デュラントが口にしたことが注意をひいたらしく、彼女にたずねた。

「ええっ、いま、なんといわれました？」

「帰りには、あなたのおっしゃる〝極悪な連中〟に気をつけなくちゃ、といったんです。ウッドさんという方はいつも現金で買ってくださるそうですので、五百ポンドものお札をもっていたら、どこかの悪人に目をつけられるかもしれませんからね」

こういって、メアリー・デュラントは笑い声をあげた。だが、ポアロのほうは、今回も表情を変えようとはしない。そのかわりに、チャーロック・ベイでは、どこのホテルに泊まる予定かと彼女にたずねた。

「アンカー・ホテルです。ここは、小さくて、安いわりには、設備がいいんですよ」

「ほほう！　アンカー・ホテル、ね。ここにいるヘイスティングズも、やはり、そこを予約してあるんです。まったくの偶然ですな！」

わたしのほうをみやって、ポアロは目をかがやかせた。

「チャーロック・ベイには、ながく滞在なさるんですの？」

「いや、一晩《ひと》だけです。ちょっと、そこで用事がありましてね。といっても、わたしの職業はなにか、想像はつかんでしょうな」

メアリー・デュラントは、ためしに、可能性のある職業をいくつか頭に思いうかべたようだが、自信がもてないらしく、いずれもボツにしてしまった。そのうち、こうなったら、一か八か当てずっぽうでかまわないと肚をすえて、手品師だろう、と突拍子もないことをいいだした。この言葉をきくと、ポアロは愉快でたまらなくなった。

「いやはや、これは傑作だ！　それじゃあ、帽子のなかからウサギをだしてみせる男だというわけですな。いや、ちがいますよ、お嬢さん。このわたしはね、手品師とは逆なんです。手品師は、品物を消してしまう。わたしのばあいは、姿のみえなくなった品物をふたたび登場させる」吐いたセリフの効果をつよめるべく、ポアロは芝居がかった身ぶりで上体をまえにのりだした。

「このことは秘密なんだが、まあ、おしえてあげましょう。じつは、わたし、私立探偵なんですよ！」

相手にあたえた効果のほどに満足して、ポアロは椅子のなかで大きくそりかえった。メアリー・デュラントは呆然とした表情で、ポアロの顔を凝視している。だが、会話はここで中断される羽目になった。外に駐《と》まっている観光バスが、これから出発するという合い図に、いっせいにクラクションを鳴らしはじめたからだ。

ポアロと肩をならべてバスのほうへ歩いていく途中、わたしはメアリー・デュラントの魅力について感想をのべた。

「うん、たしかに、チャーミングだ」と、ポアロ。「ただし、お脳がよわいことも事実だな」

「お脳がよわい？」

「怒っちゃいかん。美貌で、とび色の髪をした女性でも、お脳のほうがよわいばあいもあるんだから。だいたい、あんなふうに赤の他人ふたりに秘密を打ちあけるなんて間抜けの最たるものじゃないか」

「でも、われわれなら信用できると思ったのかもしれん」

「そんなふうに解釈するなんて、それこそ愚の骨頂だよ、ヘイスティングズ。有能な人間は、だれでも、信用できそうな印象をあたえるものなんだ。あの彼女、五百ポンドの金をもらったら、気をつけなくちゃいけないなんていっておったが、もう、その五百ポンドはもち歩いているんだ」

「細密画という形でね」

「しかり。細密画という形でだ。もっているものがどっちにせよ。大差はないわけだよ」

「だけど、このことを知っているのは、われわれふたりだけなんだぜ」

「いや、ほかに、食堂のボーイや、となりのテーブルにいた連中の耳にもはいっているだろう。それから、きっと、エバーマスにも、知っている人間が何人かいるはずだ！　メアリー・デュラント……彼女は、たしかに美人だよ。だがね、もし、このわたしがミス・エリザベス・ペンだったら、新米の助手にはまず第一に常識的な判断力を身につけさせる教育をするだろうな」

ここで、いったん言葉を切ると、こんどは口調をかえて、ポアロはさらに話をつづける。

「あのね、きみ、乗客たちが昼食をとっている最中、あそこの観光バスのうちの一台のなかからスーツケースをもちだすことくらい、いとも簡単にやってのけられるよ」

「ええっ！　なにをいうんだ、ポアロ。そんな現場は、だれかにみられてしまうにきまっている」

「みられたって、かまうことはない。自分の手荷物をだしているんだと、他人《ひと》には、そう思われるだけなんだから。それも、正々堂々とやれば、だれからも干渉される筋合いはないわけだ」

「それじゃ……ポアロ……きみがいいたいのは……れいの茶色の背広を着た男が……いや、だけど、これは本人のスーツケースだったというじゃないか」

ポアロは眉をひそめて、

「まあ、そうらしいな。それにしても、おかしいとは思わんかね、ヘイスティングズ。自分のスーツケースなら、なぜ、もっとはやく……バスがここへついたときに……もちださなかったのか？　その男、ここでは昼食をとらなかったんだぜ」

おもむろに、わたしはいった。

「そういえば、あそこの食堂で、ミス・デュラントが窓にまむかいの席にすわっていなければ、その男の姿は目にとまらなかったはずだな」

「しかし、これは本人のスーツケースだったんだから、べつに問題はなかったわけだ。したがって、もう、この件は念頭から排除することにしよう」

とはいったものの、車内の席にもどって、バスがまた走りだすと、ポアロは、この機をとらえて、軽率な言動はつつしんだほうがよいとメアリー・デュラントに訓戒をたれてやった。これを、彼女はいちおう柔順にうけとめてはいたが、内心ではさほど重大なことではないと思っているような感じがうかがわれた。

チャーロック・ベイには四時に到着し、さいわい、アンカー・ホテルに部屋がとれた。目抜き通りの脇道にある感じのいい古風なホテルだった。

ポアロがスーツケースから身のまわり品をいくつかとりだして、口ひげにポマードをぬり、ジョゼフ・アーロンズのもとを訪れる準備をしているとき、あわただしくドアをノックする音がした。

「はい、どうぞ」

と、わたしが大声で応答すると、おどろくなかれ、メアリー・デュラントがはいってきた。顔面は蒼白で、目には涙が光っている。

「どうも、すみません。じつは、そのう……たいへんなことになってしまったんです。さっきは、たしか、私立探偵だとおっしゃっていましたね？」最後の言葉はポアロにたいするものだった。

「いったい、どうなさったんですか？」

「スーツケースをあけたところ、びっくりしてしまいました。れいの細密画はワニ皮のアタッシェケースにいれてあったんです。もちろん、ちゃんとカギをかけて。それが、みてください！」

メアリー・デュラントはワニ皮の四角いケースをまえにさしだした。ケースの蓋はゆるんでいる。ポアロはケースを手にとってみた。そうとうな力で強引にこじあけたらしく、その証拠は歴然としている。ポアロは、じっくり眺めて、うなずいてから、たずねた。

「で、なかの細密画は？」

もっとも、その答えは、わたしもポアロも、すでに読めていた。

「ありません。盗まれてしまったんです。うーん、どうしたらいいかしら？」

「まあ、心配はご無用」わたしはいってやった。「ここにいるのは、エルキュール・ポアロです。うわさは、あなたもきいておられるでしょう。このひとなら、かならず、とりもどしてくれますよ」

「ムッシュー・ポアロ？　あの有名なムッシュー・ポアロですの？」

ポアロも、虚栄心はつよいほうだから、相手の口調から敬意を感じとって、ご満悦のようすだった。

「そうですよ」と、ポアロ。「かく申す小生が、そのエルキュール・ポアロです。したがって、こんどの一件はわたしにまかせてくだされればよろしい。やれるだけのことはやってみます。ただ、遺憾ながら……まことに遺憾ながら……すでに手おくれかもしれない。ええと、スーツケースの錠《ロック》もこじあけてあったんですか？」

メアリー・デュラントは首を横にふる。

「ならば、みせてください」

いっしょに彼女の部屋へいって、ポアロは問題のスーツケースを仔細にしらべてみた。これは、まぎれもなく、カギであけたものだった。

「こんな仕事は楽にできますよ。この手のスーツケースには、だいたい、おなじ型の錠《ロック》がついているんだから。ともかく、警察には通報しなきゃならん。それと、ベイカー・ウッド氏にも、できるだけ早急に連絡しておく必要がある。こちらのほうは、わたしがやりましょう」

わたしはポアロと同行することにきめた。その途中、すでに手おくれかもしれない、とはどういう意味かときいてみた。

「いやあ、あのとき、こういってやったじゃないか。わたしは、手品師とは逆で、姿のみえなくなったものをふたたび登場させるんだ、とね。ただし、だれかに先手を打たれてしまったおそれもある。といっただけじゃ、わからんかね？　まあ、じきにわかるさ」

ポアロは路傍の電話ボックスのなかにはいっていった。それから五分後、外にでてきたときの表情はすこぶる深刻だった。

「やっぱり、案じていたとおりだよ。三十分ほどまえ、ひとりの女性が、問題の細密画をたずさえて、ウッド氏のもとを訪れ、ミス・エリザベス・ペンの代理でやってまいりましたと、そういった。おまけに、ウッド氏は、この作品が気にいったので、代金はその場で支払った、とのことだ」

「三十分まえ、だとすると……バスがここへつくまえだな」

ポアロはなんとも不可解な笑みをうかべて、

「あの〈スピーディー観光〉のバスは、たしかに、スピーディーだよ。しかし、文字どおりスピードのでる乗用車で、たとえば、モンカンプトンあたりからとばしてきたばあい、バスよりは、すくなくとも一時間はまえにここへつくはずだ」

「それじゃあ、これから、どうする？」

「さすがは有能なるヘイスティングズで、その言動はつねに実践的だな。まずは、警察へ連絡し、つぎは、ミス・メアリー・デュラントのために最大限の努力をする。それには……そう、ベイカー・ウッド氏に会ってみることがぜったいに肝要だ」

われわれはこの方針を実行にうつした。メアリー・デュラントは、気のどくに、すっかり度をうしない、叔母に怒られるだろうと恐れおののいていた。

ベイカー・ウッド氏が泊まっているシーサイド・ホテルへおもむく途中、ポアロは意見をのべた。

「むろん、ただじゃすまんだろうな。怒られるのは当然だ。そもそも、五百ポンドもの貴重品をスーツケースにいれっぱなしで食事にでてしまうなんて、非常識もはなはだしい！　それにしても、今回の事件には、若干、腑におちない点がある。たとえば、れいのアタッシェケースだが、あれをこじあけた理由はなにか、という点だ」

「なかの細密画を盗みだすためだろう」

「しかし、それは愚劣なんじゃないか。かりに、犯人は昼食どき、さも自分の手荷物をとりだすようなふうをよそおって、彼女のスーツケースにそっと手をつけたと仮定しよう。そのばあい、わざわざ時間をかけて錠《ロック》を強引にこわしたりするよりは、むしろ、このスーツケースをカギであけ、なかのアタッシェケースはそのまま自分のスーツケースにうつしかえて、逃げてしまうほうがずっと簡単なはずじゃないか」

「ねらっていた細密画がちゃんとアタッシェケースのなかにはいっているかどうか、それを確認しなきゃ気がすまなかったんだろう」

わたしがこういっても、ポアロはまだ納得のいかない顔をしている。だが、このときはすでにウッド氏の部屋へ案内されているところだったので、これ以上、おたがいに論じあう余裕はなかった。

ベイカー・ウッド氏からは、会った瞬間から、いやな印象をうけた。図体の大きい、下品な男で、服装はけばけばしく、豪華なダイヤの指輪などをはめている。おまけに、怒鳴りちらすような話し方をする。

「もちろん、不審の念なんかいだかなかったよ。だって、そうだろう？　その女は、ちゃんと、注文の細密画を持参しました、といったんだからね。げんに、こいつはすごい逸品だった！　はらった紙幣の番号は、ひかえておいたか、って？　いや、そんな面倒なことはしない。ところで、ええと……ポアロさん、か……いきなり訪ねてきて、あれこれ問いただすなんて、だいたい、おたくはどういうひとなんです？」

「いや、これ以上は、もう、なにもうかがいません。ただ、最後に、ひとつだけ、おしえてください。ここへ品物をとどけにきた女性の人相や特徴です。その女性、若い美人でしたか？」

「いいや、ちがう。答えは、断然、ノーですよ。背のたかい中年女で、髪は灰色、うすぎたない肌、ちょぼちょぼ生えかけた口ひげ。色っぽい美人か、って？　いやあ、とんでもない」

ホテルの部屋をでるなり、わたしは大声でいった。

「おい、ポアロ。口ひげ、だとさ。きいたかい？」

「おかげさまで、まだ、耳はきこえるよ」

「それにしても、あいつ、いやな感じだ」

「愛想はよくないな、たしかに」

「ともかく、これで犯人はつかまるだろう。人相や特徴はわかったんだから」

「きみって男はほんとうに単純なんだな、ヘイスティングズ。犯罪捜査の分野には、アリバイなるものがあるんだぜ」

「すると、あいつにはアリバイがあるってのかい？」

「そう思いたいね、心から」ポアロは意外な返事をする。

「きみのわるい点は、問題をわざと難解なものにしたがることだ」

「おおせのとおりだよ。わたしにとって気にくわんのは……なんといったらいいか……

のほほんと枝にとまっている鳥なんだ」

　ポアロの予言はぴったり的中していた。調査をすすめてみると、おなじバスにのっていた例の茶色の背広の男はノートン・ケインという名前で、この男はバスをおりた足でモンカンプトンのジョージ・ホテルへ直行し、午後はずっとホテル内にいた、ということが判明したのだ。この男にとって不利な証言といえば、ただひとつ、乗客が昼食をとっているとき、自分のスーツケースをバスのなかからもちだす現場をみたというメアリー・デュラントの言葉だけである
　思案にふけりながら、ポアロはつぶやいた。

「このこと自体、べつに不審な行動とはいえんしな」

　こういってから、ポアロは急にだまりこんでしまい、もう、この件については語りたくないという態度をみせた。わたしがむりに話しかけると、いまは口ひげなるものについて考えているんだ、きみもそうするほうが利口じゃないのか、といわれてしまった。

　しかし、これはあとでわかったことだが、その日の晩、ポアロは、旧友のジョゼフ・アーロンズと会い、ベイカー・ウッド氏にかんして知っていることがあったら、なんでも、おしえてほしい、と頼んだのだ。この両者は、たまたま、おなじホテルに泊まっていたので、アーロンズにとって情報の断片をかきあつめることは可能だったわけである。

だが、ここでどんな話をきいてきたのか、ポアロはそれを自分の胸中に秘めたままだった。

一方、メアリー・デュラントは、警察の担当者による事情聴取がすんだのち、翌日、早朝の列車でエバーマスへ帰っていった。われわれはジョゼフ・アーロンズと昼食をともにした。そのあとで、ポアロはわたしにこういった。あの芸能プロの経営者がかかえていた問題は円満に解決したから、いますぐにでもエバーマスにはいける、と。

「ただし、バスでじゃないぜ。こんどは、列車だ」

「要するに、すりにやられるんじゃないか、またもや、悩める乙女《おとめ》にでくわすんじゃないかと、そんな不安があるからだろう？」

「そういう災難なら、列車にのっていたって、わが身にふりかかるおそれなきにしもあらずだよ。いや、それより、一刻もはやくエバーマスへいかなきゃならん。当面の事件の調査を続行したいと思うんでね」

「当面の事件？」

「ああ、そうだとも。あのメアリー・デュラント嬢は、わざわざ、わたしのところへ助力をもとめにきたんだ。事件はもう警察のほうにまかされたからといって、こちらはすっぱり手をひいてしまっていいということにはならん。今回は、旧友をたすけるためにチャーロック・ベイまでやってきたわけだが、さりとて、エルキュール・ポアロは窮地にある他所者《よそ》をみすてた、なんてことはいわれたくない！」

大見得を切って、ポアロはぐっと胸をはってみせた。

「だって、こんどの事件には最初から関心があったんだろう」皮肉たっぷりに、わたしはいってやった。「観光バス会社の営業所で、はじめて、あの青年の姿をみたときからだ。青年のどこが気になったのか、それはわからないけど」

「わからんかね、ヘイスティングズ？　本来なら察しがついてしかるべきなのにな。まあ、いい。それはしばらく秘密にしておこう」

エバーマスに発《た》つまえ、こんどの事件の担当者である刑事とちょっと話しあってみた。刑事は、ノートン・ケインに会って、事情聴取をおこなったとのことで、本人の態度からは好印象をうけなかった、とポアロに打ちあけ話をしてくれた。ノートン・ケインは居丈高になって犯行を否認し、その供述は矛盾だらけだった、という。

「さりとて、じっさいにどんな手口をもちいたものやら、その点はかいもく見当がつきません」と、刑事はあくまでも率直だ。「ひょっとすると、現物は共犯者にわたしてしまい、この共犯者はすかさず車で逃げてしまった、とも考えられるわけですが、これはたんなる推測です。ともかく、われわれとしては、この車と共犯者をみつけだして、真相をつきとめなきゃ」

ポアロは、考えこみながら、うなずいてみせた。

列車の座席に腰をおちつけるなり、わたしはポアロにきいてみた。

「犯行の手口は、あの刑事の推測どおりなんだろうか?」

「いや、ちがうよ。手口はもっと巧妙だ」

「ならば、おしえてくれ」

「まだ、おしえるわけにはいかん。なにぶん……これは、わたしの欠点なんだが……だいじな秘密はフィナーレまで胸にひめておきたいんでね」

「そのフィナーレは、まもなく訪れるのかい?」

「ああ、もう、すぐだよ」

エバーマスには六時ちょっとすぎに到着した。ポアロは、即刻、〝エリザベス・ペン〟という標札のでている店へタクシーを走らせた。店はしまっていたが、ポアロが入口の呼び鈴をおすと、ほどなく、メアリー・デュラントがドアをあけた。われわれの姿をみたとたん、彼女の顔には驚愕と喜びの表情があらわれた。

「さあ、おはいりになって、叔母に会ってください」

メアリー・デュラントはわれわれを奥の部屋へ案内した。そこへ、初老の女性がはいってきた。白髪で、赤味をおびた白い肌、ブルーの瞳。まるで、当人が一枚の細密画のような感じだ。まえかがみの肩には、みるからに高価そうなレースのケープを羽織っている。

「この方が有名なポアロさん？」ひくい上品な声で、ミス・ペンはいう。「ちょうどいま、メアリーから話をきいていたところですの。ほんとに困ってしまいました。けど、ポアロさんにきていただければ、安心ですわ。お知恵をかしてくださいますわね？」

ひとしきり、ポアロは相手の顔をみつめてから、かるく頭をさげた。

「いやあ、マドモアゼル・ペン……おみかけしたところは、まことにチャーミングです。ただし、口ひげは、やはり、おはやしになったほうがよろしいでしょう」

ミス・ペンは、はっと息をのんで、あとずさりした。

ポアロはミス・ペンにたずねた。

「きのうは、お店を休みになさったんでしょう？」

「午前ちゅうは店にでていたんですけど、ひどい頭痛がしてきたので、自宅へ帰ってしまいました」

「自宅ではないでしょう。頭痛をなおすべく、転地療養をはかられたんじゃありませんか？　チャーロック・ベイの空気はさわやかですからね」

ここで、ポアロは、わたしの腕をとり、部屋の戸口のほうへひっぱっていった。そうして、ドアのそばで足をとめると、肩ごしにこういった。

「もう、おわかりだと思いますが、わたしにはすべて読めておるんです。こんな……つまらん茶番劇は……ここで幕にしたほうがよろしい」

ポアロの口調には凄味がこもっていた。ミス・ペンは、死人のように顔面蒼白になり、無言のまま、うなずいてみせる。ポアロは、メアリー・デュラントのほうをむいて、おだやかにいった。

「お嬢さん、あなたは、若くて、美人です。しかし、こんなくだらん事件にかかずりあったりすると、いつか、その若さも美貌も監獄の奥に封じこめられてしまう羽目になりますぞ。いや、このエルキュール・ポアロにいわせしめれば、そんな暮らしはじつに哀れですからな」

これだけいうと、ポアロは、すたすたと歩きだして、おもての通りへでた。わたしは、まごつきながら、ポアロのあとにしたがった。

「きみのいうとおり、最初から、どうも変だと思っていたんだよ」と、ポアロは話しはじめた。

「あのノートン・ケインという青年が、観光バス会社の営業所で、途中のモンカンプトンまでの切符を買ったさい、メアリー・デュラントがさっと彼に目をむけたことに気がついた。それは、なぜなのか？　だいたい、この青年、女性の目をひくような美男子じゃない。そんなわけで、バスが走りだしてから、ひょっとすると、なにか妙なことがおこるかもしれんな、という予感がした。れいのスーツケースはノートン・ケインが勝手にもちだそうとしていたようだというが、その現場をみたのは、だれか？　メアリー・デュラントだけだ。また、あそこの食堂で、わざわざ、あの席……窓に面した席をえらぶなんてのも、女性らしくない。

　しかるのち、こんどは、われわれの部屋へとんできて、だいじな細密画がぬすまれてしまった、と泣きついた。犯人はアタッシェケースの錠《ロック》をこじあけたらしいとの話だが、これは、あのとき、きみにもいったように、常識では考えられない行動だ。

　で、その結果、どうなるか？　ベイカー・ウッド氏は盗品にたいして大金をはらってしまったことになる。問題の細密画は、いずれ、ミス・ペンの手にもどり、これを他人に売却すれば、あわせて一千ポンドの金がはいるという寸法だ。なお、慎重に調査してみたら、ミス・ペンの店の経営状態は、かんばしくない……どころか、倒産寸前だということも判明した。つまり、こんどの事件は叔母と姪の共謀によるものなんだ」

「じゃあ、ノートン・ケインについては最初から疑っていなかったってわけかい？」

「そうさ。なにせ、あんな口ひげじゃないか。およそ、犯罪者というのは、ひげをきれいに剃っているか、さもなきゃ、いつでも自由にとってしまえる変装用の口ひげをはやしているものなんだ。ただし、あの狡猾なミス・ペンにとっては、まことに好都合だった。みたとおり、いかにも内気そうな初老の女で、白い肌は赤味をおびている。とはいえ、あれで、しゃきっと背すじをのばして、大きなブーツをはき、顔にちょっぴり染料でもぬりこんだうえ、最後の仕あげに、上くちびるのあたりに髪の毛をちょぼっとくっつけたら、さて、どういうものか？　男みたいな女、とウッド氏は思うだろうし、われわれだったら、〝変装した男〟と直感するところだ」

「で、あの女、きのう、じっさいにチャーロック・ベイへいったのかね？」

「その点は、まちがいない。列車は、きみがおしえてくれたとおり、ここを十一時にでて、午後の二時にはチャーロック・ベイにつく。帰りの列車は、われわれが利用したやつだが、これよりも快速で、チャーロック・ベイを四時五分にでて、ここにつくのは六時十五分だ。もちろん、あのアタッシェケースにはもともと細密画なんかはいっていなかった。こいつは、まえもって、いかにも強引に錠をこじあけられたような恰好にしておいたんだ。メアリー・デュラントのばあい、おのれの美貌と不慮の災難にあった嘆きの天使に心をうごかされる抜け作を、ふたり、物色するだけでよい。ところが、あいにく、そんな抜け作のうちの片方は、じっさいには、抜け作ではなかった。その男は、エルキュール・ポアロだったんだ！」

この推論は気にくわないので、すかさず、わたしはつっこんでやった。

「それじゃあ、他所者《よそ》をみすてるわけにはいかんといっていたときは、ぼくを故意にだましていたんだな。まさしく、それが本音《ほんね》だったのか」

「きみをだますなんて、そんなことは断じてしないよ、ヘイスティングズ。ただ、きみの勘ちがいを黙認しただけさ。あのとき、他所者《よそ》といったのは、当地に不案内なベイカー・ウッド氏のことだよ」ポアロは急に険悪な表情をうかべる。「ああ、あんな詐欺行為、あんな不当きわまる運賃、チャーロック・ベイまでの片道料金が往復のそれと同額だなんて。このことを思うと、あの外国人が気のどくで、全身の血が煮えくりかえる！　たしかに、あのベイカー・ウッド氏という人物、感じはわるい。きみがいうように、好感はもてない。だが、外国人だ！　しかり、われわれ外国人は団結せにゃいかんのだよ、ヘイスティングズ。エルキュール・ポアロは外国人の味方なんだから！」

スズメ蜂の巣

Wasps' Nest

屋外にでると、ジョン・ハリソンは、ひとしきり、ベランダにたたずんで、庭をながめわたした。大柄の男なのに、顔はげっそりとやせこけている。ふだんは、やや険しい感じのする容貌だが、いまのように、それがやわらいで、笑みがうかぶと、かなり魅力的になる。

ジョン・ハリソンはこの庭に惚れこんでいた。とりわけ、今夜のような八月の宵、いかにも夏らしい物憂い雰囲気のただよっているところは素敵だった。ツルバラはまだ美しい花を咲かせ、スイートピーの花はあたり一面に芳香をはなっている。

ぎーっという音がしたので、ハリソンは、すばやく、そちらをふりむいた。だれか、庭の木戸からはいってくる者がいる。と思った直後、顔面に驚愕の表情がうかんだ。それも道理、庭の小道をこちらへむかって歩いてくる粋な服装の人物は、およそ、こんなところで会えるとは想像もできない男だったからだ。

「いやあ、おどろいた！」ハリソンは思わず大声をあげた。「ポアロさんか！」

まさしく、相手はポアロだった。私立探偵として名声が世に知れわたっているエルキュール・ポアロである。

「さよう、わたしですよ」と、ポアロはいった。「以前、あなたはこうおっしゃったことがある。いつか、当地においでがあった折りには、ぜひ、お立ちよりください、とね。その言葉を真《ま》にうけて、うかがったしだいです」

ハリソンは心から歓迎する口調で、

「ああ、それはうれしい。ま、すわって、一杯やってください」

ハリソンはベランダにおいてあるテーブルを手でさしめした。そこには、さまざまな種類の酒壜がならんでいる。

「ありがとう」礼をいって、ポアロはテーブルのまえの籐椅子にゆったりと腰をおろした。「ええと、シロップはないでしょうな？　いや、いや、それはむりな注文だ。ならば、ただのソーダ水でけっこうです。ウイスキーはいりません」

ハリソンがグラスをそばにおいてくれると、ポアロは本音《ほんね》を吐いた。

「ああ、ひげがぐにゃぐにゃになってしまった。この暑さのせいですよ！」

「それにしても、なんで、こんな田舎までこられたんです？」自分も椅子にすわって、ハリソンはたずねた。「遊びにですか？」

「いや、仕事です」

「仕事？　こんな人里はなれたところで？」

真剣な顔をして、ポアロはうなずく。

「そうですよ。犯罪というもの、かならずしも、人口が密集している場所で発生するわけではありませんからね」

相手のハリソンは笑いだした。

「いやあ、われながら、間ぬけな質問をしてしまいましたね。だけど、ここで、どんな事件を調査なさるんです？　それとも、こういうことは、きいてはいけないんでしょうかね？」

「かまいませんよ。むしろ、きいてもらいたいくらいです」

いぶかしげに、ハリソンはポアロの顔をみつめた。相手の態度には、いささか異常なものが感じとれた。

「犯罪の調査なんでしょう？」ためらいがちに、ハリソンは問いつづける。「重大な犯罪ですか、それは？」

「いちばんの重罪です」

「それじゃあ……」

「殺人事件です」

ポアロの口調があまりにもきびしいので、ハリソンはたじろいでしまった。ポアロはハリソンの顔をひたと凝視している。その目つきも異常で、一瞬、ハリソンは言葉の接ぎ穂をうしなった形になった。だが、ようやく、思いきって発言した。

「でも、殺人事件があったなんて話はきいていませんけどね」

「そうでしょう。きいておらんはずです」

「被害者は、だれなんですか？」

「目下のところ、被害者はいません」

「ええっ？」

「だから、きいておらんはずだ、といったんですよ。現実にはまだ発生していない事件。それの調査をおこなっているんです」

「だって、そんなのは無意味じゃないですか」

「いや、さにあらず、殺人事件のばあい、それが発生しないうちに調査しておければ、発生後に行動をおこすより、断然、効果的です。うまくすれば……ちょっと頭をつかって……未然に防止できるかもしれないし」

ハリソンは相手をまじまじとみつめて、

「まじめな話じゃないんでしょう、ポアロさん？」

「いや、まじめな話です」

「じゃあ、これから殺人事件がおこると、本気でそう思っているわけですか？　なんとも、おかしな話だ！」

大声をはりあげられても、まったく意に介さず、ポアロは話をつづける。

「われわれの手で、うまく事件を未然に防止できればいいんですがね。しかり、そのことをいっているんですよ」

「われわれ？」

「さよう、〝われわれ〟です。つまり、あなたの協力が必要なんです」

「それで、わざわざ、ここにやってこられたわけですか？」

またもや、ポアロはハリソンの顔をみた。そうすると、ハリソンのほうも、またもや名状しがたい不安感にみまわれた。

「こちらにうかがったのは……そのう……あなたに好意をもっているからですよ、ハリソンさん」

と、こういったのち、ポアロはがらりと語調をかえて、

「ときに、ハリソンさん、おたくにはスズメ蜂の巣があるようですな。あれは、こわしてしまったほうがよろしい」

急に話題がかわって、ハリソンは、面くらったように眉をひそめ、ポアロの視線をたどりながら、うろたえた声で応じた。

「じつのところ、そうするつもりなんです。というより、あのラングトンがやってくれるんです。クロード・ラングトンのことは、おぼえているでしょう？　このまえ、ディナー・パーティーの席でお会いしたさい、いっしょにいましたものね。そう、たまたま、今晩、ラングトンがあの巣を撤去しにくるんです。こういう仕事は得意だなんて、本人はうぬぼれていますよ」

「ほほう！　で、方法は？」

「ガソリンと園芸用の噴霧器をつかって、やるんです。噴霧器は自分のをもってきます。わたしのやつよりサイズが手ごろなんですって」

「べつの方法もあるんでしょう？」と、ポアロはきいた。「たとえば、青酸カリでもつかって」

ハリソンはいささか愕然としたような表情をうかべた。

「ええ。でも、あれは危険なものですし、うっかり、そのへんにおいておけませんからね」

ポアロは、おもおもしく、うなずいてみせた。

「そう。これは致死性の劇薬です」すこし間をおいてから、きびしい口調で、おなじ言葉をくりかえした。「致死性の劇薬です」

「いやらしい義理の母親を殺してしまいたいというばあいには、重宝ですね」笑い声をあげて、ハリソンは冗談をいった。

だが、ポアロのほうは真剣な表情をくずさない。

「それで、ラングトンさんがガソリンをつかってスズメ蜂の巣を処分しようとしているのは、たしかなんでしょうね？」

「もちろん、たしかです。なぜ、そんなことを？」

「ちょっと気になっていることがあるんです。じつは、きょうの午後、バーチェスターの薬局へいったんですが、ここで買った品物のうち、ひとつ、劇薬購入者名簿にサインしなきゃならんものがありましてね。そのさい、名簿のいちばん最後の記入事項が目にとまった。それによると、買った品物は青酸カリで、サインした客の名前はクロード・

ラングトンなんですよ」

ハリソンは目をみはって、

「それは、おかしい。ラングトンは先日、青酸カリなんか使用する気は毛頭ない、といっていたんですからね。げんに、この種の劇薬を安直に売るのは禁物だ、ともいっていたくらいです」

ポアロは庭に咲いているツルバラのほうへ視線をうつした。それから、すこぶる冷静な声でたずねた。

「あなた、ラングトンには好意をおもちなんですか？」

ハリソンはぎくっとした。予期せぬ質問で虚をつかれたようだった。

「いやあ……そのう……ええ、好意はもっていますよ。当然でしょう？」

ポアロはやんわりといった。

「はたして、どうか、気になっただけです」

これにたいする応答がないので、ポアロはさらにいいそえた。

「また、ラングトンのほうがあなたに好意をもっているかどうか、その点も気になりましてね」

「いったい、なにをいいたいんですか、ポアロさん？　あなたの考えていること、さっぱり見当がつきません」

「ならば、忌憚《きたん》なく申しあげましょう。あなたは婚約なさっていますね、ハリソンさん。相手のミス・モリー・ディーンは、わたしも面識があります。たいへんチャーミングで、たいへんな美人です。ところが、彼女、あなたと婚約するまえは、クロード・ラングトンと婚約している仲だった。つまり、あなたのために、ラングトンをふってしまったわけですな」

　ハリソンはうなずく。

「その理由については、あえて詮索しません、きっと、本人にとっては、しかるべき理由があったんでしょう。ただし、これだけは申しあげておきますが、当のラングトンはこの件をまだ忘れていない、あるいは、水に流していない、と想像するのは勘ぐりすぎではありません」

「それは誤解ですよ、ポアロさん。ぜったいに誤解です。ラングトンというのは、むかしから、スポーツマン的な男で、なにごとにおいても、いさぎよくふるまう。ぼくにたいしては、いまだに、おどろくほど親切で……わざわざ懇意にしてくれているんです」

「そんなところが変だとは思いませんか？　あなたは、いま、〝おどろくほど〟という表現をもちいられたが、じっさいに、おどろいているようにはみえませんがね」

「そりゃあ、どういう意味ですか、ポアロさん？」

「それはですね」ここで、ポアロの語調がまた変わった。「人間、適当な時期が到来するまで内心の憎悪はかくしておける、ということです」

「憎悪？」首を横にふって、ハリソンは笑いだした。

「だいたい、イギリス人は、頭がわるいから、自分は他人《ひと》をだますことができるが、他人《ひと》からはだまされない、と思っている。スポーツマン的な男……善良な男。こういう人物はぜったいに悪事をはたらかない、と、そう信じこんでいる。くわえて、勇敢ではありながら根が愚直なるがゆえに、べつに生命《いのち》をおとす必要はないときでも、あたら生命をおとしてしまうばあいがある」

「さては、ぼくに警告しているんですね」ハリソンは小声でいう。「いまになって、やっと、わかりましたよ。ずっと不審に思っていたことがね。クロード・ラングトンには用心しろ、といっているわけだ。きょう、わざわざ、ここへやってきたのは、用心のために……」

ポアロがうなずいてみせると、ハリソンはやにわに立ちあがった。

「だけど、あなたのいうことは気ちがいじみていますよ、ポアロさん。ここは、イギリスなんです。このイギリスでは、そんなことはおこりません。いくら、結婚をことわられて失望した男でも、ひとの背中をナイフでつき刺すとか、毒殺をはかるとか、そんなまねはしない。ともかく、ラングトンにかんするかぎり、あなたは誤解している。あいつはハエ一匹も殺したがらない男なんですから」

「ハエの生命など、わたしには関心がありません」平静な声で、ポアロはいった。「ただ、あなたは、そうやって、ラングトンはハエも殺さない男だとおっしゃっていながら、その当人が、いま、数千匹のスズメ蜂を抹殺する準備をしている、ということを失念してしまったようですな」

ハリソンは、すぐには、応答しない。こんどは、ポアロが威勢よく立ちあがった。ついで、ハリソンのそばに歩みより、彼の肩に手をのせた。いらだっているせいか、相手の大きな体をゆさぶらんばかりだった。そうしながら、ハリソンの耳もとで叱咤するようにいった。

「さあ、しっかりするんですよ。しっかり目をひらいて、あそこをみてごらんなさい。あの土手のあたり、あの立木の根もとのそばです。ほれ、スズメ蜂が巣にもどってくる光景がみえるでしょう。一日の生活をおえて、のんびりと、ね。やがて、あの巣は破壊されてしまうのに、連中はそれを知らない。だれも、おしえてくれないからです。どうやら、連中の世界にはエルキュール・ポアロなる人物がおらんらしい。いいですか、ハリソンさん、わたしは、仕事でここへやってきたんです。殺人事件の調査が、わたしの仕事なんです。また、事件は、発生後はもとより、発生するまえにも、これを調査せねばならんわけです。それで、ラングトンさんは、何時ごろ、あの巣を処分しにくるんですか？」

「ラングトンは、ぜったいに……」

「ここにくる時間は？」

「九時です。だけど、あなたの考えているようなことじゃありませんよ。ラングトンにかぎって、ぜったいに……」

「まったく、イギリス人ときたら、どうしようもない！」

激した口調で叫ぶと、ポアロは、自分の帽子とステッキをつかんで、庭の小道をすたすた歩きだした。途中で、ふっと足をとめ、肩ごしに声をかけた。

「あなたと議論しても、仕方ありません。いたずらに腹がたってくるだけですものね。ただし、九時になったら、また、やってきます」

ハリソンはなにかいおうとしかけたが、ポアロはその余裕をあたえなかった。

「おっしゃりたいことは、わかっていますよ。ラングトンは、ぜったいに、うんぬん、といったセリフでしょう。まあ、よくも、そんなことがいえたもんだ！　だが、とにかく、九時には、また、もどってきます。それにしても、たのしみだ……いや、こういったほうがいい……スズメ蜂の巣を処分するシーンがみられるのは、たのしみだ。これもまた、あなたがたイギリス人好みのスポーツの部類なんでしょうからね！」

相手の応答も待たずに、ポアロは、足ばやに小道をすすみ、ぎーっと音をたてる木戸をとおりぬけた。おもての路上にでると、歩調をゆるめた。いままでの元気はにわかに失せて、顔の表情は沈痛な色にかわった。一度、ポケットから時計をだして、時間をみた。時計の針は八時十分をさしている。

「まだ四十五分以上ある」ポアロはつぶやいた。「どうせなら、あそこで待っていたほうがよかったかな」

足どりはいちだんと遅くなり、まわれ右しかけているようにみえるほどだった。ポアロは、なにか、得体の知れない予感におそわれているような気がした。けれども、そんな思いは決然と脳裡からふりはらって、町のほうへ歩きつづけた。だが、顔にはあいかわらず不安の表情がやどっている。二度ばかり、どうも納得がいかないといわぬばかりに大きく首を横にふった。

ふたたび、ハリソン家の庭の木戸のちかくまでやってきたときには、まだ九時ちょっとまえだった。空には雲のない、しずかな夜で、木の葉をそよがす微風も吹いていない。

こんな静寂は、なんとなく不気味で、嵐のまえの静けさを思わせた。

ポアロの足どりが、ほんのわずか、はやくなった。突如、妙な胸さわぎがして、疑念がわいてきた。残念ながら、その原因はわからない。

と、ちょうどこのとき、庭の木戸があいて、クロード・ラングトンがいそぎ足で外の道にでてきた。ポアロの姿を目にとめると、ラングトンはぎくっとした。

「ああ……どうも……こんばんは」

「こんばんは、ラングトンさん。ずいぶん、おはやいですな」

ラングトンはポアロの顔をみつめて、

「いったい、なんのことでしょう」

「スズメ蜂の巣の処分は、もう、すんだんですか？」

「いや、あれはやめにしました」

「なるほど」ポアロはおだやかな口調で、「スズメ蜂の巣は処分しなかった。すると、なにをしてきたんです？」

「ベランダの椅子にすわって、ハリソンと雑談をしただけです。申しわけないけど、ぼくはこれで失礼します。それにしても、あなたがこんなところにおられるとは知りませんでしたよ、ポアロさん」

「ここに用事があったものでね」

「そうなんですか。ええと、ハリソンは、まだ、ベランダにいますよ。ゆっくりしていられなくて、すみません」

ラングトンはそそくさと歩み去っていく。ポアロはそのうしろ姿を見送った。おちつきのない青年で、顔はハンサムだが、口べただ。

「そうか、ハリソンはベランダにいるのか」と、ポアロはつぶやいた。「でも、はたして、どうかな」

庭の木戸をとおりぬけて、ポアロは小道を歩いていった。みると、なるほど、ハリソンはテーブルのまえの椅子にすわっている。ポアロがそばにやってきても、身じろぎもせず、こちらへ顔をむけようともしない。

「やあ」と、ポアロは声をかけた。「異常はないようですな」

ながい沈黙がつづいてから、ハリソンは呆然としたような奇妙な声で問いかえした。

「なんですって？」

「異常はありませんか、といったんですよ」

「異常はない？　ええ、べつに。どうしてです？」

「気分はわるくならなかったんですね。ならば、けっこう」

「気分がわるくなる？　なんのせいで？」

「洗濯ソーダのせいで、です」

ハリソンは急に意気ごんだ態度をみせて、

「洗濯ソーダ？　いったい、なんのことですか？」

ポアロは申しわけないといった身ぶりをしながら、

「ま、やむをえずやったことなんですけど、じつは、あなたのポケットに、ちょっぴり、そいつをいれておいたんです」

「ぼくのポケットにいれた？　なんで、また、そんなことを？」

ハリソンはポアロの顔をまじまじとみつめる。ポアロは、幼児にでも説いてきかせるように、おだやかな声で淡々と語りはじめた。

「あのですね、私立探偵の仕事をしているうえでの利点……というか、あるいは、不都合な点のうちのひとつは、世の犯罪者層と接するようになることとです。だが、こういう犯罪者からは、いろいろ、かなり奇抜なことをおしえてもらえるばあいがあります。たとえば、以前、ひとりのスリと知りあったことがある。この男に興味をもった理由は、たまたま、本人が無実の罪を着せられようとしていたからです。それがわかったので、わたしは、その事実を立証してやった。すると、本人は、なんとか感謝の意をあらわしたいと思い、自分に考えられる唯一の形で、わたしに礼をした。つまり、自分が身につけている特技のこつを伝授してくれたんです。

ま、そういったわけで、わたしのばあい、いざ、その気になれば、相手にはぜんぜん気づかれずに、ポケットのなかのものを簡単にぬきとってしまうことができる。そのさいには、片手を相手の肩にのせて、いかにも興奮しているようにふるまえば、相手には感づかれない。しかも、ポケットのなかのものを自分のポケットにしまいこみ、かわりに、洗濯ソーダをいれておく芸当もやってのけられる」

自己陶酔にひたっているかのごとく、ポアロはさらに話をつづける。

「だいたい、他人《ひと》に気づかれずに、なにかの毒薬をすばやくグラスにいれてしまおうと思ったら、その毒薬はどうしても上着の右のポケットにしのばせておかなきゃまずい。ほかには、適当な隠し場所がないでしょう。だから、わたしはそこに目をつけていたんです」

ポアロは、自分の背広のポケットに手をいれて、数個の白い結晶をとりだした。

「まったく、危険このうえなしだ」つぶやきながら、ポアロは眉をひそめる。「こいつを、あんなふうに……ばらのままで、もち歩いているなんて」

悠揚せまらぬ態度で、ポアロは、もう片方のポケットから広口の壜を一個とりだすと、このなかに白い結晶をいれ、テーブルに歩みよって、そこにある水を壜にみたした。それから、壜にしっかりとコルクの栓をして、結晶がすっかり溶けるまで壜をふりつづけた。そんなポアロの動作を、ハリソンは魅せられたようにじっとみつめていた。

結晶が完全に溶けたのをみさだめると、ポアロはベランダからスズメ蜂の巣のところまで歩いていった。そこで、手にもった壜の栓をぬき、顔を横にそむけながら、壜のなかの溶液を蜂の巣にふりかけ、一、二歩うしろにさがった。

巣にもどってきた蜂は、ちょっと体を痙攣《けいれん》させて、そのまま動かなくなった。巣のなかから這いだしてくる蜂も、たちどころに死んでしまった。ポアロは、しばらく、巣の状態を観察してから、大きくうなずいて、ベランダにもどってきた。

「即死ですよ」と、ポアロはいった。「すごいもんです」

ハリソンはやっと口がきけるようになった。

「あなたには、真相がどこまでわかっていたんですか？」

ポアロはきっと正面に目をすえて、

「さきほど、お話ししたように、薬局の劇薬購入者名簿にクロード・ラングトンの名前がのっているのをみたんです。そして、このことは伏せておいたんですが、薬局をでた直後、偶然、ラングトンに出会い、本人の口から、あなたの依頼でスズメ蜂の巣を処分するのにつかう青酸カリを買ってきた、という話をきいたんです。これをきいて、ちょっと変だな、と感じた。なぜなら、いつかのディナー・パーティーのさい、あなたが、ガソリンの効力について熱弁をふるい、青酸カリのような危険物なんか買う必要はないと力説したのを思いだしたからです」

「それで？」

「知っていることは、まだ、ほかにもあります。じつは、最近、クロード・ラングトンとモリー・ディーンがいっしょにいるところをみかけたんです。本人たちは、だれにも現場はみられていないと思っていたようですがね。もちろん、なにが原因で愛人どうしが不仲になり、彼女があなたの腕のなかにとびこんでくることになったのか、それは知りません。けれど、その後、両人のあいだの誤解はとけて、ミス・ディーンはもとの愛人のところへもどっていこうとしていることがわかりました」

「ええ、それで？」

「わかったことは、まだ、あるんですよ。先日、ハーリー通りを歩いているとき、ちかくの診療所からでてくるあなたの姿が目にとまったんです。ここの医者とは知りあいなので、どんな病気の患者がここを訪れるか、それはわかっています。しかも、このとき、あなたの顔の表情も読みとれた。こういう表情は、いままでに、ほんの一、二回しか目にしたことがないが、見まちがえをする余地はありません。あれは、死の宣告をうけた者の顔でした。そうでしょう？」

「そうです。医者からは、あと二た月の寿命だといわれたんです」

「このとき、あなたにはわたしの姿が目にうつらなかった。というのは、ほかに考えごとをしていたからでしょうな。そう、あなたの顔にはべつの表情もあらわれていた。それは、さきほど話したように、人間がなんとか胸中に秘めておこうとするもの……つまり、憎悪の表情ですよ。あなたのばあい、それをかくそうとはしなかった。目撃者はいないと思っていたからです」

「さきを、どうぞ」

「もう、これ以上、あまり話すことはありません。わたしは、当地へやってきて、偶然、薬局の劇薬購入者名簿にのっているラングトンの名前を目にとめ、その直後に本人と会って、こちらへ訪ねてきた。あなたには、ちょっと罠をかけてみたんです。そうすると、あなたは、ラングトンに青酸カリを買ってきてもらったことを否定し……というより、ラングトンがそんなまねをするなんて意外だ、といった表情をみせた。また、わたしがひょっこり登場したことで、最初は、胆をつぶしてしまったが、やがて、これはかえって好都合だと気づき、わたしに疑念をいだかせるように仕むけた。わたしには、ラングトンからきいて、彼がここにくるのは八時半だということがわかっていたんです。ところが、あなたは、わたしがもどってきたときには、すべてが終わっているだろうと考えて、九時だと、いった。まあ、このようなしだいで、わたしには、ぜんぶ読めていたんですよ」

「なぜ、やってきたんです？」ハリソンは大声をあげる。「ああ、あなたがやってこなきゃ！」

ポアロはぐっと上体をおこして、

「まえにも申しあげたように、殺人事件の調査が、わたしの本業なんです」

「殺人？　そうじゃなくて、自殺でしょう？」

「いや、殺人です！」あたりにひびきわたるような声で、ポアロは凜然といった。「あなたは、あっさりと死んでしまえる。だが、あなたの筋書きどおりになってしまうラングトンの死たるや、まさしく無残の一言につきる。ラングトンは問題の劇薬を買った。そうして、あなたのところへやってくる。ここでは、あなたとふたりきりになる。あなたは急死をとげ、あなたのグラスからは青酸カリが検出される。かくして、クロード・ラングトンは絞首刑になる。と、これが、あなたの狙いだった」

またもや、ハリソンはうめき声をあげた。

「なんのために、きたんですか？　なんのために、きたんです？」

「その点については、すでにお話ししたでしょう。でも、理由はほかにもあります。わたしは、あなたに同情をおぼえたんです。なにしろ、あなたはやがて死んでいく身ですからね。おまけに、自分の愛する女性もうしなってしまった。ただし、これだけは断言できる。あなたは殺人犯ではない、ということです。さて、正直にいってください。わたしがやってきたことは、うれしいですか？　それとも、無念ですか？」

しばらく間をおいてから、ハリソンは上体をしゃんとのばした。顔には、いままでとはちがう毅然たる表情がうかんでいる。おのれの邪心を克服した男の表情だ。そんなハリソンは、テーブルごしに片方の手をさしのべて、大声でいった。

「きてくださったこと、感謝します。ほんとうに、感謝します」

洋裁店の人形

The Dressmaker's Doll

その人形はビロード張りの大きな椅子のなかにおいてあった。室内はあまり明るくない。ロンドンの空はすっかり曇っているせいだ。ほのかな灰色をおびた薄暗がりのなかで、サルビア色のカバーも、カーテンも、カーペットも、おたがいに溶けあっている。この人形も同様だ。人形は、大の字に倒れるような恰好で、ぐんなりと手足をのばしている。グリーンのビロードの服。おなじくビロードの帽子。色のついた仮面のような顔。これは、ふつう、子どもたちが想像するたぐいの人形ではない。それよりは、金もちのご婦人方の遊び道具になりそうな操《あやつ》り人形、電話器のそばや長椅子のクッションのあいだにおいてある人形だ。ぐんなりしているところは、永久に微動もしないといったふうだが、それでいて、妙に生気のようなものを内に秘めている感じもする。なにか、二十世紀の退廃的な産物みたいな趣きだ。

シビル・フォックスは、数枚の布地見本《サンプル》と一枚のスケッチをもって足ばやに部屋にはいってくると、この人形をみて、かすかな驚きと狼狽をおぼえた。おかしいなと首をかしげたが、その原因については思いあたるふしがない。そんなことで頭をつかうのはやめて、ひとりごとをいった。

「ええと、あのブルーのビロードの布地見本《サンプル》はどうしたのかしら？　いったい、どこにおいたのかしら？　たしか、ほんのいましがた、ここにあったはずなんだけど」

シビル・フォックスは、階段の踊り場にでていって、階上《うえ》の仕事部屋のほうへ声をかけた。

「ねえ、エルスペス、れいのブルーの布地見本《サンプル》、そこにある？　もうじきフェローズ・ブラウン夫人がやってくるのよ」

もとの部屋にはいると、シビル・フォックスは室内の灯りをつけた。そして、もう一度、ちらりと人形に目をやった。

「さあて、いったい、どこに……ああ、あそこにあるわ」

さきほど、うっかり手からおとしてしまった布地見本《サンプル》をシビル・フォックスはひろいあげた。ちょうどそのとき、エレベーターがとまったらしく、外の踊り場のほうで、いつものように、きーっという音がきこえた。それから間もなく、フェローズ・ブラウン夫人が、愛犬のペキニーズをつれて、ふうふう息を切らしながら部屋にはいってきた。まるで、音のうるさい普通列車が田舎の駅についたところみたいだ。

「どしゃ降りになりそうね」と、夫人はいう。「ほんとの、どしゃ降りよ！」

こういって、夫人は手袋と毛皮のコートをぬぎすてた。そこへ、店長のミス・アリシア・クームが姿をあらわした。最近は、とくべつのお客さんが来店したとき以外、この部屋にはめったにはいってこない。フェローズ・ブラウン夫人はこの種のお客さんのひとりなのだ。縫製主任のエルスペスが婦人用のドレスをもっておりてくると、シビル・フォックスは、さっそく、それをフェローズ・ブラウン夫人の頭からかぶせて着せた。「ほうれ。奥さまには、ぴったりですわ」と、シビル・フォックス。「お色も、すてきでしょう？」

椅子にすわっているアリシア・クームは、上体をすこしそらせて、よく観察してから、意見をのべた。

「そう、いいわね。そう、これなら、文句なしですわ」

フェローズ・ブラウン夫人は、横をむいて、鏡をのぞいてみる。

「こうしてみると、おたくでつくる服には、なにか、お尻のところに仕掛けでもしてあるみたいね」

「奥さま、三か月まえよりも、だいぶ、おやせになったんですよ」と、シビル・フォックスはお世辞をいってやった。

「そんなことはないわよ。でも、これを着ると、たしかに、そういうふうにみえるわね。どうやら、裁断の仕方になにか秘訣でもあるらしく、お尻がぐっと小さくなったようじゃないの。まるで、あたしのお尻には肉がぜんぜんついていないみたい。たいがいのひとについている脂肪が、って意味だけれど」夫人は、溜め息をもらして、自分の体の迷惑な部分をそろそろとなでまわす。

「あたしにとっては、これが悩みのたねなの。もちろん、長年のあいだには、ここをひっこませる芸当もできたわけよ。そう、おなかのところをまえにぐっとつきだすことでね。だけど、もう、だめだわ。最近では、お尻だけじゃなく、おなかまで、でっぱってきているんですもの。それに……この両方をひっこめるなんてこと、とても、むりでしょう？」

「でしたら、奥さま、うちにこられるほかのお客さまのスタイルを、ためしに、ご覧になってみたら」と、アリシア・クームはいった。

フェローズ・ブラウン夫人は体のあちこちをさわってみて、

「おなかって、お尻よりも厄介ね。こちらのほうが人目につきやすいんですもの。というか、自分では、そんな気がするわけよ。だって、そうでしょう。だれかと向かいあって話をしているようなとき、相手には、こちらのお尻はみえなくても、おなかは自然と目についてしまうんだから。まあ、ともかく、おなかはなるべくひっこめて、お尻のほうは成りゆきにまかせることにしているの」

話の途中で、夫人は、なにげなく横をむき、とつぜん、大声をはりあげた。

「まあ、あそこの人形！　なんだか、うす気味わるいわ。あれ、いつから、ここにおいてあるの？」

シビル・フォックスはおずおずとアリシア・クームのほうをみた。店長のアリシアは、困惑して、やや憂うつそうな顔をしている。

「ええと、はっきりとは……たぶん……わたくし、根が忘れっぽい性分《たち》で、近ごろは、とくにひどいんです。だめね。ぜんぜん思いだせないわ。シビル、いつからだったかしら？」

「さあ、わかりません」シビルの返事はそっけない。

「なんにしても、いやな感じね」と、フェローズ・ブラウン夫人は言葉をつづける。

「うす気味がわるいわ！　まるで、みんなの態度をじっと観察して、心のなかでくすくす笑っているみたいじゃないの。あたしだったら、すぐに処分しちゃうけど」

こういって、ちょっと身ぶるいすると、夫人はふたたび仕立てにかんする細かい点を話題にしはじめた。この袖は、もう一インチくらい、みじかいほうがいいかしら？　それと、丈《たけ》はどうかしら？　と、こういっただいじな点について納得がいくと、夫人は毛皮のコートをまとい、帰り支度をした。問題の人形のまえをとおりすぎるさい、夫人は、また、首をひねって、感想をのべた。

「いやね。この人形、ほんとに、気もちがわるいわ。まるで、ここの主《ぬし》みたいな顔をしているじゃないの。なんだか、こわいわ」

フェローズ・ブラウン夫人が階段のほうへ姿を消すなり、シビル・フォックスはつよい口調でいった。

「いまの言葉、どういう意味なのかしら？」

アリシア・クームが返答に窮していると、当のフェローズ・ブラウン夫人がひょっこりもどってきて、ドアのはしから室内《なか》をのぞきこんだ。

「たいへん。あーら、まあ！」

「たいへん。フー・リンのことをすっかり忘れちゃっていたわ。ねえ、坊や、どこにいるの？　あーら、まあ！」

ぎょっとしたように、夫人は目をまるくする。シビルとアリシアも、思わず目をみはった。夫人の愛犬のペキニーズは、れいのビロード張りの椅子のわきにすわって、椅子のうえで、ぐんなりと寝そべっている人形をみつめている。目玉のとびでた小さな顔には喜悦の表情も怒りの表情もない。ただ、ひたすら相手にみとれているだけだ。

「さあ、おいで。いい子ちゃんだから」と、フェローズ・ブラウン夫人は声をかけた。

だが、そのいい子ちゃんは馬耳東風である。

「ああして、だんだん素直じゃなくなるのよ」人間の長所を列挙してみせる教育者のような態度で、夫人はいう。「さあ、はやく、フー・リン。お食事は大好物のレバーなのよ」

ペキニーズは顔をちょっぴり主人のほうへむけるだけで、さも軽べつするように、なおも人形の鑑定をつづける。

「どうやら、よっぽど気になるらしいわね。いままでは、あれに気づいたようすもなかったのに。あたしだって、そうよ。このまえ、きたときには、ここにあったの？」

きかれて、ふたりの女性はふっと顔をみあわせた。シビルは眉をひそめている。やがて、アリシア・クームが、ひたいにしわをよせながら、こたえた。

「さっきも申しあげたように、近ごろは、すっかり忘れっぽくなってしまったんです。ほんとに、シビル、いつからかしらね？」

「そもそも、どこで手にいれたの？」フェローズ・ブラウン夫人は執拗に問いかける。

「あなたが、お買いになったの？」

どういうわけか、買ったなんて話をもちだされると、アリシア・クームは急に憤怒がこみあげてきた。

「いいえ、とんでもない。たぶん……たぶん、だれかがくれたんだと思います」こういってから、アリシアは、首をはげしく横にふって、大声をはりあげた。「ああ、いやになっちゃうわ！　ほんとに、いやになっちゃう！　なにもかも、すぐ、その場で忘れてしまうなんて」

「さあ。もう、およし、フー・リン」語気するどく、フェローズ・ブラウン夫人は犬に声をかけた。「ぐずぐずしていると、つかまえるわよ」

夫人はこの言葉を行動にうつした。つかまえられた瞬間、ペキニーズは、せつない不服の意を表明するかのごとく、ちょっと吠えた。主人といっしょに部屋からでていくさい、ペキニーズは毛のふわふわしている肩ごしに顔をうしろにむけた。その目はなおも未練ありげに、椅子のうえの人形を凝視しつづけていた。

「あそこの人形をみると、なんだか、ぞっとしますね」と、ミセス・グローブズはいった。

ミセス・グローブズは掃除婦である。蟹《かに》のように這いつくばって床をみがく仕事が終わると、こんどは、立ちあがって、ゆっくりと室内の埃をはらいはじめた。

「おかしな話だわ。きのうまでは、ぜんぜん気がつかなかったのに、いま、いきなり目にとびこんでくるなんて」

「あの人形、そんなに、いやな感じ？」と、シビルはきいてみた。

「いやですよ。身の毛がよだつくらい」と、掃除婦はこたえる。「だいたい、ふつうじゃありませんよ。あの、だらーんとさがっている足。だらしなく寝そべっている恰好。それに、いかにも陰険な目つき。どうみても、まともだと思えないわ」

「まえには、そんなことをいったためしがないじゃないの」

「だって、気がつかなかったんですもの。今朝までは、ちっともね。もちろん、ここにはかなりまえからおいてあったんでしょうけど……」

ミセス・グローブズは、掃除道具をあつめて、仮縫い室から外の廊下へでていった。シビルは椅子のうえでくつろいでいる人形をまじまじとみつめた。やがて、彼女の顔にはしだいに狼狽の表情がひろがりはじめた。そこへ、アリシア・クームがはいってきたので、シビルはさっと姿勢をかえた。

「ねえ、店長、あれは、いつから、ここにおいてあるんですの？」

「なあに、あの人形のこと？　あのねえ、わたしって、近ごろ物忘れがひどくなってしまったのよ。げんに、きのうも……ああ、ほんとに、バカみたいな話だわ！……れいの講演会にでるつもりで外出したのに、その途中で、急に、自分はどこへいくのか、わからなくなってしまったの。それで、さんざん頭をふりしぼって考えたすえ、ようやく、そうだ、会場はフォートナムズにちがいないと胸にいいきかせた。フォートナムズで買いたいものがあったからなのよ。ところがね、信じられないでしょうけど、帰宅して、お茶を飲んでいる最中に、はじめて、この講演会のことを思いだしたというしまつなの。もちろん、人間、年をとれば、頭がぼけてくるって話は、まえからきいてはいるけれど、わたしのばあい、あまりにも早すぎるわ。そういえば、もう、ハンドバッグをおいた場所を忘れちゃった。それと、眼鏡も、ね。うーん、あの眼鏡、どこにおいたのかしら？　いままでは、ちゃんとあったのに……《タイムズ》の記事を読んでいたんだから」

「眼鏡なら、ここのマントルピースのうえにありますわ」と、いって、シビルはその眼鏡をわたしてやった。「さっきの人形の話ですけれど、あれは、どうやって手にいれたんですの？　だれかにいただいたんですか？」

「そのへんのことも、はっきりしないのよ。きっと、だれかが直接くれたか、送ってくれたかしたんでしょうねえ。けれど、この部屋には似合っている感じじゃない？」

「というより、似合いすぎるわ。奇妙なことに、あたしも、最初にここで目にとめたのはいつだったか、思いだせないんです」

「まあ、わたしみたいになっちゃ困るわよ。なにしろ、あんたはまだ若いんだから」

「でも、ほんとに、思いだせないんですもの。きのう、あれをみたときは、どうも、なんとなく……そう、あのミセス・グローブズのいうとおり……身の毛がよだつような感じがしたんです。まえからも、そんな感じがしていたような気がしたので、最初にそんな感じがしたのはいつだったか、一生けんめいに考えてみたんですけどね……いやあ、ぜんぜん思いだせない！　どうやら、まえには一度も見かけたことはないようなんだけれど、やっぱり、それはちがうみたい。つまり、あの人形はずっと以前から、ここにあったのに、こちらがただ気がつかなかっただけのことらしいんです」

「たぶん、ある日、ほうきの柄にのって、窓から舞いこんできたのよ。なんにせよ、いまでは、れっきとしたここの住人なんですもの」アリシア・クームは周囲をみまわして、

「もう、あの人形のいない部屋なんて想像できないんじゃない？」

「ええ」かすかに身ぶるいしながら、シビルはこたえる。「だけど、くやしいわ」

「くやしいって、なにが？」

「あの人形のいない部屋なんて想像できない、ってことがです」

「みんな、あの人形のことで頭がおかしくなっているんじゃないかしら」いらだたしげに、アリシア・クームは皮肉をいった。「だいたい、あんなつまらないものがどうしたってのよ！　わたしの目からみたら、くさったキャベツみたいなもんだわ。もっとも……それは、眼鏡をかけていないせいかもしれないわね」

アリシアは、眼鏡をかけると、人形をひたとみつめて、

「なるほど。わかるわ、あんたのいうこと。たしかに、ちょっと気味がわるいわ。さびしそうな顔だけど……どことなく陰険そうで、意志は強固、って感じね」

「それに、おかしいわ。フェローズ・ブラウン夫人があんな悪口をいうなんて」

「あの奥さんはね、思ったことをあけすけにいってのけるタイプなのよ」

「それにしても、尋常じゃないわ」シビルは執拗にいいはる。「あの人形がそんなに反感をいだかせるなんて、尋常じゃありませんよ」

「まあ、人間だれしも、急に嫌悪の情がわいてくるというばあいがあるものなのよ」

「ひょっとしたら」シビルはひくい笑い声をあげながら、「あの人形、ほんとに、きのうまではここになかったんじゃないかしら。店長さんがいうように、魔女みたいに窓から舞いこんできて、ここに住みついちゃったのかもしれないわ」

「ちがうわよ。あれは、まちがいなく、かなり以前から、ここにあったのよ。それが、きのうから急に人目につくようになった、というだけのことじゃないの？」

「あたしも、そんな気がしますわ。だけど、きのうまで目につかなかったってことが、やっぱり、ふしぎで」

「ねえ、ねえ。もう、やめて。そんな話をきいていると、背すじがぞくぞくして、妙な気分になってくるわ。あんた、こんなものを主人公にした恐ろしい怪談でもきかせようと思っているわけじゃないんでしょ？」

アリシア・クームは、人形をだきあげると、服についている埃でもふりおとすように大きくゆさぶり、肩のところの形をもとどおりにしてから、また、べつの椅子にすわらせた。人形は、どさりと腰をおろして、ぐんなりとなった。

「べつに生き物じゃないのに……」人形を凝視しながら、アリシア・クームはつぶやいた。

「……どういうわけか、生きているような感じね」

「そりゃあ、もう、肝《きも》をつぶしちゃいましたよ」ショールームの掃除をしながら、ミセス・グローブズはいった。「あまりのショックで、あそこの仮縫い室にはもう二度と足

肝をつぶしたって、なんのこと？」と、こうたずねたアリシア・クームは、目下、部屋のすみの書きものテーブルのまえで各種の請求書の整理に追われている最中だった。

「ふーん、このひとったら、毎年、イブニング・ドレスを二着、カクテル・ドレスを三着、スーツを一着つくっていながら、その代金は一銭もはらわないですむと思っているのかしら」これは、もちろん、いま手がけている作業にかんする発言だ。「ほんとに、あきれてしまうわ！」

「れいの人形のことですよ」と、ミセス・グローブズがこたえた。

「なあに？　また、あの人形の話？」

「ええ。あそこのデスクのまえにすわっているんです。まるで人間みたいに。ああ、ほんとに肝をつぶしちゃったわ！」

「あんた、なにをいってるのよ？」

アリシア・クームは、すっと立ちあがると、いそぎ足で部屋を横ぎり、外の踊り場をぬけて、むかいがわの仮縫い室にはいっていった。部屋の一隅には、シェラトンふうの小さなデスクがあって、そのまえの椅子に、れいの人形がすわっていた。ながい両手はデスクのうえにだらりとのせている。

「だれか、いたずらをしたみたいね」アリシア・クームはつぶやいた。「あんな姿勢ですわらせるなんて、傑作だわ。みたところ、いかにも自然だし」

ちょうどこのとき、午前ちゅうに仮縫いをしておくドレスをもって、シビル・フォックスが階段をおりてきた。

「ねえ、シビル」アリシア・クームは声をかけた。「ちょっと、みてごらんなさい。あの人形、こんどは、わたしのデスクのまえにすわって、手紙を書いているわよ」

ふたりの女性は人形に目をみはった。

「まったく、ふざけているわ！」と、アリシア・クーム。「いったい、だれのしわざかしら？　あんた？」

シビルは首を横にふって、

「いいえ、ちがいます。きっと、階上《うえ》にいる若い娘《こ》たちのうちのだれかでしょう」

「わるふざけも、いいかげんにしてもらわないとね」

舌打ちしながら、アリシア・クームは、人形をつかみあげ、かたわらのソファーのうえにほうりだした。

シビルは、手にしたドレスをていねいに椅子のうえにのせてから、室外にでて、二階の仕事部屋にあがっていった。

「ねえ、あんたたち、れいの人形のこと、知っているでしょう」と、彼女はたずねた。「階下《した》の部屋……あそこの仮縫い室においてあるビロードの人形よ」

縫製主任のエルスペスと三人の縫い子がいっせいに顔をあげた。

「ええ、知っていますけど」

「じゃあ、今朝、これをあそこのデスクのまえにすわらせておくなんて、いたずら、だれがしたの？」

三人の若い娘《こ》はシビルをみつめる。やがて、エルスペスが発言した。

「デスクのまえにすわらせた？　あたしは、そんなことしないわ」

「あたしもよ」三人の若い娘のうちのひとりがいう。「あんたがしたの、マーリーン？」

マーリーンは首を横にふる。

「ほんとうに、あんたが冗談でやったんじゃないのね、エルスペス？」

「いいえ、とんでもない」口にはピンがいっぱいつまっているような険《けわ》しい表情で、エルスペスは否定する。「人形なんぞと遊んで、デスクのまえにすわらせておくなんて、そんな暇があるわけないでしょう」

「あのね」と、切りだしたシビルの声は、自分でも意外なことに、すこしふるえていた。

「あれは……なかなか愉快ないたずらだわ。とは思うけれど、まあ、だれのしわざか、それを知りたいのよ」

若い三人の縫い子は憤然となった。

「もう話したじゃないですか、フォックスさん。あたしたち、だれも、そんなことはしないわ。ねえ、マーリーン？」

「あたしは、しないわ」と、マーリーン。「それで、ネリーもマーガレットも、そうだというんなら、結局、だれのしわざでもない、ってことになるわけよ」

「あたしのいいぶんは、もう、わかったでしょう」と、エルスペス。「とにかく、どういうことなんですか、フォックスさん？」

「ひょっとすると、ミセス・グローブズのしわざじゃないのかしら」と、エルスペスはいいだした。

シビル・フォックスはかぶりをふって、

「そんなはずはないわ。最初に現場をみて、肝《きも》をつぶしたのは、あのひとなんだそうだから」

「じゃあ、あたし、自分の目でみてきます」と、エルスペスはいった。

「もう、だめよ」と、シビル。「さっき、店長がデスクのまえからつまみだして、ソファーのうえにほうりだしてしまったの。それより……うーん……気になるのは、だれか、あれをあそこのライティング・デスクのまえの椅子にのせた者がいるにちがいないってことよ。おそらく、ふざけ半分にやったんでしょうけどね。だったら……なぜ、そのことを素直に白状しないのか、その点がふしぎだわ」

「もう二度も申しあげたでしょう、フォックスさん」と、マーガレットが抗議する。

「あたしたちのこと、ウソでもついているみたいに、いつまでも責められるなんて、心外ですわ。だれも、そんなバカげたまねをする者はいないのに」

「そうね、ごめんなさい。べつに、みんなを怒らせるつもりじゃなかったのよ。それにしても……ほかに、だれか、あんなことをやりそうなひとがいるかしら？」

「きっと、人形は、ひとりで立ちあがって、そこまで歩いていったんですよ」

こういって、マーガレットはしのび笑いをもらした。

どういうわけか、シビルにはこの冗談が気にくわなかった。

「まあ、なにしろ、荒唐無稽な話よ！」

吐きだすようにいいすてて、シビルは階段をおりていった。

店長のアリシア・クームは、いとも陽気に鼻歌などを歌いながら、部屋のなかをみまわしているところだった。

「また、眼鏡をどこかへなくしちゃったのよ。でも、かまわないの。いまは、べつに、なにもみたいわけじゃないんだから。もっとも、じっさいには困るわね。こんなふうに目がわるくなると、眼鏡をなくしちゃったばあい、スペアの眼鏡をもっていなきゃ、なくした眼鏡をみつけることもできないわけだから」

「あたしがみつけてあげますわ」と、シビルはいった。「ついさっきまでは、かけていらっしたんでしょう？」

「あんたが階上《うえ》にあがっていってから、となりの仮縫い室にはいっていったの。たぶん、あそこへもっていったんじゃないかしら」

アリシアは仮縫い室のほうへ歩きだした。

「ほんとに厄介ね。いまのうちに請求書やなにかの整理をしておこうと思うんだけど、眼鏡がないことには、お手あげだわ」

「じゃあ、階上《うえ》へいって、寝室からスペアの眼鏡をもってきましょう」と、シビルはいってやった。

「それがね、いまは、スペアのがないのよ」

「あら、どうしちゃったんですか？」

「どうやら、きのう、昼食をとりに外出したとき、おき忘れてきてしまったらしいの。

ここのレストランには、すぐに電話をしてみたのよ。それと、食事のあとで立ちよった二軒のお店にも電話をかけてみたんだけど」

「まあ、まあ。それじゃ、眼鏡は三個もっていなきゃ困りますわね」

「三個ももっていたら、一生、眼鏡ばっかりさがしつづけていなくちゃ。それよりは、むしろ、ひとつだけにしておくのがいちばんだと思うわ。そうすれば、さがす手間がはぶけるわけよ」

「ともかく、どこかにあるはずですわ。階下《した》のふたつの部屋からは外にでていないんですから、ここにないとすれば、きっと、あちらの仮縫い室においてきたんでしょう」

シビルは、仮縫い室にいって、あちこちを丹念にさがしまわった。最後に、ひょっとしたらと思いながら、ソファーのうえの人形をもちあげてみた。

「あったわ！」シビルは思わず大声をあげた。

アリシアは仮縫い室にはいってきた。

「そうお、どこに？」

「この生意気な人形の下です。これをソファーにおくとき、うっかり、おとしてしまったんでしょうね」

「いいえ、おとすなんてこと、ぜったいしないわ」

「だったら」シビルは腹だたしげにいった。「この人形が、ぬすんで、かくしていたんですよ！」

「でも、ねえ」人形をじっとみつめながら、アリシア・クームは意見をのべた。「これに、そんなわるいことができるとは思えないわ、シビル。みたところ、とっても利口そうだし」

「あたし、どうも、この顔つきが気にくわないんです。なんだか、あたしたちの知らないことまで知りぬいているみたいで」

「ちょっと、さびしそうで、可憐な感じがするとは思わない？」

と、アリシア・クームはいった。弁護するような口調だが、説得力には欠けている。

「可憐だなんて、これっぽちも思いませんわ」

「うーん……そうかもしれないわね……まあ、それはそれとして、仕事のほうにかかりましょう。あと十分ほどすると、リー卿夫人がおみえになるのよ。わたしは、たまっている請求書と帳簿の整理をすませてしまわなきゃ」

「フォックスさん！　ねえ、フォックスさん！」

「なあに、マーガレット？　どうしたの？」

シビル・フォックスは、テーブルのうえに身をかがめて、サテンの布地をせっせと裁断している最中だった。

「また、あの人形のことなんです。あなたにいわれた茶色のドレスをとりにいったら、また、デスクのまえにすわっているんです。だけど、あたしがやったんじゃありませんよ。ほかのひとたちも、知らないんです。ほんとに、あたしたち、あんなことはしませんわ」

シビルの手にしているハサミがすこし横にそれた。

「ほれ」シビルは声を荒らげた。「こんなになっちゃったじゃないの。うん、まあ、いいわ。ええと、人形がどうしたんですって？」

「また、あそこのデスクのまえにすわっているんです」

シビルは、階下《した》におりて、仮縫い室にはいっていった。みると、まえのときとおなじように、人形はライティング・デスクのまえに陣どっている。

「あんたって、よくよく執念ぶかいのね」と、シビルは人形に声をかけた。

それから、乱暴に人形をつかみあげて、もとのソファーのうえにのせた。

「あんたの居場所はそこなのよ。そこで、じっとしているの」

シビルはとなりの部屋へ足をはこんだ。

「ねえ、店長」

「なあに、シビル？」

「やっぱり、だれかがいたずらをしているらしいですわ。れいの人形、また、あそこのデスクのまえに陣どっていたんです」

「だれかって、心あたりは？」

「きっと、階上《うえ》にいる三人の娘《こ》のうちのひとりにちがいありませんわ。ふざけ半分にやっているんですよ。むろん、三人とも、自分のしわざじゃないっていいはるでしょうけど」

「で、あんたの想像だと、犯人はだれかしら？　マーガレット？」

「いえ、マーガレットじゃないでしょう。あの娘《こ》は、あたしのところへ知らせにきたとき、気味のわるそうな顔をしていましたもの。あの、いつも、くすくす笑っているマーリーンじゃないかと思うんですけど」

「なんにしても、やることが幼稚すぎるわ」

「たしかに……バカげたまねです」きびしい口調で、シビルはいいそえた。「もう、これ以上、あんなことはできないようにしてやります」

「どんな方法で？」

「まあ、みていてください」

その夜、帰宅するさい、シビル・フォックスは仮縫い室のドアに外からカギをかけた。「こうやってカギをかけてしまうんです」と、シビルは説明した。「そうして、このカギは、あたしがもって帰ります」

「ふーん、なるほど」アリシア・クームは笑いたそうな表情をみせる。「さては、あんた、犯人はこのわたしじゃないかって思いはじめたのね。わたしが、しょっちゅう、ぼけーっとしているもんで、そこの部屋にはいって、書きものをするつもりでいながら、無意識のうちに、あの人形をデスクのまえにすわらせて、自分のかわりに書きものをさせるんだろう、ってわけね。そういうことでしょう？　おまけに、そのことはすっかり忘れてしまう、ってわけね？」

「まあ、そういう可能性もありますわ」と、シビルは率直にいった。「とにかく、今夜だけは、バカげたわるふざけができないように手を打っておきます」

翌朝、シビルは、店にでてくるなり、きっと口をむすんで、いの一番に、仮縫い室のドアのカギをあけて、威勢よく室内《なか》へ足をふみいれた。掃除婦のミセス・グローブズは、おのれの権利を侵害されたような表情をうかべ、モップと雑巾《ぞうきん》を手にしたまま、階段の踊り場で待っていた。

「さあて、どうなったことやら！」

こういった瞬間、はっと息をのんで、シビルはあとずさりした。

人形は、やはり、デスクのまえにすわっていたのだ。

「ひやーっ？」ミセス・グローブズが背後で奇声をあげた。「気味がわるい！　あーら、フォックスさん、顔がまっ青だわ。目まいでもするみたいに。なにか、ちょっと薬をのんだほうがいいわ。二階に、店長さんの薬があるんじゃないですか？」

「うーん、大丈夫」

かぶりをふりながら、シビルは、人形のそばに歩みより、用心ぶかく手にとって、もとの位置にもどしておいた。

「だれかが、また、いたずらをしたんですよ」と、ミセス・グローブズはいう。

「だって、こんどは、いたずらなんか、できるはずはないわ」気のぬけた声で、シビルはいった。

「そこのドアには、昨夜《ゆうべ》、カギをかけておいたんですもの。こうすれば、だれも室内《なか》にはいれっこないでしょう？」

「もしかしたら、だれか、べつのカギをもってるひとがいるのかも」

「そんなことはないわよ。いままで、ここのドアにわざわざカギをかけたことなんか一度もないんだし、これは、旧式のカギで、たった一個しかないんですもの」

「ほかのカギでも、あうんじゃないかしら……となりの部屋のドアのカギが」

それではと、ふたりは店内にあるカギをぜんぶ、ためしにつかってみた。だけど、結局、仮縫い室のドアにあうカギはなかった。

後刻、アリシア・クームといっしょに昼食をとりながら、シビルはいった。

「どう考えても、ふしぎですわ、店長」

相手のアリシア・クームのほうはかえって愉快そうな顔をしている。

「そうね。たしかに奇妙だわ。ひとつ、心霊現象の研究所あたりに手紙でもって相談してみようかしら。そうしたら、その道の専門家……というか、霊媒のようなひとをよこして、あの部屋になにか異常な点があるのかどうか、しらべてくれるかもしれないわ」

「店長は、こんどのこと、ぜんぜん気にしていないみたいですね」

「まあ、どちらかといえば、適当な気ばらしになっているようだわ。要するに、わたしくらいの年齢《とし》になるとね、なにか事件がおきると、スリルをおぼえるのよ！　いや、こんなのは冗談で……」アリシア・クームは急に眉をひそめる。「……やっぱり、気分がわるいわ。だって、あの人形、だんだん、身のほど知らずに増長してくるみたいじゃない？」

その日の夕方、シビルとアリシアは、もう一度、仮縫い室のドアに外がわからカギをかけた。

「あたし、まだ、だれかがわるふざけをしているような気がするんです」と、シビルはいった。

「けど、その理由は、ってことになると、さっぱり……」

「それじゃ、あしたの朝、また、あの人形はデスクのまえにいるだろうって思うわけ？」

「ええ、そうです」

だが、その予想ははずれていた。翌朝、人形はデスクのまえにいなかった。デスクのまえではなく、窓の下枠に腰かけて、おもての通りをながめていた。しかも、その姿勢には不自然な感じがまったくなかった。

その日の午後、ふたりでお茶をのんでいるとき、アリシア・クームがぽつりといった。

「ほんとに、バカみたいな話だわね」

ふたりとも、ふだんは仮縫い室でお茶をのむのが習慣になっていたのだが、もう、それはやめて、アリシアの個室のほうを利用することにきめたのだ。

「バカみたいな話、っていうと？」シビルがたずねた。

「なにがなんだか、さっぱり見当がつかないからよ。わかることといえば、しょっちゅう居場所をかえる人形がいる、ってことだけじゃないの」

日がたつにつれて、このアリシアの意見はしだいに現実味をおびてくるようだった。最近では、人形が居場所をかえるのは夜間だけではなくなった。日中、ほんの数分でも座をはずして、仮縫い室にもどってみると、人形は、もう、ほかの場所へ移動しているというばあいがある。ソファーのうえにおいたはずなのに、椅子のほうへうつってしまっている。それから、しばらくすると、こんどは、また別の椅子に陣どっている。窓下の腰掛けにすわっているときもあれば、デスクのまえにちょこんとすわっているときもある。

「好き勝手にうごきまわっているわけね」と、アリシア・クームはいった。「きっと……ねえ、シビル……それが楽しくて仕方がないのよ」

やわらかいビロードの服。色のついたシルクの顔。そんな人形がぐんなりと手足をのばして椅子の背にもたれている姿を、ふたりの女性は、そばに立ったまま、しげしげとみつめた。

「人形だなんていったって、ただ、ビロードとシルクの端切《はぎ》れをつなぎあわせて、頬紅をひと塗りしただけのものじゃないの」と、アリシア・クームは悪態をついた。その声は、緊張のせいか、ふるえている。「ねえ、ひとつ……このさい……処分してしまおうかしら」

「処分するとは、どういうことですの？」

愕然としたともいえるような声で、シビルはきいた。

「火のなかへほうりこんでしまうのよ。どこかで焚火ができればね。そう、ちょうど魔女狩りのときみたいに焼いてしまうわけよ。さもなきゃ、ごみ箱にすててしまえばいいわ」アリシアはあっさりといってのける。

「それじゃ、だめでしょう」シビルは異論をとなえる。「だれかが、ごみ箱からとりだして、また、ここへとどけにくるかもしれませんもの」

「だったら、どこかへ寄付してしまうという手もあるわ。ほれ、うちにも、よく、なにかを寄付していただきたいって手紙をよこす協会があるじゃないの。そこでは、贈られた品物を特売やバザーにだすのよ。そうね、これがいちばんいい方法だわ」

「さあ、どうかしら……」と、シビル。「あたしには、こわくて、そんなこと、できそうもありませんわ」

「こわくて？」

「ええ。きっと、また、もどってきそうな気がするんです」

「もどってくるって、ここ、ここへ？」

「ええ」

「伝書バトみたいに？」

「ええ、そうです」

「まさか、ふたりとも、頭がおかしくなりかけているんじゃないでしょうね。わたしのばあいは、じっさい頭がぼけてしまったのかもしれないから、あんたは、そんなわたしに調子をあわせているだけなのかもしれない。そうじゃない？」

「ちがいます。ただ、すごく不気味な感じがするんです。あの人形は、もともと、あたしたちの手に負えるものではないんじゃないか、という恐ろしい感じが」

「なあに？　あの布屑《ぬのくず》のかたまりの人形が？」

「そう。あの、ぐんなりした、うす気味のわるい、布屑のかたまりの人形が、です。だって、みるからに、意志はつよそうですもの」

「意志がつよそう？」

「あの調子じゃ、自分の思いどおりにふるまうんじゃないかしら？　だいいち、ここは、もう、自分の部屋みたいにしちゃったんですよ！」

「まあ、そうだわね」周囲をみまわして、アリシア・クームはうなずいてみせる。「もっとも、考えてみれば、現実に、そうだったのよ。色からなにから、すべての面でね。はじめは、人形がこの部屋にあっているような気がしていたんだけれど、結局のところ、部屋のほうが人形にあっていたわけよ。まったく……」ここで、いくぶん早口になった。「……こんなふうに一介の人形に部屋を占領されちゃうなんて、バカげた話だわ。ミセス・グローブズも、ここの部屋を掃除するのはいやですって」

「人形がこわいから？」

「そうじゃないんでしょうけど、なにやら、適当ないいわけをしていたわ」アリシアの目にはかすかな狼狽の色があらわれた。「ねえ、シビル、これから、どうしたらいいかしら？　わたし、だんだん気が滅入ってきちゃって、ここ数週間まえから、デザインの仕事ができないの」

「あたしも、裁断の作業に専念できなくて、つまらないミスばかりしているしまつなんです」と、シビルは正直にいった。「案外、さっき話していた心霊現象の研究所に相談をもちかけるという方法、効果があるかもしれませんわね」

「そんなことをしたら、ふたりが笑いものになるだけよ。あれはね、本気でいったんじゃないの。それより、仕方がないから、いまのままで頑張りつづけて、そのうちに……」

「そのうちに、どうなるんですか?」

「うーん、わからないわ」と、こたえて、アリシア・クームはあやふやな笑い声をあげた。


あくる日、シビルが店にでてくると、仮縫い室のドアにはカギがかかっていた。

「店長、カギはありますか? あそこのドア、ゆうべ、カギをかけたんですの?」

「ええ、わたしがかけたの」と、アリシア・クーム。「今後も、かけたままにしておこうと思ってね」

「というと?」

「あそこの部屋は、もう、つかわないで、あの人形にゆずってやることにしたの。ふた部屋も必要ないし、仮縫いなら、ここでもできるわ」

「だって、ここは店長が居間がわりにつかっている個室じゃありませんか」

「ともかく、あそこは、もう、つかわないの。ほかに、りっぱなベッドルームがあるんだから、ここをベッドルーム兼居間にすればいいわけよ」

「それじゃ、あの仮縫い室にはもう二度と足をふみいれない、ってことですの?」信じがたいという顔で、シビルはたずねた。

「ええ、そういうこと」

「だけど……お掃除はどうするんですか？　あのままほっといたら、よごれ放題になってしまうでしょうし」

「いいのよ。たとえ、この店まで人形に占領される羽目になろうと、かまわない。すなおに占有させてやるわ。部屋の掃除も、自分でやらせてあげる」ちょっと間をおいてから、アリシアはいいそえた。「あの人形はね、わたしたちが憎《にく》いのよ」

「なんですって？　あたしたちが憎《にく》い？」

「そうよ、気がつかなかったの？　とっくに気がついていたはずなのにねえ。あの人形をよくみれば、ぴんときたはずだわ」

「ええ」思案をめぐらしながら、シビルはいった。「どうやら、そうみたい。あたしも、ずっと、そんな感じがしていたんです。あの人形は、あたしたちが憎《にく》くて、みんなをここから追いだしてしまいたいと思っているんじゃないか、って」

「人形のくせに、生意気よ。ま、とにかく、これで満足するでしょう」

このあとのことは順調にはこんだ。店長のアリシア・クームは、店の者を全員あつめて、当分のあいだ、仮縫い室はつかわないことにするとつげた。まめに掃除をしておかなきゃならない部屋が多すぎるので、という理由をかかげてだ。

ところが、おなじ日の夕方、アリシアは、偶然、ふたりの縫い子がかわしている会話を小耳にはさんでしまった。

「このごろの店長、頭がおかしくなっちゃったみたいね。まあ、以前から、ものを失《な》くしたり、なんでもすぐに忘れてしまったり、すこし変だなとは思っていたんだけど、いまじゃ、だいぶ重症だわ。れいの人形をあんなに毛ぎらいするなんて」

「まさか、ほんとに気が狂っちゃったわけじゃないでしょうね。あたしたちをナイフで刺し殺すようなまねをするほど」

こんな陰口をいいながら、ふたりが歩み去ると、アリシアは憤然として椅子のなかで上体をおこした。気が狂っただなんて、冗談じゃない！　そう内心で怒鳴ってから、こんどは沈うつな気分におそわれ、胸のうちでつぶやいた。「たしかに、あのシビルがいなかったら、自分でも、頭がおかしくなりかけていると思うかもしれない。だけど、わたしのほかに、シビルとミセス・グローブズという証人もいることだし、あれには、なにか、いわく因縁があるような気がするわ。でも、このさき、どういう結果になるものやら」

それから三週間後、シビル・フォックスがアリシアにいった。

「あの部屋にも、いつかは、はいってみなきゃいけないでしょうね」

「どうして？」

「だって、ずいぶん汚なくなっているはずですもの。衣類なんぞは虫にくわれちゃってね。いっぺん、室内《なか》をきれいに掃除して、また、カギをかけておけばいいんですよ」

「いや、カギはかけたままにしておいて、室内《なか》にははいらないほうがいいわ」

「そんなことをいうなんて、あたしよりも迷信ぶかいんですね」

「まあ、そうらしいわ。もともと、あんたよりは、幽霊や魔物なんかの存在を信じやすい性分なのよ。だけど、最初のうちはね……ええと、なんていうか……こんどのことは妙にスリルがあって、おもしろいと思っていたの。それこそ、変な話でしょう。ほんとうは、こわいのにね。だから、あそこの部屋には、もう、はいる気になれないわ」

「あたしは、はいってみたい」と、シビルは語気をつよめる。「はいってみますわ」

「あんた、どうかしているんじゃない？　ただ、好奇心がわいてきただけなんでしょう？」

「いいですわ、好奇心のせいだといわれても。あの人形がどうなったか、それを知りたいんです」

「でも、やっぱり、あの人形はそっとしておくほうがいいと思うわ。あそこの部屋には足をふみいれる者がいなくなったおかげで、人形もすっかり安心しているはずよ。いま

のまま安心させておくほうがいいんじゃないの」アリシアは不快げに溜め息をついて、

「ああ、くだらないわね、こんな話！」

「そう、くだらない話だってことはわかっています。ですけど、くだらない話をしなくてもすむ方法があるというんでしたら……いや、迷わずに、カギをかしてください」

「ええ、いいわ」

「あたしが人形を外へだしてやったりするんじゃないかと、それが心配なんでしょう。あれには、たぶん、ドアや窓をとおりぬける芸当もできるんですよ」

ドアのカギをあけて、シビルは室内《なか》へはいっていった。

「まあ、ふしぎだわ」

「ふしぎって、なにが」

シビルの背後から、アリシアは室内《なか》をのぞきこんだ。

「部屋のなか、埃はぜんぜんたまっていないみたいですよ。あれいらい、ずっと閉めっきりになっていたのに……」

「ほんとにふしぎだわね」

「ああ、あそこにいるわ」

人形はソファーのうえにいた。いつものように手足をぐんなりとのばした姿勢で寝そべっているのではない。背中にクッションをあてがって、きちんと正座している。まるで、お客の来訪を待っている一家の主婦のようにだ。

「なんだか、自宅でくつろいでいるような感じじゃない？」と、アリシアはいう。「無断ではいってきて申しわけありません、とでもいわなきゃいけないような気がするわね」

「さあ、いきましょう」

シビルは、部屋からでて、ドアをしめ、もとどおり、カギをしめた。

ふたりの女性はじっと顔をみあわせた。

「おかしいわ」と、アリシアは首をかしげる。「なぜ、こんなに気味がわるいのか……」

「あーら、気味がわるくなるのは当然ですわよ」

「だけどね、いったい、なにがあったっていうの？　じっさいには、なんてこともなくて……ただ、部屋のなかを勝手にうろつきまわる操《あやつ》り人形のようなものがいるだけの話じゃないの。いや、わたしが思うに、あれは操《あやつ》り人形じゃなく……ポルターガイストだわ」

「なるほど。そう考えるほうが筋がとおるみたい」

「そうね。だけど、そんなこと、本心では信じていないの。騒動のもとは……あくまでも、あの人形よ」

「で、あれがどこからきたのか、ほんとうに心あたりはないんですか？」

「ええ、ぜんぜん。それに、考えてみればみるほど、ますます断言できるわ。自分で買ったものでもないし、他人《ひと》からもらったものでもない、ってことが。まあ、要するに……ふらりと、ここへ舞いこんできただけなのよ」

「じゃあ、いつか、でていくでしょうか？」

「さあ、ね。ではいかないと思うわ。ここにいれば、なんでも自由になるんですもの」

だが、この点はアリシアの誤解だったらしい。つぎの日、なにげなくショールームにはいっていったシビルは、ぎょっとして、思わず息をのんだ。それから、二階へむかって大声をはりあげた。

「店長！　店長！　ちょっと、きてください！」

「どうしたの？」

朝寝坊をしたアリシア・クームは、右膝のリューマチのため、おぼつかない足どりで階段をおりてきた。

「いったい、どうしたのよ、シビル？」

「ほれ、あそこをご覧になって」

ショールームの戸口で、ふたりは思わず棒立ちになってしまった。れいの人形が、ソファーの肘掛けのうえに大の字に寝そべるような恰好で、のんびりとすわっているのだ。

「でてきちゃったんだわ」と、シビルはいった。「あそこの部屋から、でてきちゃったんだわ！　この部屋も占領したくなったんですよ」

アリシアは戸口でしゃがみこんだ。

「で、最後には、ここの店をそっくり乗っとってしまおうと思っているのね、きっと」

「ええ、そうかも」

「この、いやらしい、陰険な悪党め！」アリシアは人形にむかって毒づいた。「ひとの店へ勝手にはいりこんで、みんなに気をもませるなんて、いったい、どういう了見なのよ？　おまえなんかに、用はないわ！」

このとき、アリシアには、人形がかすかに動いたように思えた。シビルも、そんな気がした。手足からはいちだんと力がぬけていくみたいだ。ぐんなりした腕はソファーの肘掛けにのせたままだが、半分かくれた顔には、その腕の下から相手をじっとみつめているような表情がうかがわれる。しかも、その表情たるや、みるからに狡猾そうで、陰険だ。

「ほんとに、いやらしいやつね」アリシアは目の色をかえる。「いいかげんにしてよ！　もう、我慢できないわ！」

と、いきなり、シビルの不意をついて、アリシアは部屋のなかにとびこむなり、人形をひっつかんで、窓べに駆けより、さっと窓をあけて、人形を外の道路にほうりだしてしまった。あまりのことに、シビルは、はっと息をのみ、恐怖の悲鳴にちかい声を発した。

「まあ、店長、ひどいわ、そんなことをするなんて！　いくらなんでも、ひどすぎるわ！」

「ああでもしなきゃ、気がすまなかったのよ。もう我慢も限界ですもの」

窓ぎわに立っているアリシアのそばへシビルは歩みよった。人形は、眼下の歩道に手足をひろげ、うつぶせの姿勢で、ころがっている。

「結局、殺しちゃったのねえ」つぶやくように、シビルはいった。

「バカなこと、いわないで。ビロードとシルクの寄せあつめのものなんか、殺せるわけがないじゃないの。あれは、生き物じゃないんだから」

「こわい生き物ですわ」

このとき、アリシアがぐっと息をのんだ。

「あらっ！　あの子……」

みると、みすぼらしい身なりをした少女が、ひとり、歩道のうえの人形のそばに立っている。午前ちゅうのいまごろは、道路もさほど人通りがなく、車がすこし走っているだけだった。少女は左右に目をくばると、安心したように腰をかがめて、人形をひろいあげ、駆け足で道路を横ぎりはじめた。

「だめ！　だめよ！」と、アリシアは叫んだ。

それから、こんどは、シビルのほうをむいて、いった。

「あの子に人形をもっていかせちゃ、いけないわ。ほんとよ！　あの人形は、物騒……悪魔なんだから。さあ、はやくいって、とめなくちゃ」

だが、少女の足をとめたのは、アリシアたちではなく、往来の車だった。ちょうどこのとき、一方から、タクシーが三台、もう一方から、ライトバンが二台、走ってきたのだ。そのために、少女は道路の中央の安全地帯で動けなくなってしまった。シビルは階段を駆けおりていった。アリシアもあとからついてくる。一台のトラックと乗用車のあいだをすばやく走りぬけて、シビルとアリシアは安全地帯にたどりついた。少女は、まだ、そこで立ち往生したままだった。

「そのお人形、もっていっちゃだめよ」と、アリシアが声をかけた。「おばさんに返してちょうだい」

少女はアリシアの顔をみつめた。八歳くらいの、やせた女の子で、両の目はいくぶん斜視だ。顔には、頑として反抗するような表情をうかべている。

「なんで返さなきゃいけないのよ？」と、少女は食ってかかる。「この人形、おばさんはあそこの窓から投げすてたんじゃないの。あたしには、ちゃんとみえたんだから。窓から投げすてたんなら、いらないはずでしょ。だから、これは、もう、あたしのもんだわ」

「お人形さんがほしければ、べつのを買ってあげるわ」躍起になって、アリシアは口説きはじめた。「これから、いっしょに、おもちゃ屋にいきましょう。どこでも、あんたの好きなお店でいいわ。そこで、いちばん上等のお人形を買ってあげる。だからね、これは、おばさんに返してちょうだい」

「いやよ」

首を大きく横にふって、少女は、ビロードの人形を強奪者から守るように、しっかりと両腕でかかえこんだ。

「いわれたとおり、返さなきゃ、だめよ。あんたのものじゃないんだから」

こういって、シビルは、手をまえにさしのべ、少女から人形をうけとろうとした。その瞬間、少女は威勢よく足をふみ鳴らして、身をひねり、シビルとアリシアにむかって金切り声をはりあげた。

「いやよ！　いや！　いや！　これは、あたしのもんよ。あたしは、このお人形が好きなの。おばさんたちは、好きじゃないのよ。きらいなのよ。そうでなきゃ、窓から投げすてるようなまね、するわけないわ。ほんとに、あたしは、好きなの。このお人形も、そういってもらいたいのよ。かわいがってほしいと思っているのよ」

こう叫ぶなり、少女は、まるでウナギみたいに、走っている車のあいだをするりと縫って、道路をつっ切り、シビルとアリシアが、路上の車をうまく避けて、あとを追えるかどうか迷っているうちに、むこうの裏通りに駆けこみ、ついに姿をくらましてしまった。

「ああ、逃げちゃったわ」と、アリシアはぼやいた。

「あの子、この人形はかわいがってもらいたいんだって、いってましたね」

「じっさいに……」アリシアはうなずきながら、「……それが、あの人形の望みだったのかもしれないわ。そう、かわいがってもらうことが、ね」

ロンドンの往来のまんなかで、ふたりの女性は恐怖の念に打たれたまま、呆然と顔をみあわせた。

教会で死んだ男

Sanctuary

牧師館の角をまわって、菊の花をいっぱいかかえたハーモン夫人が姿をあらわした。ふだんばきの頑丈な靴には、よく肥えた花壇の土がどっさりつき、鼻のあたりにも、いくつか、泥の粒がこびりついている。けれど、ご当人はいっこうに気にしていない。

さびついて、蝶つがいからはずれそうになっている鉄柵の門をあけるのには、ちょっと苦労した。腕にかかえている菊の花が、数本、ぱらぱらっと地面におちてしまうと、ハーモン夫人は思わず聖職者の奥さんにはふさわしからぬ悪態をついて、身をかがめ、おちた花をひろいあげた。と同時に、一陣の風がさっと吹きつけ、くたびれたフェルトの帽子はいちだんと粋な恰好にかしぐような結果になった。

楽天家の両親が〝ダイアナ〟という名をつけたハーモン夫人は、娘のころ、なにかの理由で〝バンチ〟と呼ばれたのがきっかけで、いつのまにか、この珍妙な名前が本人の通称になってしまっていた。菊の花たばの根もとをしっかりつかむと、バンチは、門をとおりぬけ、教会の入口のほうへ歩をすすめた。

十一月の空気は湿っぽい。ところどころが青い空をかすめて、疾風《はやて》のように雲がとんでいく。教会のなかは、うす暗くて、冷えきっている。礼拝のとき以外は暖房しないことになっているからだ。

「おお、さむい！」バンチは大げさに身をふるわせた。「はやく、これを片づけてしまおう。風邪なんかひいて死にたくないし」

これまでの修練で身についた敏捷な動作で、バンチは必要なものをあつめた。花びんと、水と、剣山《けんざん》だ。「ユリの花があればいいんだけど」と、バンチはひとりごとをいった。「こんなもしゃもしゃした菊には、もう倦きたわ」

バンチは器用な手つきで花を生けはじめた。その飾り方には、とくに独創的なところも、芸術的なところもない。もともと、バンチ・ハーモン自身、独創的なタイプでも、芸術家肌の才女でもないからだ。けれど、生けおわった花は、みるからに素朴で、さわやかな印象をあたえた。花びんをだいじにかかえ、バンチは教会内の通路を祭壇のほうへ歩きだした。その途中、雲間から太陽がぽっかりあらわれた。

日光は青と赤が大半をしめるステンドグラスのはまった東がわの窓ごしに差しこんでいる。この窓はビクトリア女王時代にここの教会へ礼拝にきていた某富豪の寄贈品だった。太陽を背にして燦然《さんぜん》とかがやきだしたステンドグラスは思わず息がつまるほど美しい。「まるで宝石みたいだわ」と、バンチはつぶやいた。それから、ふいに、ぎくっと立ちどまって、前方に瞳をこらした。祭壇のまわりの内陣の階段のうえに、なにやら、むっくり盛りあがった黒いものがみえる。

バンチは、手にもった花びんをそっと床において、階段のところまで歩いていった。黒いものとみえたのは、背中をまるめて、つっぷしている、ひとりの男だった。バンチは、男のわきにひざまずいて、用心ぶかく、ゆっくりと体をあおむけにした。ためしに、指さきで脈をさわってみる。脈の打ち方は、よわく、不規則だ。おまけに、すっかり青ざめた顔の色。これは、もう、まちがいない。

男は、死にかけているのだ。

みたところ、年齢は四十五くらいで、みすぼらしい黒の背広を着ている。バンチは指さきでもちあげていた力のない手を下におろして、もう片方の手に目をやった。こちらの手は、胸のうえで、こぶしのようににぎりしめ、指の下に、大きな布のかたまりかハンカチのようなものがみえる。この手のまわりには、茶色の液体がとび散り、すでに乾いている。どうやら血痕らしい。バンチは、眉をひそめながら背すじをのばした。と、このとき、いままで閉じていた男の目が急にあいて、バンチの顔をじっとみつめた。その目は、にごってもいないし、かすんでもいない。生気があって、すっきりと冴えている。くちびるがかすかに動いたので、口からもらす言葉をききとろうと、バンチはあわてて身をかがめた。口をついてでたのは、ただ一語、「サンクチュアリ」という言葉だった。

この言葉をつぶやくさい、男の顔に、うっすらと笑みがうかんだような気がした。いまのは、ききちがえではなかった。しばらく間をおいてから、男はまた、おなじ言葉を口にしたからだ。

「サンクチュアリ……」

それから、かすかな吐息をつくと、男は目をとじてしまった。もう一度、バンチは脈をさわってみた。まだ脈はあるが、まえよりも弱々しくなり、とぎれがちだ。バンチは意を決したように立ちあがった。

「うごいたり、うごこうとしたりしちゃ、だめよ」と、バンチは男に声をかけた。「すぐに、だれかを呼んでくるから」

男はまたもや目をあけた。だが、こんどは、教会の東がわの窓から差しこんでいる色あざやかな日光に注意をむけているようだ。なにごとか、ひくい声でつぶやいたが、よくききとれない。けれど、なんとなく、夫の名前だったような気がして、バンチはぎくっとした。

「ジュリアン？」と、バンチはきいてみた。「ジュリアンをさがしに、ここへきたの？」

だが、返事はない。男は目をとじて、ぐったりしている。呼吸は、しだいに遅くなり、いまにも止まりそうだ。

バンチは、くるりと身をひるがえして、足ばやに教会をでた。腕時計に目をやると、いくぶん安心したように、うなずいた。きっと、グリフィス医師《せんせい》はまだ診療所にいるだろう。診療所は教会から歩いて、ほんの数分のところにあった。バンチは入口のドアをノックもせず、呼び鈴もおさずに、ずかずかとはいっていって、待合い室をとおりぬけ、じかに診察室へ足をふみいれた。

「医師《せんせい》。すぐに、きてください」息を切らしながら、バンチはたのんだ。「男のひとが、死にかけているんです……教会のなかで」

それから数分後、教会内で倒れている男の体をざっと診《み》て、グリフィス医師は腰をあげた。

「ここから牧師館のほうへうつしてもいいですか？　あそこなら、ちゃんとした手当てができますから。もっとも、無駄かもしれませんがね」

「ええ、かまいません」と、バンチはこたえた。「いまから、すぐ、必要なものを用意します。ハーパーとジョーンズにも声をかけましょう。このひとをはこびだすのを手つだってもらうために」

「たのみます。牧師館から電話で救急車を呼んでもいいんですが、おそらく、救急車がくるまでには……」

「内臓からの出血ですの？」バンチはきいてみた。

グリフィス医師はうなずいて、

「いったい、どうやって、ここへはいりこんだんでしょうね？」

「きっと、昨夜《ゆうべ》からずっと、ここにいたんですわ」思案をめぐらしながら、バンチはいった。

「ハーパーは、毎朝、仕事にとりかかるときに、この教会のカギをあけることにしているんですが、ふだんは、なかにはいらないんですから」

やがて、五分ほどすると、グリフィス医師は電話をかけおえて、居間へもどってきた。

怪我人は、数枚の毛布をいそいで敷いたソファーのうえに横たわっている。バンチは、グリフィス医師の診察がすんだので、洗面器の水をあけて、まわりを片づけているところだった。

「さあ、これでいいでしょう。救急車を呼んで、警察にも連絡しておきましたから」

こういうと、グリフィス医師は顔をしかめて、ソファーのうえに横たわっている瀕死の患者をみおろした。患者の左手は、発作でもおこしたようにふるえながら、わき腹のあたりをかきむしっている。

「この男は、拳銃で射たれたんですよ。かなり近距離からね。それで、ハンカチをまるめて、傷口をふさぎ、出血をとめようとしたんです」

「射たれてから、そんなにいつまでも歩けるもんでしょうか？」と、バンチはきいてみた。

「ええ、それは可能です。げんに、致命傷を負った人物が、むっくり起きあがって、なにごともなかったように道を歩きだし、それから五分か十分後、とつぜん、その場に倒れてしまった、というケースもありますからね。ですから、この男のばあいも、教会のなかで射たれたとはかぎらない。いや、そうじゃなくて、ここからだいぶはなれた場所で射たれたんでしょう。もちろん、おのれの手で自分を射ったのち、もっていた拳銃をすてて、よろけながら教会まで歩いてきた、ということも考えられる。それにしても、解《げ》せないのは、なぜ、教会のほうへむかい、この牧師館のほうにはこなかったのか、ということです」

「ああ、そのことなら、わかります。本人は、〝サンクチュアリ〟っていってましたもの」

グリフィス医師は思わずバンチの顔を凝視して、

「〝サンクチュアリ〟？」

「あら、主人ですわ」廊下のほうで夫の足音がきこえたので、バンチはそちらへ顔をむけた。

「ねえ、あなた！　ちょっと」

呼ばれて、ジュリアン・ハーモン牧師が居間にはいってきた。飄々《ひょうひょう》とした学者ふうの態度のせいか、この牧師は、いつみても、じっさいの年齢《とし》よりは老けた印象をあたえる。

「へーえ、こりゃあ！」

ジュリアン・ハーモンは、いささか面くらったようすで、外科の医療器具とソファーのうえに横たわっている男に目をみはった。

バンチは、例によって、無駄な言葉はできるだけはぶく話し方で夫に事情を説明した。

「このひと、教会のなかに倒れていたの。医師《せんせい》の話だと、銃で射たれたんですって。あなた、このひとをご存知？　なんだか、あなたの名前を口にしたような気がするんだけど」

牧師はソファーのそばに歩みよって、瀕死の男をみおろした。

「かわいそうに」と、つぶやいてから、牧師はかぶりをふる。「いや、知らないね。まえに会ったおぼえもない」

このとき、男はふたたび目をあけた。その視線はグリフィス医師からジュリアン・ハーモン牧師へ、ついで、ハーモン牧師から妻のバンチへとうつった。そうして、そのままバンチの顔をじっとみつめている。

グリフィス医師は、まえにすすみでて、せかすように声をかけた。

「どうしたね？」

だが、男は、なおもバンチの顔に視線をすえたまま、かぼそい声をだした。

「たのみます……たのみます……」

こういったきり、かすかに身をふるわせて、男は息たえてしまった。

ヘイズ巡査部長は、鉛筆のしんをなめながら、手帳をめくって、

「すると、わかっていることはこれだけですね、奥さん？」

「ええ」と、バンチはこたえた。「これが、本人の背広のポケットにはいっていた品物です」

ヘイズ巡査部長のそばにあるテーブルのうえには、財布が一個、W・Sという頭文字《イニシャル》のついた古い懐中時計が一個、それと、ロンドンまでの往復切符の帰りの半券が一枚のっている。

「で、あのひとの身元はわかりましたの？」

「じつは、エクルズ夫妻とかいうひとたちから署へ連絡がありましてね。電話での話によると、れいの男はエクルズ氏の奥さんの弟らしいんです。名前は、サンドボーン。だいぶまえから、健康を害して、神経的にもまいっていた。その病気は、最近ますますひどくなり、一昨日《おととい》、ふらりと家をでたっきり、帰ってこない。家をでるときは、拳銃をもっていた、というんです」

「それで、この村までやってきて、拳銃で自殺したわけね。でも、その理由はどういうことなんでしょう？」

「まあ、つまり……うつ病が昂じて……」

「いえ、そのことじゃなくて、なぜ、わざわざ、この村で自殺なんかする気になったのか、ということです」

ヘイズ巡査部長も、この点は理解しかねるとみえ、逃げ口上みたいな返事をする。

「ともかく、本人はこの村へやってきたわけです。五時十八分のバスでね」

「なるほど。だけど、その理由は？」

「さあ、それはわかりませんね、奥さん。そこのところはぜんぜん不明です。まあ、精神状態がおかしくなれば……」

相手の言葉をひきついで、バンチはいった。

「おかしくなれば、どこかへいって、自殺するかもしれない。だけど、それにしても、わざわざバスにのって、こんなひなびた田舎までやってくることもないと思うわ。べつにこの村に知人がいたわけでもないんでしょう？」

「ええ。これまでに確認できているかぎりでは」

気がとがめるように咳ばらいをして、ヘイズ巡査部長は椅子から腰をあげた。

「ことによったら、いま話にでたエクルズ夫妻がこちらへ訪ねてくるかもしれませんよ。奥さんにとって迷惑じゃなければいいですがね」

「ちっとも迷惑じゃありませんわ。むしろ、その方たちに本人の最期のもようを話してあげたいくらいですもの」

「それじゃ、これで失礼します」

巡査部長を玄関まで送りだしながら、バンチはいった。

「ま、こんどの事件が殺人事件ではなくて、ほんとに、よかったと思っていますわ」

牧師館の門のまえに一台の車がとまっていた。ヘイズ巡査部長は、そちらへちらりと目をむけて、いった。

「どうやら、いまの話のエクルズ夫妻がさっそく訪ねてきたようですよ、奥さん」

きびしい試練に耐えるべく、バンチはぐっと気をひきしめにかかった。そうしながら、内心でつぶやいた。まあ、いざとなれば、夫のジュリアンに助けをもとめることができるわ。肉親をなくした遺族にとって、牧師の言葉は大きな救いになるはずだから。

エクルズ夫妻とはどんなひとたちなのか、バンチには想像もつかなかった。だが、挨拶をかわしてみると、いささか意外な印象をうけた。エクルズ氏は、でっぷり肥えて、血色がよく、生まれつき、陽気で、ひょうきんな性格らしい。奥さんのほうはなんとなく安っぽい感じのする女性で、品のない、おちょぼ口をしている。彼女は耳ざわりな甲高い声で話しはじめた。

「まあ、察していただけると思いますけど、こんどのことには、ほんとに、びっくりしてしまいましたわ」

「ええ、わかります」と、バンチは応じた。「さぞかし、びっくりなさったことでしょう。さ、どうぞ、おかけになって。よろしかったら……ま、ちょっと時間がはやすぎるかもしれませんけど……ひとつ、お茶でも……」

夫のエクルズ氏はずんぐりした手を横にふって、

「いや、いや、なにもかまわんでください。ご好意には感謝します。わたしどもは、ただ……そのう……死んだウイリアムがどんなことを話したか、そのへんのことがわかれば、けっこうなんですから」

「なにしろ、ながいこと外国へいっていたもんで」と、エクルズ夫人がいう。「きっと、なにか、いやな目にあったんだと思いますわ。ほとんど口もきかず、毎日、憂うつな顔をしていましてね。帰国してから、ずっとです。なんだか、この世は生きづらいとか、将来に希望はないとか、そんなことをいったりして。ほんとに、ビルはかわいそうでした。いつも、じっとふさぎこんでいるばかりで」

バンチはひとしきり無言のまま、エクルズ夫妻の顔をみつめた。

「そのうち、主人《たく》の拳銃をぬすみだしましてね」と、エクルズ夫人は話をつづける。「あたしたちの知らない間に、です。それから、どうも、バスにのって、この村へやってきたらしいんです。たぶん、そんな冒険でもして心の憂さを晴らすつもりだったんでしょうね。あたしたちのところにいたんでは、なんにもする気がおきないし」

「まったく、いくじのないやつだ」溜め息をつきながら、エクルズ氏はいう。「いまさら、とやかくいっても仕方がないが」

ここで、ちょっと間をおいてから、エクルズ氏はさらに話をつづける。

「なにか、本人がいいのこしたことはありませんかね？　臨終の言葉とか、そんなようなものを？」

エクルズ氏は、ぎらぎら光る物ほしげな目でバンチの顔をじっとみつめる。エクルズ夫人のほうも、はやく返事がききたいというように、身をのりだした。

「いいえ」おちついた口調で、バンチはこたえた。「義弟《おとうと》さんは、亡くなる直前、ここの教会へはいってきたんです。サンクチュアリをもとめてね」

「サンクチュアリ？」エクルズ夫人は怪訝そうな表情をみせる。「それは、また……」

「神聖な場所のことだよ」やきもきしたように、エクルズ氏が口をはさんだ。「牧師の奥さんがおっしゃっているのは、そのことなんだよ。自殺は……罪悪なんだからね。で、本人は、そのつぐないをしようと思ったんだろう」

「息をひきとるとき、なにか、いおうとしたんですけどね、『たのみます』といったところで、こと切れてしまったんです」

これをきくと、エクルズ夫人は、目もとにハンカチをおしあてて、しくしく鼻をすすりはじめた。

「まあ、やりきれないわ」

「おい、おい」夫がたしなめた。「とりみだしちゃ、だめだ。もう、どうにもならんことじゃないか。ウイリーは、たしかに、かわいそうなことをした。でも、いまは天国にいるんだ。いや、どうも、ほんとに申しわけありません、奥さん。おいそがしいところをお邪魔してしまって」

エクルズ夫妻は、バンチと握手をかわして、辞去しようとした。と、ふいにエクルズ氏のほうがうしろをふりむいた。

「ああ、そうそう。もうひとつ、おたずねしなきゃ。こちらに、義弟《おとうと》の背広がありますでしょうね？」

「背広？」バンチは思わず眉をひそめた。

「じつは、本人の遺品のようなものがほしいんです」と、エクルズ夫人がいう。「形見に、と思いまして」

「ポケットのなかには、懐中時計と、お財布と、列車の切符がはいっていましたけど、これは巡査部長のヘイズさんにわたしておきましたわ」

「ならば、けっこうです」と、エクルズ氏。「のちほど、わたしどもに引きわたしてもらえるでしょうからね。その財布にはプライベートの書類がはいっているはずなんです」

「お財布の中身は一ポンド紙幣が一枚きりで、ほかには、なにもありませんでしたけど」

「手紙も？　手紙のようなものも、ですか？」

バンチはうなずいてみせた。

「なるほど。いや、どうも、お手数をかけました、奥さん。そのう……本人が着ていた背広ですけど……これも警察のほうにあるわけなんでしょうね」

記憶の糸をたぐるように、バンチは眉をひそめて、

「いいえ、そうじゃなくて……ええと、あの背広は、たしか、傷口を診察するときに、医師《せんせい》がぬがせてから……」

というと、室内をぼんやりとみまわして、

「そう、あたしが、タオルや洗面器といっしょに二階へもっていったような気がするわ」

「あのう、もし差しつかえなかったら……その背広、わたしどもがもらいたいんですが

ね。なにぶん、本人が死亡するさいに着ていたものですし、家内としては、形見にとっておきたいでしょうから」

「ごもっともですわ。でしたら、おわたしするまえに、ちょっと洗っておきましょうか？　じつは、だいぶ……うーん……血でよごれているので」

「ああ、いや、いや、そのままでけっこうです」

「でしたら……ええと、あれはどこへ……では、ちょっと失礼します」

二階へあがっていったバンチは、しばらくしてから、もどってきた。

「どうも、ごめんなさい」息を切らせながら、バンチはいった。「かよいのお手つだいさんが、クリーニング屋へだす衣類といっしょに片づけてしまったらしく、みつけるのに、すっかり手間どってしまって。はい、これです。なにか、適当な包装紙でつつんであげましょう」

相手が固辞するのを黙殺して、バンチが包装紙で背広をつつんでやると、エクルズ夫妻はもう一度、大げさに礼の言葉をのべて、帰っていった。

バンチは、ゆっくりした足どりで広間をとおりぬけ、夫の書斎へはいっていった。すると、ジュリアン・ハーモン牧師は顔をあげ、ひたいのしわがすっと消えた。ちょうど説教の原稿を書いていたハーモン牧師は、キュロス大王の統治下にあったユダヤとペルシアの政治的関係に興味をもちすぎるのは邪道ではないかと迷っているところだったのだ。

「どうしたね?」なにかを期待するような口ぶりで、牧師はきいた。

「ねえ、あなた、〝至聖所《サンクチユアリ》〟って、厳密には、どういうことですの?」

ジュリアン・ハーモン牧師は、待っていましたとばかりに書きかけの原稿をわきへのけて、話しはじめた。

「そう、古代ローマやギリシアの神殿にあった至聖所《サンクチユアリ》とは、神の像を安置してある内陣《セラ》のことだ。ラテン語では〝アラ〟というんだが、これには、祭壇という意味のほかに、〝保護〟という意味もある。キリスト教の教会にある至聖所《サンクチユアリ》の特権、つまり、免罪特権が最終的に承認されたのは西暦三九九年で、それいらい、犯罪人や逃亡者たちはこの免罪特権を都合よく利用していた。なお、イギリスのばあい、この免罪特権なるものがはじめて登場したのは西暦六〇〇年で、これはエセルバート王の発布した成文法典に……」

といった調子で、ジュリアン・ハーモン牧師は、しばらく、このさきの話をつづけた。

だが、よく感じるように、博学な夫の弁論にききいっている妻の表情をみると、思わず照れくさくなった。

「ねえ」と、バンチは声をかけた。「あなたって、ほんとに、すてきよ」

身をかがめて、バンチは夫の鼻のさきにそっとキスした。夫のジュリアンは、なんだか、芸が上達したと褒められた犬みたいな感じがした。

「ほんのいましがたまで、エクルズ夫妻がきていたの」と、バンチはつげた。

ハーモン牧師は不審そうな顔をして、

「エクルズ夫妻？　どうも、おぼえがない……」

「あなたの知らないひとよ。教会で亡くなった、れいの男の姉と義兄ですもの」

「それだったら、呼んでくれればよかったのに」

「べつに、その必要はなかったの。ふたりとも、悲しみに打ちひしがれていたわけではないんですから。ええと……明日《あした》のことなんだけど、オーブンにシチュー鍋《なべ》をいれておけば、あとは、ひとりでなんとかできて、ジュリアン？　じつは、ちょっとロンドンまでいってこようと思うの。〈バローズ・アンド・ポートマン商店〉で白布地の特別バーゲンセールをやっているのよ。シーツやテーブルクロス、タオルやガラス器の布巾《ふきん》のたぐいで、うちの布巾《ふきん》なんか、もう、すり切れちゃって、どうしようもないんですもの。それと、ついでに」思案ありげに、バンチはいいそえた。「ジェーンおばさんにも会ってこようか、と思って」

愛嬌のある老婦人、ミス・マープルは、甥のレイモンドが住んでいるアパートの一室にのんびりと腰をおちつけて、これからの二週間、ロンドンでの生活をせいぜい満喫しようと考えているところだった。

「レイモンドったら、ほんとに心がやさしいのよ」と、ミス・マープルはしずかな声でいう。「二週間ばかり、妻のジョーンといっしょにアメリカへいくから、留守のあいだ、ここへきて、気分転換でもしたらどうかって、そういってくれたわけなの。ああ、それはそうと、バンチ、肝心の話をきかせて」

バンチにとって、ミス・マープルは、自分の洗礼式に立ち会ってくれた名づけ親だった。その大好きな老婦人から愛情のこもった目で顔をみつめられると、バンチは、かぶっている外出用のフェルト帽をうしろへずらして、さっそく話をはじめた。

バンチの話は簡潔明瞭だった。その話をききおえると、ミス・マープルは大きくうなずいてみせた。

「なるほど。そう、わかったわ」

「こんなわけで、ぜひ、おばさんに会いたいと思ったの。なにしろ、あたしは頭がよくないし……」

「うーん、頭はいいわよ」

「いいえ、だめなの。主人のジュリアンみたいなわけにはいかないわ」

「たしかに、ジュリアンは論理的な思考力をそなえているわね」

「そうなの。ジュリアンは思考家タイプで、反対に、あたしのほうは感覚派みたい」

「あんたのばあいは、常識的判断力にとんでいて、勘もするどいのよ、バンチ」

「とにかく、あたしには、どうしたらいいか、わからないの。かといって、主人にきくわけにもいかないでしょ。だって……その……主人はあまりにも謹厳実直で……」

　この言葉の意味をミス・マープルはすぐに了解したようだった。

「ええ、あんたのいいたいことはわかるわ。あたしたち女性は……まあ、ちょっとちがうのよね。それで、事件のあらましはいまの話のとおりなんでしょうけど、まずは、あんたの推理をきかせてくれない」

「あたしの推理って、まるで矛盾だらけなのよ。まず、教会のなかで死にかけていたこの男は、どうやら至聖所《サンクチユアリ》のことをよく知っているらしく、この言葉を口にしたときは、主人の口調とそっくりだった。きっと、そうとう博識な、教育のあるひとなんじゃないかしら。だとすると、かりに拳銃で自殺をはかったんだとしても、そのあとで、わざわざ教会のなかへ這いこんできて、『至聖所《サンクチユアリ》』なんてことを口にするのはおかしい。至聖《サンクチ》所《ユアリ》というのは、いいかえれば、いま、だれかに追われていて、教会のなかへ逃げこんでしまえば安全だという意味だし、そうすれば、追っ手はもうタッチできないわけよ。むかしは、警察でも、どうにもできなかった、ということですもの」

ここで、バンチはミス・マープルの顔色をちらりとうかがった。相手は大きくうなずいてみせるので、さらに話をつづけた。

「それにね、あとから訪ねてきたエクルズ夫妻というのは、まるでタイプがちがうのよ。いかにも教養がなさそうで、態度は下品だし。ああ、それと、もうひとつ、だいじなことがあるの。れいの懐中時計……亡くなった男がもっていた時計だけど……これは、裏にW・Sという頭文字《イニシャル》がきざんであるのに、なかには……そう、あたし、念のためにあけてみたのよ……小さな字で〝父親よりウォルターへ〟という文句と年月日がきざみこんであった。ウォルター、よ！　なのに、このエクルズ夫妻は、本人のことを話すとき、ウイリアムとかビルとかいっていた」

ミス・マープルは発言しようとしたが、バンチはなおも一気にしゃべりつづける。

「もちろん、だれでも、洗礼名で呼ばれるとはかぎらないわね。つまり、洗礼名が、たとえば、ウイリアムでも、じっさいには〝ポーキー〟とか〝キャロット〟といったような呼び方をされるばあいもあるってこと。これは、あたしにも理解できるわ。だけど、もし名前がウォルターだとしたら、本人の姉がウイリアムとかビルとか、そんないい方をするはずはないでしょう」

「すると、その女性は姉じゃない、というわけ？」

「じゃない、と思うわ。なにしろ、いやな感じなのよ。夫婦そろって、ね。ふたりが牧師館へやってきた目的は、亡くなった男の所持品を手にいれることと、亡くなるまえに本人がなにかいったかどうかをたしかめるためだった。だから、なにもいわなかったという返事をきいたとたん、ふたりの顔には安堵の表情がうかんだ。ま、これはあたしの想像なんだけど、あの男を銃で射ったのはエクルズじゃないかしら」

「じゃあ、殺人？」と、ミス・マープルはいった。

「ええ、殺人事件よ。だから、こうして、おばさんのところへきたわけよ」

こんな話を、なにも知らない第三者がきいたら、突拍子もないことをしゃべっていると思うかもしれない。けれど、一部の社会では、殺人事件の解決者として、ミス・マープルは有名なのだ。

「この男はね、息をひきとる直前、あたしにむかって、『たのみます』っていったの」と、バンチ。「きっと、なにか、してもらいたいことがあったんだわ。なんのことやら、あたしにはさっぱり見当がつかないけど」

ミス・マープルは、ちょっと思案をめぐらすと、すでにバンチの頭にうかんでいる肝心の点をずばりと指摘した。

「だけど、その男、そもそも、どうしてそんなところに倒れていたのかしら?」

「ということは、もし保護をもとめていたのなら、どこの教会へとびこんでもいいじゃないか、って意味でしょう。そうなの。なにも、わざわざ、一日に四台しかでていないバスにのって、あんな人里はなれた田舎までやってくる必要はなかったはずだわ」

「おそらく、なにかの目的があったのね」と、ミス・マープル。「たぶん、だれかに会いにきたのよ。チッピング・クレグホーンは大きな村じゃないわけでしょ、バンチ。とすれば、その男が会いにきた相手はだれなのか、多少、見当がついてしかるべきじゃない?」

頭のなかで村の住民の顔ぶれをざっと検討してから、バンチは自信がもてぬように首を横にふった。

「まあ、考えようによっては、どのひとにも関係がありそうだわ」

「その男、名前は口にしなかったのね?」

「ジュリアン、といったわ。いや、そういったような気がしたわ。ことによったら、ジュリア、だったかもしれない。いずれにしても、あたしの知っているかぎり、チッピング・クレグホーンの住民で、ジュリアという名前のひとはいないのよ」

バンチは、ぐっと両目をとじて、あのときの光景をまぶたにえがいてみた。男が倒れていたのは内陣の階段のうえだ。朝日の差しこむ東がわの窓のステンドグラスは、まるで赤と青の宝石みたいにかがやいて……。

「宝石《ジュウエル》！」だしぬけに、バンチは大声をあげた。「きっと、このことをいったんだわ。そう、朝日の差しこんでいた東がわの窓のステンドグラスがちょうど宝石《ジュウエル》みたいだったの」

「宝石《ジュウエル》、ね」首をかしげながら、ミス・マープルはつぶやいた。

「ああ、そうそう、いちばんだいじなことを、いまになって、ふっと思いだしたわ。きょう、おばさんのところへきた理由よ。あのね、エクルズ夫妻は亡くなった男の背広を手にいれようと躍起になっていたの。この背広は、グリフィス医師《せんせい》が傷の手あてをするときに、ぬがせたのよ。古ぼけた、みすぼらしい背広で、こんなもののことで大さわぎしなきゃいけない道理はない。ふたりとも、形見にとっておきたい、なんていっていたけど、なんだか、おかしな感じがしたわ。

でも、いちおう、あたしはこの背広をとりにいった。そうして、二階へあがる途中、ふと、亡くなりかけている男が片方の手で妙な動作をしたことを思いだしたの。なにか、背広の裏をまさぐるような手つきでね。だから、この背広をみつけるなり、さっそく丹念にしらべてみたの。そうすると、裏地の一個所が、べつの糸で縫いなおしてあることがわかったので、ここをほどいてみると、なかに一枚、小さな紙きれがはいっていた。あたしは、この紙きれをとりだしてから、おなじような糸で、また、もとどおり、きちんと縫いつけておいた。かなり慎重にやったつもりだから、あのエクルズ夫妻がこんな細工に気づくおそれはないと思うわ。まず大丈夫だと思うけど、でも、断言はできない。それはともかく、この背広は、ふたりのところへもっていって、さがしてくるまでに手間どってしまった弁解を適当にした、ってわけなの」

「で、その紙きれは?」ミス・マープルはたずねた。

バンチはハンドバッグをあけて、

「これよ。主人にはみせないでおいたの。みせれば、エクルズ夫妻にわたしてやるべきだったと、そういうにきまっているでしょ。それよりは、おばさんのところへもってきたほうが利口だと思ったのよ」

「あら、手荷物預り所のチケットだわ。パディントン駅の」

バンチにわたされた小さな札をみて、ミス・マープルはいった。

「背広のポケットには、パディントンまでの往復切符の帰りの半券が一枚はいっていたわ」

　ふたりの女性の視線がかちあった。

「それでは、ただちに行動をおこさなきゃ」きびきびした口調で、ミス・マープルはいった。

「だけど、くれぐれも用心したほうがいいと思うわ。ねえ、バンチ、きょう、ロンドンへくる途中、だれかに尾行されているような気はしなかった？」

「尾行？」バンチは大声をはりあげた。「まさか……」

「あのね、そういうことはありうるのよ。なにがおこるかわからないようなときには、用心してかからなきゃいけないの」

　ミス・マープルは敏捷に椅子から立ちあがった。

「ねえ、バンチ、あんたのばあい、おもてむきは、そのバーゲンセールをやっているお店で買い物をする目的でロンドンへきた、ということにするのよ。だから、賢明な行動としては、これから、ふたりでその特売場へでかけることだわ。でも、外出するまえに、ちょっと簡単な打ちあわせをしておこうじゃないの。ええと……あのビーバーの毛皮の襟のついたツイードのコート、当座は必要なさそうね」

それから約一時間半後、ミス・マープルとバンチは、路地の奥にある〈アップル・バウ〉という名の小さな食堂にはいって、スタミナを回復すべく、ステーキとキドニー・プディングを食べ、そのあとから、さらに、アップル・パイとプリンを注文した。ふたりとも、身なりはいかにも貧相で、やりくり算段して買ってきたような家庭用綿製品の包みをもっていた。

「まるで、戦前の品みたいなタオルなんだから」いくぶん息を切らしながら、ミス・マープルはぼやく。「おまけに、Jなんて文字がついているのよ。さいわい、レイモンドの奥さんの名前がジョーンなんで、よかったわ。まあ、これは、じっさいに必要になるまでとっておくことにして、そのあと、あたしが意外にはやく死にでもしたら、ジョーンにつかってもらえるでしょう」

「あたしは、このガラス器用の布巾《ふきん》がどうしてもほしかったの」と、バンチはいう。「それに、値段がとっても安かったし。もっとも、あの赤い髪の女性に横どりされちゃったやつほどは安くないけど」

と、ふたりでこんな会話をかわしているとき、頬紅と口紅をたっぷりと塗ったスマートな若い女が食堂にはいってきた。女は、しばらく、おぼつかない目で店内をみまわしてから、こちらのテーブルへ足ばやにやってきて、一通の封筒をミス・マープルの肘のそばにおいた。

「はい、おもちしました」と、女はいった。

「ああ、ありがとう、グラディス」と、ミス・マープルは礼をいう。「どうも、ご苦労さま。わるかったわね」

「いいえ、とんでもありません。主人のアーニーからは、よく、いわれるんです。『おまえのいいところは、みんな、あのミス・マープルから習ったんだ。あのひとのしつけがよかったおかげだよ』って。ですから、お役にたつことでしたら、いつでも、どうぞ」

グラディスが歩み去ると、ミス・マープルはいった。

「ほんとに、すなおな、いい娘《こ》だわ。なにをたのんでも、骨身をおしまず、まめにうごいてくれて」

それから、封筒のなかをちらりとのぞいて、封筒をバンチにわたした。

「いいわね、くれぐれも用心するのよ。ところで、あの若い警部さん、まだ、メルチェスターにいるのかしら?」

「さあ、ね。いると思うけど」

「まあ、いなければ」ミス・マープルは思案をめぐらして、「巡査部長のほうに電話をすればいいわ。あたしのことは、たぶん、おぼえているでしょうから」

「もちろん、おぼえているわよ。おばさんのことなら、だれでも忘れないわ。ユニークな女性なんですもの」

こういって、バンチは立ちあがった。


パディントン駅につくと、バンチは手荷物預り所へいって、もってきたチケットをさしだした。そして、古ぼけた一個のスーツケースをうけとると、これをぶらさげて、プラットホームへでた。

帰りの車内では、なにごともおきなかった。列車がチッピング・クレグホーンの駅につくと、バンチは、かたわらのスーツケースを手にもって、列車からおりた。と、その瞬間、ひとりの男がプラットホームを走ってきたかと思うと、いきなり、スーツケースをひったくって、一目散に逃げだした。

「待って！」バンチは叫んだ。「とめて！　その男をつかまえて！　それ、あたしのスーツケースなのよ！」

田舎の駅の改札係はもっさりした人物だったが、それでも、あわてて、

「おーい、ちょっと！　なにを……」

と、いいかけたところで、胸に一発、ものすごい体あたりをくらい、横へすっとんでしまった。スーツケースをうばった男は、駅舎からとびだし、近くで待っている車のほうへ駆けていった。だが、スーツケースを車内へほうりこんで、あとから乗りこもうとした刹那、一本の手が男の肩をつかみ、アベル巡査の声がした。

「おい、おい、どうしたんだ？」

そこへ、ふうふう息を切らしながら、バンチがやってきた。

「そのひと、あたしのスーツケースを横どりしたんです」

「冗談じゃない」と、男はひらきなおる。「この女のいうことなんか、知るもんか。こいつは、自分のスーツケースだよ。たったいま、これをもって列車からおりてきたところなんだ」

「ま、どっちがどうなのか、はっきりさせようじゃないですか」

こういうと、アベル巡査は鈍重な感じのする淡々とした目つきでバンチの顔をちらりとみた。このアベル巡査とバンチが、じつのところ、前者が非番のとき、バラの木にほどこす下肥えや骨粉肥料の効き目について三十分も話しあっている仲だとは、まず、だれにも想像できないだろう。

「で、奥さんは、これは自分のものだと、おっしゃるんですな？」と、アベル巡査はしかつめらしく問いただす。

「ええ、そうです」バンチはこたえた。

「で、あなたのほうは？」

「いまもいったように、わたしのもんですよ」

男は、長身で、肌の色は浅黒く、りっぱな服装をしている。ゆっくりした話しぶりは、いかにも気障《きざ》で、態度も大きい。そばの車のなかで、女の声がした。

「そうよ、あんたのもんよ、エドウィン。その女、いったい、なにをいってんの？」

「とにかく、きちんと話をつけんことにはまずい」と、アベル巡査はいう。「奥さん、あなたのスーツケースだとしたら、中身はなんですか？」

「衣類です。ビーバーの毛皮の襟のついたロング・コートが一着、ウールの婦人用セーターが二着、それと、靴が一足です」

「なるほど。わかりました」

つぎに、アベル巡査は男のほうをむいた。

「わたしは劇団の衣裳係ですんでね」浅黒い顔をした男はもったいぶった口調でいう。「なかにはいっているのは、この村のアマチュア劇団の公演につかう衣裳類ですよ」

「わかりました。それじゃ、ひとつ、なかをあけてみることにしましょう。ま、署までご同行ねがってもいいし、おいそぎなら、そこの駅までこれをもっていって、あそこで、あけてみてもいいですがね」

「ああ、けっこう。ついでながら、わたしの名前は、モス……エドウィン・モスです」

アベル巡査はスーツケースをさげて、駅までいくと、改札係に声をかけた。

「ちょっと、こいつを手荷物取扱い所までもっていくからね」

手荷物取扱い所のカウンターにスーツケースをのせて、アベル巡査は締め金をおした。カギはかかっていなかった。

バンチとエドウィン・モスは、アベル巡査の両わきに立って、にらみあうように相手の目をみつめた。

「ほほう！」

スーツケースの蓋をあけて、アベル巡査は大声をだした。

ケースのなかには、ビーバーの毛皮の襟のついた、丈のながい、かなり古ぼけたツイードのコートが一着、きちんとたたんで、はいっていた。そのほかに、ウールの婦人用セーターが二着、やぼったい靴が一足。

「あなたのおっしゃるとおりですな、奥さん」

バンチのほうをむいて、アベル巡査はいった。

ここで、エドウィン・モスが中途半ぱな演技をした、などといっては失礼にあたる。本人がみせた狼狽と悔恨の態度たるや、まさにオーバーのきわみだった。

「すみません。まことに申しわけありません。いや、心底からあやまっているんですから、どうか、信じてください、奥さん。わるい……ほんとに、わるいことをしてしまいました」

こういうと、エドウィン・モスは腕時計にちらりと目をやる。

「さあて、いそがなきゃ。あのスーツケースは、きっと、さっきの列車のなかへおき忘れてきてしまったんだろう」

エドウィン・モスは、もう一度、帽子のつばをおしあげて、

「どうか、勘弁してください」

と、あわれっぽい声でバンチにあやまり、そそくさと手荷物取扱い所から駆けだしていった。

「あの男、だまって逃がしてしまうわけ？」

相手と陰謀をたくらんでいるような小声で、バンチはアベル巡査にきいた。

すると、相手は鈍重な感じの目をゆっくり閉じて、ウインクしてみせた。

「そう遠くまではいきませんよ、奥さん。つまり、あのまま遠くまでいけるはずはない、

という意味です。わかるでしょう、そういえば？」

「ええ、わかるわ」バンチは安心した。

「じつは、れいの老婦人から電話がありましてね。ほれ、数年まえにここへきたご婦人ですよ。頭の切れる女性ですな、あのひとは。ところが、きょうは、朝から、いろんな事件で署内がごたついていましてね。ま、そんなわけで、警部か巡査部長がお宅のほうへうかがうのは明朝になるんじゃないかと思いますよ」


やってきたのは、警部のほうだった。ミス・マープルが記憶しているクラドック警部だった。警部は、親友のような笑みをうかべて、バンチに挨拶した。

「チッピング・クレグホーンで、またもや大事件発生ですな」警部は陽気に冗談をいう。

「この村にいれば、刺激がなくて退屈するなんてことはないでしょう、奥さん」

「こんな刺激は、ないほうがありがたいわ。で、わざわざ足をはこんでこられたのは、あたしから事情を聴取するため？　それとも、たまには、あなたのほうで事情を説明してくださるの？」

「まずは、わたしのほうから話をしましょう。そもそも、くだんのエクルズ夫妻ですがね、この両人には、だいぶ以前から警察が目を光らせていたんです。というのは、この地方で数回にわたって発生した盗難事件に彼らが関係していると思われるふしがあったからです。それと、いまひとつ、エクルズの細君には、たしかに、最近、外国から帰ってきたばかりのサンドボーンという弟がいるが、教会のなかに倒れていた問題の男はこのサンドボーンではない」

「それは、あたしにもわかったわ。だって、この男の名前は、ウイリアムじゃなくて、ウォルターだったんですもの」

クラドック警部はうなずいて、

「そう、ウォルター・セント・ジョンといって、二日まえにチャリントン刑務所から脱走した男なんです」

「どうりで」バンチは小声でつぶやいた。「やっぱり、警察に追われていて、あそこへ逃げこんだってわけね」

それから、こんどは、警部にきいてみた。

「で、どんな罪をおかしたんですの?」

「その点については、また、だいぶまえの話をもちださなきゃいかんのです。なにしろ、ややっこしい事件でしてね。主人公というのは、いまから数年まえ、あちこちのミュージック・ホールに出演していたダンサーなんです。この女のことは、まあ、きいたことはないでしょうけど、本人の得意の出し物というのは、アラビアン・ナイトのなかの一幕で、これには『宝石の洞窟《どうくつ》にまよいこんだアラジン』なるタイトルがついていた。むろん、この演技を舞台で披露するさい、身にはイミテーションのダイヤをいくつかつけているだけで、あとは、まあ、ヌードも同様です。

この女、ダンサーとしては、たいした才能はなかったようなんですがね、でも……なんというか……どえらい美人だった。そんなところから、さるアジアの王族のひとりが彼女にぞっこん惚れこんでしまい、さまざまな贈り物をしたわけだが、そのなかに、一点、すこぶる豪華なエメラルドのネックレスがはいっていた」

「古代インドの国王の秘蔵品だったという由緒ある宝石ね」うっとりした表情で、バンチはつぶやいた。

クラドック警部は咳ばらいをして、

「いやあ、もっと現代のものですよ、奥さん。ま、それはともかく、ご両人の仲はあまりながつづきしなかった。この鼻の下のながい王子さまは、そのうち、男から金品をせびることにかけては凄腕の映画女優に心をうばわれて、あっさり、こちらへ鞍がえしてしまったからです。

ところで、ゾビーダは……ああ、これはダンサーのほうの芸名なんですがね……このネックレスを後生だいじにもっていたのに、やがて、これは盗まれてしまった。いつのまにか、劇場の楽屋から消えてしまった、ということなんだが、捜査官の頭には、これは本人がたくみに仕組んだ芝居じゃないかという疑念がこびりついていた。こんな手口は、むかしから、売名のための演出、あるいは、もっと悪質な動機にもとづく行為だというふうに解釈されているものですからね。

で、このネックレスは、結局のところ、みつからなかったわけですが、しかし、捜査をすすめている段階で、警察は、最初に話にでた男、ウォルター・セント・ジョンに目をつけはじめた。このウォルターというのは、育ちのいい教養のある人物だったのに、家が破産してから、落ちぶれた身になってしまい、盗品の宝石の故買をやっているとみられる怪しげな貴金属商のところで宝石の細工人としてはたらいていた。

げんに、問題のネックレスについても、こいつが手をつけたという証拠がでてきた。しかるに、当のウォルターは、たまたま、これとはべつの宝石の盗難事件に一枚かんでいたことがわかって、裁判にかけられたあげく、有罪の宣告をうけて、刑務所いりする羽目になった。それでも、近いうちに刑期満了で釈放されることになっていたので、その本人が脱獄したなんて話をきいて、みんな、びっくりした、というしだいです」

「だけど、なぜ、こんなところへやってきたのかしら？」バンチはたずねた。

「そう、その点が、われわれにも大きな疑問なんですよ、奥さん。ウォルターの脱走後の足どりをたどってみると、まず、ロンドンへいった形跡がある。そうして、かつての仲間にはだれとも会わずに、ミセス・ジェイコブとかいう中年すぎの女性のアパートをおとずれた。この女は、以前、劇場の衣裳係をやっていたとのことだが、ウォルターが訪ねてきた目的については頑として口をわらない。ただし、おなじアパートの住人の話によると、ウォルターは、この女の部屋からでていくとき、スーツケースを一個ぶらさげていた、という」

「なるほど。すると、そのスーツケースをパディントン駅の手荷物預り所へあずけてから、ここへやってきたってわけね」

「しかも、そのときには、エクルズと、れいのエドウィン・モスと名のる男がウォルターのあとを尾《つ》けていた。ふたりとも、ウォルターのスーツケースをねらっていたんですよ。だから、ウォルターがバスにのりこむところをみとどけると、連中は車で先きまわりして、ウォルターがバスをおりたときには、ひそかに待ちぶせしていたにちがいない」

「それで、殺されたのね？」

「ええ、銃で狙撃されたんです。凶器はエクルズのもっていた回転拳銃だが、どうも、この拳銃で射った犯人はモスのほうじゃないかという気がしますね。ところで、奥さん、ひとつ知りたいんですけど、被害者のウォルター・セント・ジョンがじっさいにパディントン駅であずけた問題のスーツケースは、いま、どこにあるんですか？」

バンチはにやりと笑って、

「ジェーンおばさんのところだと思うわ。そう、ミス・マープルのことよ。これはね、ジェーンおばさんが考えだした作戦なのよ。つまり、おばさんは、まえにつかっていたメイドにたのんで、自分の衣類をつめたスーツケースをパディントン駅の手荷物預り所へもっていかせた。そのあと、あたしとジェーンおばさんは預り所のチケットを交換し、おばさんのスーツケースは、あたしがうけとって、列車でここまでもってきた。どうやら、おばさんは、だれかがこのスーツケースをうばいとる行動にでることを予想していたようなの」

こんどは、クラドック警部のほうがにやりと笑って、

「電話をかけてよこしたときに、そういっていましたよ。で、わたしは、これから、ミス・マープルに会うため、ロンドンまで車をとばすつもりなんですけど、奥さんも同行しますか？」

「ええと……」バンチは首をひねりながら、「そうね、ちょうどいいチャンスかもしれ

ないわ。じつは、ゆうべから歯が痛みだしたので、ロンドンへいって、歯医者さんにみてもらおうかと思っていたんだけど、どうかしら？」

「もちろん、そうなさったほうがいいですよ」


ミス・マープルは、クラドック警部の顔からバンチ・ハーモンの意気ごんだ顔のほうへ視線をうつした。れいのスーツケースはそばのテーブルのうえにのっている。

「これ、まだ、あけてないのよ」と、ミス・マープルはいう。「どなたか、警察の方がこられるまえに勝手なことをしてはいけない、と思ったものですからね。それに、だいいち……」茶目っ気のある、お上品な笑みをうかべて、いいそえた。「カギがかかっているんですもの」

「中身はなにか、ためしに当ててみませんか、マープルさん？」と、クラドック警部はすすめる。

「そうね、あたしの想像では、ゾビーダの舞台衣裳じゃないかしら。ああ、ドライバーをもってきましょうか、警部さん？」

ドライバー一本で、カギは簡単にあいた。スーツケースの蓋をもちあげたとたん、ふたりの女性は、思わず、はっと息をのんだ。部屋の窓から差しこむ日光が照らしだしたのは、どこかに埋蔵されていた秘宝のようなもの……赤や青、グリーンやオレンジ色に燦然とかがやく宝石だった。

「アラジンの洞窟、か」ミス・マープルはつぶやくようにいった。「そのダンサーが踊りの衣裳につけていた、みごとな宝石だわ」

「ふーん」クラドック警部はうなり声をもらして、「しかし、これがそんなに貴重だった……こいつを手にいれるために、ひとりの男が殺されたとは」

「そのダンサーって、なかなか抜け目のない女性だったようね」ミス・マープルは神妙に考えこみながら、「本人は亡くなったんでしょう、警部さん？」

「ええ、三年まえに」

「で、その本人は高価なエメラルドのネックレスをだいじにしていた。だけど、これについては、ひとり内緒で、宝石だけをはずして、自分の舞台衣裳のあちこちにとりつけることにきめた。そうすれば、だれだって、あれは、ただ、色のついたイミテーションだ、と思うにきまっている。それから、このネックレスそっくりの模造品をつくらせたところ、こちらは盗まれてしまった。この盗品が売り物にでなかったのは当然よ。盗んだ犯人は、すぐ、こいつはニセ物だということに気づいたはずですもの」

「あら、封筒がはいっているわ」と、バンチがいった。

宝石のあいだからバンチがとりだした封筒をうけとると、クラドック警部は、なかから公文書のような二枚の書類をぬきだして、そのうちの一枚を読みあげた。

「ウォルター・エドマンド・セント・ジョン、メアリー・モス両人の結婚証明書。このメアリー・モスというのは、ゾビーダの本名なんですよ」

「すると、ふたりは夫婦だったわけね」と、ミス・マープル。「なるほど」

「で、もう一枚のほうは？」と、バンチはきいてみた。

「ジュウエルという娘の出生証明書です」

「ええっ、ジュウエル？」バンチは大声をあげた。「ははーん、どうりで。ジュウエル！　ジル！　そうだ。これで、やっと、わかったわ。あの男がチッピング・クレグホーンくんだりまでやってきた理由が。あたしにいおうとしたのは、このことだったんだわ。やっぱり、ジュウエルだったのね。あのねえ、マンディーという老夫婦がいるのよ。ラバーナム荘に。このご夫婦、だれかのかわりに、小さな女の子の世話をしていて、とってもかわいがっていたの。まるで自分たちの孫みたいに。そう、いまになって、思いだしたわ。この子の名前、ジュウエルというのよ。ただ、いつも、ジル、ジルって呼ばれていたから、気がつかなかったんだわ。

ところが、一週間ほどまえ、奥さんが脳溢血で倒れてしまい、ご主人のほうも、だいぶまえから肺炎をわずらっていたので、ふたりとも、入院するという話だった。それで、あたし、どこかジルをあずかってくれる親切な家はないかしらと、一生けんめいにさがしていたところなの。施設なんかにいれるのは気のどくだと思ったからよ。

そうすると、こういうわけなのね。刑務所にいた父親は、この話を耳にして、なんとか脱走し、まえに劇場の衣裳係をやっていたとかいうその女性から、自分か妻のどちらかがあずけておいたスーツケースを返してもらったんだわ。もし宝石がほんとに母親のものなら、子どものために活用できるわけでしょうからね」

「いや、わたしも同感です、奥さん」と、クラドック警部。「その宝石がぜんぶそろっていれば、の話ですが」

「だいじょうぶ。ちゃんと、そろっていますよ」陽気な口調で、ミス・マープルはいった。

「ほほう、帰ってきたね」

ジュリアン・ハーモン牧師は、やさしい笑みをうかべ、満足げに吐息をもらして、妻に声をかけた。

「きみが留守のときは、いつも、バート夫人がなにかと世話をやいてくれるんだけど、きょうは、お昼に召しあがってくださいと、やけに奇妙な魚肉の揚げボールをとどけにきて、よわってしまったよ。でも、せっかくの好意を無にしてはわるいと思ったから、このティグラス・ピレセルにやったところ、こいつまで食べようとしないんだ。だから、仕方なく、窓の外へすててしまった」

女主人の膝に身をすりよせて、ごろごろ咽喉《のど》を鳴らしている飼い猫の背中をなでながら、バンチはいった。

「このティグラス・ピレセルは食べるお魚の選《え》りごのみがはげしいのよ。だから、おまえの胃袋はお高くとまっているのねって、よく、そういってやるの」

「ところで、歯のほうはどうしたね？　診《み》てもらったかい？」

「ええ、たいして痛くなかったわ。それで、もう一度、ジェーンおばさんに会ってきたの」

「あの、おばあちゃん、体のほうも丈夫なんだろうね」

「ええ、ぴんぴんしているわ」にっこり笑って、バンチはこたえた。

あくる日の朝、バンチは新鮮な菊の花たばを教会のなかへかかえていった。きょうも、また、東がわの窓から朝日がさんさんと差しこんでいる。バンチは、その宝石のような光をあびながら、内陣の階段のうえでたたずみ、ひくい声でつぶやいた。

「お嬢ちゃんのことは、心配しなくてもいいわよ。あたしが、かならず、しあわせにしてあげますからね」

教会のなかをきれいに掃除したのち、バンチは信者席に身をすべりこませて、ひざまずき、しばらく朝のお祈りをささげた。それから、牧師館のほうへとってかえすと、留守をした二日のあいだにたまってしまった家事にとり組みはじめた。

わがクリスティー体験

評論家
関口　苑生

アガサ・クリスティーと聞くと、いまだに顔から火が出る思いがする。

恥ずかしながら、クリスティーを初めて読んだのは二十歳を過ぎてからだった。それもいわゆる有名どころの作品ではなく、メアリ・ウェストマコット名義（もちろん日本での刊行はクリスティー名義だったが）で書かれた『春にして君を離れ』という非ミステリが初体験だった。といっても、別にこの作品を選んだことに特別な理由はない。単純にタイトルの響きに惹かれたのである（当時の早川書房の編集者が、いかに素晴らしい感性の持主であったかが偲ばれる）。しかしながら、なぜ有名どころの作品を選ばなかったのかという理由なら説明できそうだ。これもまた実に単純な事情で、その頃にはすでに主だったクリスティー作品の犯人を〝知って〟いたからだ。

作家と読者の出会いというのは、ある種の縁であって、ミステリの愛好者なら多かれ少なかれ若い頃に何らかの形でクリスティー体験や、クイーン体験など、ミステリの巨匠による衝撃体験といったものを経ていることと思う。一読して部屋中を駆け回りたくなるぐらいの驚きと、見事に騙された心地よさを味わう、至福の一瞬というやつだ。けれども、そんな幸福な出会いがいつあるかは誰にも分からない。わたしの場合はたまたまクリスティーとは縁遠かったわけだが、これほどの大作家であるから、読書好き、ミステリ好きの人間は当然ほとんどの人が読んでいた。問題は、その彼らもわたしが読んでいるのは当たり前との前提で話をすることだった。これには困ったが、正直に告白してしまえばいいものを、ばかな見栄を張って、うんうんそうだよなあ、あれには驚いたよなあ、としたり顔で頷いていたおのれの愚かさが今思えば何とも情けない。いや単に若さからくる愚かさというよりも、もっと根源的な、自分という人間の嫌らしさ、本性を無節操に垂れ流していたのである。最近になって思うのだが、あの頃話していた連中は、おそらくわたしの見栄を見抜いていたに違いない。クリスティーと聞くと、今でも顔から火が出る思いがするのはそのためだ。だがまあそれやこれやで、結局わたしは一冊も読まずに耳情報だけで犯人たちを知ってしまったのであった。

とはいえ、もちろん犯人を知ったからといって、その作品が読むにたえなくなるものではない。二読三読してこそ理解が深まる名作も数多くある。それは当時でも重々承知していたが、あの至福の一瞬の感激は薄まるだろうなとも思ったのだ。

つまりはそんなわけで、初めて手にしたクリスティー作品が『春にして君を離れ』となったのだった。しかし、今ではこれもまた幸福な出会いであったと信じている。中村妙子さんの名訳のおかげもあるが、クリスティーの文章のきめ細やかさ、柔らかな手ざわり、気持ちの良い爽やかさを存分に味わうことができ、ミステリの女王として名をはせていた彼女とはひと味違った面を先に覗くことができたように思う。特に印象深いのは『春にして――』に続く《愛の小説シリーズ》の二作目である『愛の重さ』のラスト一行。

「生れてはじめてローラ・フランクリンは、愛の荷の意味を理解したのであった」

というくだりは忘れ難く覚えている。人から愛されることで、ほんのわずかな気づかぬほどの重みが肩の上に乗り、こころもち肩が下がるのである。それをこんなふうに描写するクリスティーの表現力はまったく見事としか言いようがない。この感動があったからこそ、のちにミステリを読み始めたときも今度はことさら犯人にこだわることなく、彼女の世界に入っていけたのだと思っている。実際に、ポアロものにしてもミス・マープルものにしても、わたしの場合は（おそらく作者の意に反することだろうが）トリックや犯人探しには重点を置いて読んではいかなかった。巷間言われているように難解なパズルを組み立てていくような展開、そしてそのボタンをひとつずつ外していくような展開には当然興奮させられたが、それ以上に登場人物の行動の裏に隠された哀しみや怒りのほうに目を奪われてしまうのである。もっとも、クリスティー自身は自伝を読むと「科学的に物語を進めるべきものの中に恋愛の要素を無理やり持ち込むことは、どうにも性に合わない」と語り、恋愛などはロマンスのジャンルで書くべきで、ミステリには似合わないと考えていたようだが、わたしにはどうもこの言葉は疑わしく思えてならない。たとえ正面から恋愛を扱ったミステリ作品はなかったとしても、人間感情を無視した作品もこれまたただの一篇もなかったからだ。

本書でもポアロが語っているように「人生はドラマなり」（「クラブのキング」）であろうし、その人間たるもの「心の目で事物をみることが肝要」（「戦勝記念舞踏会事件」）であり、事件を解き明かす側の私立探偵は「優秀な心理学者でもあらねばならんのです！」（「プリマス行き急行列車」）と人間心理に通暁していることが前提となっているのである。ポアロは必ずしも事件の謎を解明して終わるだけの探偵ではないし、他の登場人物も人形のような存在ではなくみな生き生きと行動し、すでに殺されて物語上では登場場面がない人物でも、常に何かしら訴えている気がしてならないのだ。冒頭の「戦勝記念舞踏会事件」にしても、なぜ人気女優がコカイン中毒になったのかに思いをはせていくと、その陰には深刻な悩みがあったに相違ないと考えてしまうのである。それを書かないことで、読者の想像の羽はより一層広がっていくのだった。いや、ポアロの推理の基本である事件を整理整頓して、秩序と方法に従い、さまざまなデータを〈灰色の脳細胞〉で分析して結論を得るという整然さを一方に置き強調することで、その正反対の場に位置するぐしゃぐしゃな人間感情が浮き彫りにされていくのである。

クリスティーの文章は先にも書いたが、きめ細やかさが特徴で、同時に簡潔なることを旨としている。この簡潔さ――それも単に無駄を省いたというだけではない、むしろ逆に多くのものを積み重ねたあとで考慮を加え、やがて削りに削った文章が、物語に厚みを持たせているのである。ことにポアロものの短篇は、語り手のヘイスティングズ大尉がまず事件の紹介をし、ついでポアロと事件関係者の会話が大半を占め、最後にポアロが謎を解決して締めくくるという基本パターンが出来上がっている。その中ですべての手がかりを注意深く与えながら、一方で関係者同士の愛憎劇も描いてみせるのだ。たとえば「潜水艦の設計図」「クラブのキング」「二重の手がかり」などは、誰かが嘘をついていることが事件の核となるが、その嘘の背後にある感情こそが本当の主題と言ってもよい作りとなっている。

さて本書は、そんなポアロもの十一篇、表題作であるミス・マープルもの一篇、そして独立した怪奇短篇一篇が収録された短篇集である。それぞれの短篇の発表年代は「教会で死んだ男」「洋裁店の人形」「スズメ蜂の巣」「二重の罪」「二重の手がかり」の五篇が一九六一年。あとは一九五一年と、比較的中期の作品が収められている。ただし、クリスティーの場合は執筆年代と発表年代が一致するとは限らないと言われており、本書の中でも「プリマス行き急行列車」のプロットは、初期の名作『青列車の秘密』とほぼ同じで、まさか長篇を先に書いてそれから短篇をというのは通常は考えられないから、こちらのほうが原型であったのかもしれない。あるいはまた「教会で死んだ男」にしても、クラドック警部が「チッピング・クレグホーンで、またもや大事件発生ですな」と言っていることから『予告殺人』の数年あとということが考えられる。そうすると一九五〇年代の初めとなるわけだが発表は六一年……とこれは余談。まあ、そのあたりはクリスティーの研究者がしっかり言及していると思われる。

ともあれ、これら頭脳パズルを模した人間ドラマの数々をどうぞご賞味あれ。ついでながら、わたしはいまだにクリスティー作品の全制覇をはたせずにいる。

二〇〇三年十月

灰色の脳細胞と異名をとる
〈名探偵ポアロ〉シリーズ

本名エルキュール・ポアロ。イギリスの私立探偵。元ベルギー警察の捜査員。卵形の顔とぴんとたった口髭《ひげ》が特徴の小柄なベルギー人で、「灰色の脳細胞」を駆使し、難事件に挑む。『スタイルズ荘の怪事件』(一九二〇)に初登場し、友人のヘイスティングズ大尉とともに事件を追う。フェアかアンフェアかとミステリ・ファンのあいだで議論が巻き起こった『アクロイド殺し』(一九二六)、イニシャルのABC順に殺人事件が起きる奇怪なストーリーが話題をよんだ『ABC殺人事件』(一九三六)、閉ざされた船上での殺人事件を巧みに描いた『ナイルに死す』(一九三七)など多くの作品で活躍し、最後の登場になる『カーテン』(一九七五)まで活躍した。イギリスだけでなく、イラク、フランス、イタリアなど各地で起きた事件にも挑んだ。

映像化作品では、アルバート・フィニー(映画《オリエント急行殺人事件》)、ピーター・ユスチノフ(映画《ナイル殺人事件》)、デビッド・スーシェ(TVシリーズ)らがポアロを演じ、人気を博している。

1 スタイルズ荘の怪事件
2 ゴルフ場殺人事件
3 アクロイド殺し
4 ビッグ4
5 青列車の秘密
6 邪悪の家
7 エッジウェア卿の死
8 オリエント急行の殺人
9 三幕の殺人
10 雲をつかむ死
11 ABC殺人事件
12 メソポタミヤの殺人
13 ひらいたトランプ
14 もの言えぬ証人
15 ナイルに死す
16 死との約束
17 ポアロのクリスマス
18 杉の柩
19 愛国殺人
20 白昼の悪魔
21 五匹の子豚
22 ホロー荘の殺人
23 満潮に乗って
24 マギンティ夫人は死んだ
25 葬儀を終えて
26 ヒッコリー・ロードの殺人
27 死者のあやまち
28 鳩のなかの猫
29 複数の時計
30 第三の女
31 ハロウィーン・パーティ
32 象は忘れない
33 カーテン
34 ブラック・コーヒー〈小説版〉

名探偵の宝庫

〈短篇集〉

クリスティーは、処女短篇集『ポアロ登場』（一九二三）を発表以来、長篇だけでなく数々の名短篇も発表し、二十冊もの短篇集を発表した。ここでもエルキュール・ポアロとミス・マープルは名探偵ぶりを発揮する。ギリシャ神話を題材にとり、英雄ヘラクレスのごとく難事件に挑むポアロを描いた『ヘラクレスの冒険』（一九四七）や、毎週火曜日に様々な人が例会に集まり各人が体験した奇怪な事件を語り推理しあうという趣向のマープルものの『火曜クラブ』（一九三二）は有名。トミー&タペンスの『おしどり探偵』（一九二九）も多くのファンから愛されている作品。

また、クリスティー作品には、短篇にしか登場しない名探偵がいる。心の専門医の異名を持ち、大きな体、禿頭、度の強い眼鏡が特徴の身上相談探偵パーカー・パイン（『パーカー・パイン登場』一九三四 など）は、官庁で統計収集の事務を行なっていたため、その優れた分類能力で事件を追う。また同じく、ハーリ・クィンも短篇だけに登場する。心理的・幻想的な探偵譚を収めた『謎のクィン氏』（一九三〇）などで活躍する。その名は「道化役者」の意味で、まさに変幻自在、現われてはいつのまにか消え去る神秘的不可思議的な存在として描かれている。恋愛問題が絡んだ事件を得意とするというユニークな特徴をもっている。

ポアロものとミス・マープルものの両方が収められた『クリスマス・プディングの冒険』（一九六〇）や、いわゆる名探偵が登場しない『リスタデール卿の謎』（一九三四）や『死の猟犬』（一九三三）も高い評価を得ている。

51 ポアロ登場
52 おしどり探偵
53 謎のクィン氏
54 火曜クラブ
55 死の猟犬
56 リスタデール卿の謎
57 パーカー・パイン登場
58 死人の鏡
59 黄色いアイリス
60 ヘラクレスの冒険
61 愛の探偵たち
62 教会で死んだ男
63 クリスマス・プディングの冒険
64 マン島の黄金

訳者略歴　1931年生，1953年明治学院大学英文科卒，英米文学翻訳家　訳書『人形とキャレラ』マクベイン，『消された眠り』ヒーリイ（以上早川書房刊）他

Agatha Christie

教会《きょうかい》で死《し》んだ男《おとこ》

〈クリスティー文庫62〉

二〇〇三年十一月十五日　発行
二〇二五年二月十五日　六刷
（定価はカバーに表示してあります）

著者　アガサ・クリスティー
訳者　宇《う》野《の》輝《てる》雄《お》
発行者　早川浩
発行所　株式会社　早川書房
郵便番号一〇一‐〇〇四六
東京都千代田区神田多町二ノ二
電話　〇三‐三二五二‐三一一一
振替　〇〇一六〇‐三‐四七七九九
https://www.hayakawa-online.co.jp
乱丁・落丁本は小社制作部宛お送り下さい。
送料小社負担にてお取りかえいたします。

印刷・株式会社精興社　製本・株式会社明光社
Printed and bound in Japan
ISBN978-4-15-130062-2 C0197

本書は活字が大きく読みやすい〈トールサイズ〉です。